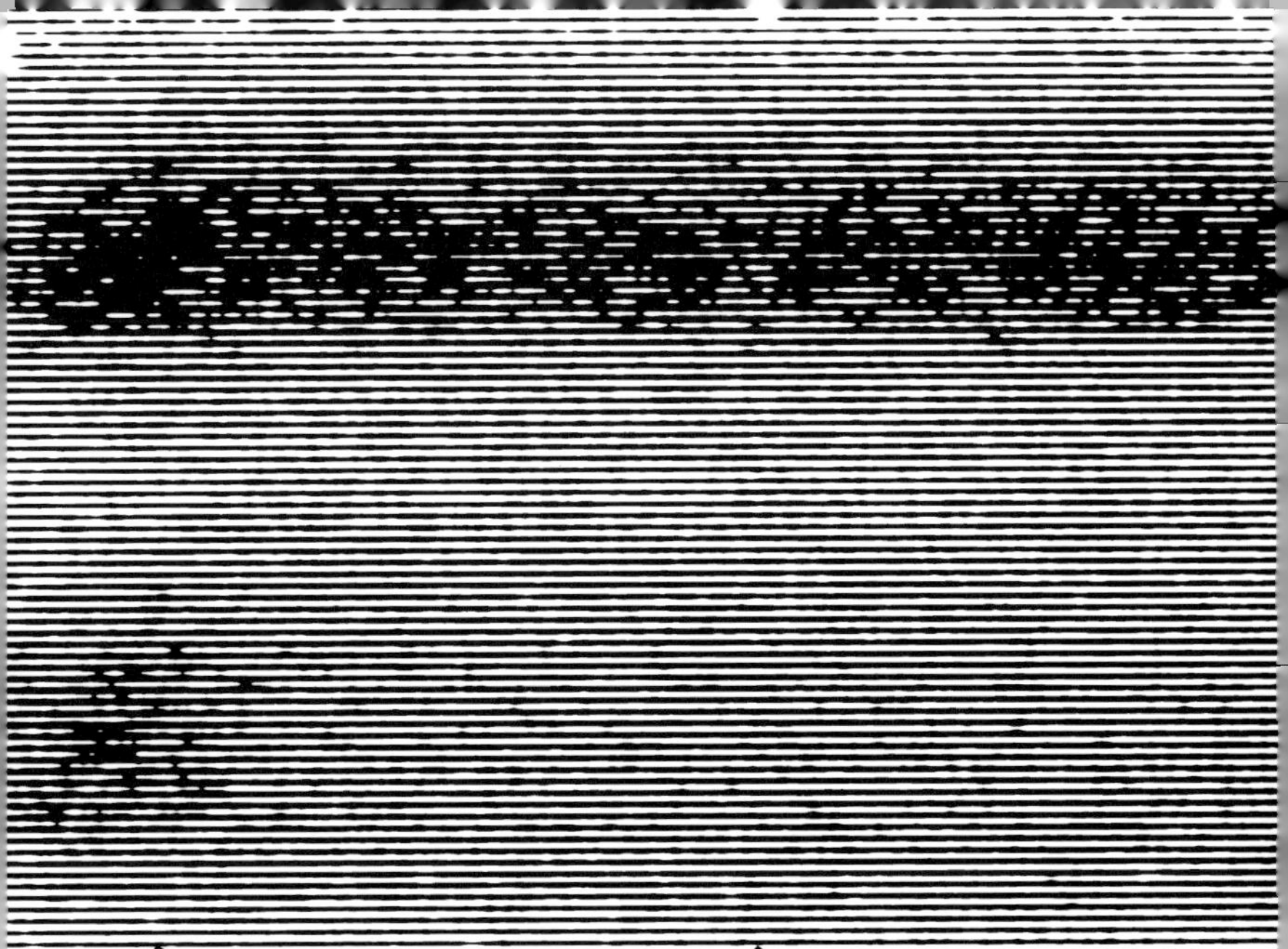

ディレクターズ・カット

The Director's Cut　Shogo UTANO

歌野晶午

幻冬舎

ディレクターズ・カット／目次

装画　小山 義人
ブックデザイン　鈴木成一デザイン室

ディレクターズ・カット

はじまりは無軌道な若者たちの暴走にあるのか

1

ニーナニーナの大合唱を受け、小菅新夏《こすげにいな》はトレーナーの裾に両手をかけて思いきりよく脱ぎ捨てた。推定Eカップの胸が、ハイビスカス柄のチューブトップの下で揺れる。

おおっと野太い声があがり、甲高い指笛が鳴らされる。スマートフォンで動画を撮影している男もいる。

「ニーナ！　ニーナ！　ニーナ！」

勢いを増したコールの中、新夏はスエットパンツの腰に両手を差し入れ、今度も躊躇《ちゅうちょ》なく膝下まで降ろすと、足の指を器用に操ってその場に脱ぎ落とした。張り詰めたふくらはぎ、肉づきのよい太腿、そしてハイレグのボトムがあらわになり、歓声と拍手が狭いコインランドリーの中に響きわたる。

新夏は頭を斜めに傾け、カメラ目線で顎《あご》ピースを決めると、その場でくるりと反転し、目の前の丸椅子に右足を載せた。続いて左足も載せ、狭い坐面の上に立ちあがる。大きな臀部《でんぶ》がぷるんと震える。

丸椅子のすぐ向こうには蓋《ふた》の開いた洗濯機がある。新夏は小学生が塀によじ登るような感じで洗濯機の縁にまたがり、よいしょっと声を出して洗濯槽の中に降りた。

洗濯槽の直径が一メートルはあろうかという大型洗濯機である。ぽっちゃりめの体も余裕で収まる。新夏は少し腰をかがめ、洗濯機の縁に両腕を預け、その上に顎をちょこんと載せた。まるで湯船につかるように。

「それでは、お湯を張らせていただきまーす」

サンダルをペタペタ鳴らして折田《おりた》雄翔《ゆうと》が洗濯機に歩み寄り、柏手《かしわで》を打ってから百円玉を投入する。

「ひゃぁーっ！　ちべたい！」

ガラスを引っかくような声をあげ、新夏が洗濯槽の中で立ちあがった。注水口からの滝のような水が彼女の背中を直撃し、十九歳の玉肌がしぶきをあげている。

「お湯が出るって書いてあるけど」

雄翔が表示を確認する。くちゃくちゃガムを噛んでいる。

「どこがぁ。水だよ、水、ブルブル。あ？　ちょっとあったかくなってきた？」

新夏はホルスの目のタトゥが入った肩を抱いて洗濯槽の中に沈んでいく。

「ニーナ、スマイル、スマイル。ここは西オーストラリア、モンキーマイアのビーチでイルカとたわむれたあと、ホテルに戻ってジャグジーでくつろいでいる――てな感じで」

　コーナーの丸椅子に坐った小柄な若者、楠木虎太郎《くすのきこたろう》が注文をつける。ハンドグリップにマウントしたスマートフォンを体の正面で構えている。

「東京だし。コインランドリーだし」

「はいはいお客様、これでビーチの気分でございますよ」

　長身を丸め、揉み手で洗濯機に寄っていくのは石浜須弥也《いしはますみや》だ。入浴剤の小袋の封を切って洗濯槽に投入する。

「ちっともそんな気分になりませんが」

　新夏はマリンブルーに染まった洗濯槽の水に指先をつけ、須弥也に向かってしずくを飛ばす。

「ちょっ、何すん！」

「一滴かかっただけじゃん。うちは全身ずぶ濡れなんだから」

「そっちは水着やん」

「スミやんも脱げばー」

「脱いだら一緒に入ってええのんか？　ええのんかー？」

「死ね」

　幼稚な諍《いさか》いを、ガラガラという音がかき消した。入口のガラス戸が開いている。

「冷たいんだけど、風」

　雄翔が外の人影を睨みつけた。一拍置いて、ガラス戸が静かに閉まった。

「終わったら好きなものをおごってやるから、スマイル、スマイル。焼肉？　寿司？」

　虎太郎が新夏の機嫌を取る。

「かき氷」

「このクソ涼しいのに？」

　秋雨前線の停滞で梅雨のような日が続いており、まだ十月に入ったばかりだというのに重ね着が必要だった。

「クソ涼しいから、お盆の時に三時間待ちで、ふざけんなって帰った二子玉川《ニコタマ》のあそこに、並ばずに入れる」

　新夏は唇の端に人さし指を立て、艶《なま》めかしいポーズを取る。

　ふたたび冷気が侵入してきた。

「寒いっつってんだろ」

　雄翔が露骨に眉を寄せた。

「洗濯物……」

　入口の人影がつぶやくように応じた。

「は？」

「取りにきたんですけど、洗濯物を、僕の……」

「さっさと取ってけ」

　学生ふうの男がおずおず入ってきて乾燥機に向かう。

甲高いアラーム音が鳴った。

「なに？　なに？」

新夏が首を左右に振ってうろたえる。アラーム音は、バックを続けるトラックのように、ピーッ、ピーッと繰り返される。

「注水が終わったのに蓋が開いてるから、閉めろと怒ってる」

須弥也が頭の両横に人さし指で角を立てる。

「回るの？　回るの？」

新夏は洗濯機の縁をぎゅっと摑み、腰をかがめる。

「蓋が開いてたら、回らないだろ、たぶん」

雄翔がガムを小さく膨らます。

「たぶん？　絶対じゃなきゃヤだ」

「絶対に回らないから、そんなへっぴり腰じゃなくて、いろいろポーズを決めてよ、ニーナちゃん、ニーナ様。ほら、立った立った」

虎太郎が巻きを入れるようにハンドグリップを回す。

「ホントに？　ホントに？　だいじょうぶ？」

「六十五キロもの体重がパルセーターにかかってたら、蓋を閉めても回らない」

「ひっどーい！　五十四だし！　コタロー、死ね！　死ぬ前に、音、どうにかしろ！」

新夏が両耳を塞《ふさ》いでわめき散らす。登戸《のぼりと》駅前でパフォーマンスのまねごとをしていた春の夜、一粒ののど飴を両手で差し出してくれた可憐《かれん》な姿は、ネオンの明かりが見せた魔法だったのだと、虎太郎はこのごろ思うことにしている。

須弥也が洗濯機の背後を覗き、長い腕を伸ばして埃まみれのコードを力まかせに引くと、警告音が消えた。しかし静寂は訪れなかった。

「おい、見世物じゃねえぞ」

と声をあげたのは雄翔だ。件《くだん》の学生が、ドラムの中の洗濯物を手提げ袋に詰め込みながら、新夏の方をちらちら窺っていたのだ。

「見物料取んぞー」

須弥也もニヤニヤ脅しかける。

「つか、風邪引いたら、おまえのせいだかんね。ドア、開けっぱなしじゃん。慰謝料よこせ」

新夏がぬるま湯をすくい、学生の方に投げかける。

「これがホントの医者料ってか！」

須弥也が猿の人形のように手を叩き合わせる。

学生の彼は、すみませんすみませんと繰り返し頭をさげ、紙袋を抱えて退場していった。

「つか、マジ慰謝料取らねえと。やつのせいで、撮影がだいなしじゃん。うしっ、話をつけてくる」

雄翔がガムを吐き捨てる。

「編集すりゃいい」

虎太郎が言うが、雄翔は、

「しめしはつけねえと」

と両手の指を組み合わせ、関節を鳴らす。

「やりすぎんなよ」

「やりすぎんよう、見張っとくわ」

須弥也がニッと歯をこぼし、二人は連れ立って外に出ていった。

ドアが閉まったのを確認すると、虎太郎は新夏の方に体を戻し、スマホを構え直す。

「コタローも入ろうよぉ」

洗濯槽のビーナスが肩をすぼめて手招きする。虎太郎は一瞬たじろぎ、次にあきれ顔で、

「何言ってんだ。さ、続けるぞ」

「いっつも一緒に入るじゃん」

「仕事中だろ。おまえはモデル、オレはカメラマン」

「誰もいなくなったし、いいじゃん」

「すぐ戻ってくる」

「戻ってきてもいいじゃん、うちらのことはスミやんもユウくんも知ってるんだし」

「そういうことじゃないだろ」

「ピコーン！　もっともっとたくさんのみんなにうちらのことを知ってもらおうよ。ラブラブなところを自撮りして、ＭｉｘＣｈａｎｎｅｌ《ミクチャ》に投稿しよー！」

新夏は丸めていた背を伸ばし、両腕を高々と、噴水のように挙げ、両手の指をひらひら揺らす。

「ミクチャなんてガキのリア充アピールだろ。視線はこっちじゃない。向こうの乾燥機のほうを見て」

虎太郎は突き放す。

「あたし、まだガキだし」

新夏は頬を膨らます。

「そういうのはまた今度な。今日はニーナ一人を撮りにきたんだから。おまえが主役」

「つっても、結局、どこの誰だかわかんなくなるんだし」

「誰だかわかったらヤバいだろ。ほら、スマイル、スマイル」

「目を消すんだから、どんな顔でもいいじゃん」

「頬や口元にも表情は出る。はしゃいでるってシチュエーションなのに、ブスくれてたらだめだろ。だから、スマイル、スマイル。かわいくちゃちゃちゃっとポーズを決めて、三分で終わらせよう。で、焼肉で打ちあげ」

「アーンド、かき氷」

新夏は両頬に手を当て、小首をかしげる。

「もうちょっとエロっぽいのがいいな」

「こんなの？」

マリリン・モンローのように唇をすぼめる。

「いいよいいよー。もっと大胆になってもいいよー」

「こんな感じ？」

胸を強調するように前かがみになる。

「いいねぇ。もひとついっちゃう？」

「じゃ、サービス」

新夏はトップスをぐっとさげると、たわわな果実を両手で包み込んだ。

2

折田雄翔はくちゃくちゃガムを嚙んでいた口の動きを止めた。

十分腰をためて右腕を大きく引き絞り、それから勢いよく上方に振りあげる。肩から肘、手首、指先が一本の鞭《むち》のようにしなり、弧を描く。拳《こぶし》大の石が宙に放たれ、暗い空に消えた。

しばしの間を置き、遠くで、ザクッと土を嚙む音が響いた。

雄翔はぷうとガムを膨らませてすぐに割ると、もう一度同じモーションで石を上方に放った。今度も遠くのどこかに落ちた。

「野球部？　ピッチャー？」

花咲子子《はなさきねこ》が雄翔を指さし、ケタケタ笑う。

「部活じゃねえ、リトルシニア。肩壊したことも知ってるくせに。今もピリッと電気が走った」

雄翔は怒ったように言い訳を並べ、三投目を放った。電柱の先端の方でゴッンと鈍い音がし、石《いし》塊《くれ》が近くの地面に落ちてきた。

「大当たりぃ」

石浜須弥也が手を叩く。

「でも、全然平気なんだけど」

子子が額に手をかざして仰向く。視線の先には円筒形の物体がある。ライトのように見えるそれは、光は発しておらず、先端にレンズがついている。

「力が入らねえんだよ。こんなに寒いなら、来る前に教えとけっつーの。カイロ用意してきたのに」

雄翔は右手を口元に持っていく。弱々しい街灯に、白い息がぼうと浮かびあがる。

「山梨と聞いた時点で、夜は冷え込むと判断せんと」

須弥也はライトダウンのジャケットを着ている。

「はじめての土地なのに、どう判断すんだっつーの」

ロンT一枚の雄翔は足下から石を拾いあげると、四メートル上方の防犯カメラめがけてノーモーションで投げつけた。今度も命中したが、カメラ本体は落ちてこず、傾《かし》いだふうもなかった。

「レンズを狙うんだよ」

背後の暗がりでビデオ撮影していた楠木虎太郎が近寄ってきた。

「顔バレするじゃねーか」

雄翔が目の前に手をかざした。

「そのためのこれだろ」

虎太郎が雄翔の頬のあたりに手をかけ、引っ張る。雄翔はニットの目出し帽をかぶっている。

「けど、真っ正面からはヤバい」

「だいじょうぶって。ここ、オレらの地元じゃないやん。面《めん》が割れたところで、誰も心あたりがない」

須弥也が人さし指を振る。そのあと、

「前科があると、警察が保管している顔写真と照合されてヤバいかもだけど。ん？　もしかして前科持ち？」

とつけ加え、雄翔を指さして笑う。

「持ってねえよ。交代」

雄翔は目出し帽を脱ぎ、須弥也に押しつける。

「オレ、水泳部」

須弥也はすらりと伸びた両腕を、クロールで水をかくように交互に回す。

「やーっ」

須弥也が拒否する横で子子が小石を拾いあげ、目出し帽なしに正面からカメラに向かって投げつけた。カツンと乾いた音が響いた。

「すげっ。一発で当てた」

須弥也が口笛を吹く。

「当てても、壊さなきゃ意味ねえだろ」

雄翔は目出し帽をかぶり直し、大きなモーションで石を投げあげた。勘を取り戻したのか、レンズ目がけて一直線で飛んだ。しかしレンズは透明なフィルターで保護されていた。フィルターに真っ正面から命中したものの、そのまま跳ね返された。

「強化ガラス？　ポリカーボネート？」

雄翔はいま一度石を放った。今度もど真ん中のストライクだったが、フィルターは割れなかった。

雄翔は意地になって投石を繰り返す。しかしフィルターには罅《ひび》一つ入らず、それが力みを生んだのだろう、何度目かに投じたものがあさっての方に飛んでいき、遠くで破砕音がした。民家の窓ガラスを割ったようだった。

「やべっ」

四人は公園から駆け出し、路上に停めてあったミニバンで現場を離れた。

「下調べが足りねえんだよ」

後部坐席で雄翔が文句をたれる。

「正直、それは謝る」

虎太郎は片手をハンドルから放して自分の頭に拳骨を落とす。

「石投げるより、ケーブルを切断したほうがいいかと」

助手席の須弥也が言う。

「梯子《はしご》とかかけてたら、目立ちすぎるだろ」

と雄翔。

「そこで、高枝切り鋏《ばさみ》ですよ」

「適当に線切って、感電しねえか？」

「どのケーブルが映像用で、どのケーブルが電源用か、確認しておけば問題ないやん」

「そうだよ、どっちにしても下調べは必要なんだよ」

雄翔が運転席の後ろにパンチを入れる。

「だな」

虎太郎はもう一度自分の頭を叩く。

「おまわりさーん、この人たち、悪さの相談をしてますよー」

子子がスマートフォンを耳に当てる。

「いやいや、オレらは正義の味方だし」

雄翔が戦隊ヒーローのように見得を切る。

「意味不明だし」

「公園に監視カメラって何よ？　公園ってのは、みんなが気がねなくくつろげる場所だろうが。そこを監視だと？　ふざけんな。そういう社会のほうが悪じゃね？　じゃね？」

「オレらはレジスタンスなんだな。正義のために立ちあがった市民。そうさオレらはセイギノミカター」

須弥也が歌うような節回しで弓を引くポーズを取る。

「悪人ってのは、こういうやつのこと」

虎太郎がカーラジオのボリュームを上げる。ニュースが流れている。

――亡くなったのは同店の店主、小竹良治《こたけりょうじ》さん、六十五歳。執拗に刺されていること、売上金は持ち去られていないことから、背景に強い怨恨があるものとみて捜査が行なわれています。〈叉五《さご》郎《ろう》〉は行列ができることで有名なラーメン店で、小竹さんは、閉店後、翌日の仕込みをしているところを襲われたと見られています。

「叉五郎？　ラーメン？　あのオヤジが刺されたって？　マジ？」

雄翔が目を見開いた。

「叉五郎って聞いたことあるな。蒲田だっけ？」

須弥也が広い額に手を当てる。

「どっちかというと梅屋敷。亡くなったって言ってた？　死んだ？　あのオヤジが？　ウソだろ」

雄翔が隣に坐る子子に顔を向ける。子子は首をかしげる。

「夏に連れてったただろ。うるさい店だよ。客がざわざわしてるんじゃなくて、オヤジが口うるさい。マンガを読むな、スマホで撮るな、喋るな、胡椒《こしょう》なんか置いてない、食べ終えた丼はカウンターの上に載せろ」

「思い出した。『ラーメン』って頼んだら、『うちはラーメンなんてない！』って怒鳴られたとこか」

「支那そばなんだよな。つか、シナって使っていいのかよ、むしろ」

「おっちゃん、怒りすぎて、脳の血管が切れたか」

「襲われたんだよ。なに聞いてたんだよ」

「襲われたって、殺されたってこと？　お客さんに？　指図ばっかするから？」

「案外、そうかもな」

「そんなに高飛車でも行列店というのは、相当うまいん？」

須弥也が振り返って尋ねた。

「うーん、緊張して食ったから、味とかわからんかった」

「何だよ、それ」

「あの独特の緊張感は、実際に行ってみないとわからんよ」

「行っても、おっちゃんはもういないけどね」

子子が茶々を入れる。

「それでも行列になるんだから、やっぱり相当うまかったんだろうなあ」

須弥也が残念そうに溜め息をつく。

「行列店って言うけど、カウンターだけの狭い店ってこともあるんだよ。十人坐れたか？　それをオヤジ一人で切り盛りしてるから、回転が悪い。それで客を上から目線だろ、刺されて当然っちゃ当然。オレも殺意が湧いたし」

雄翔がガムを口に放り込む。

「ユウくんは、『すみません』って頭をさげてたけどね」

子子がケタケタ笑う。

「貸しといてやったんだよ」

雄翔がむすっと眉を寄せる。

「あたし、ユウくんのそういうところが好き。ちゅっ」

子子は雄翔に投げキスを送る。

「そういうの、やめろよ」

「いいじゃん、好きなんだから。ちゅっ」

「姉貴だろ」

「姉ぇ!?」

須弥也がすっとんきょうな声をあげた。

「そうだよ。だからこれは家族愛。映画でよくあるじゃん。ちゅっ」

「日本の映画ではないだろ」

「でも、名字が違くないですか？　花咲、ですよね？」

姉弟の間を須弥也が裂く。

「何だよ、突然敬語になって。花咲は嫁ぎ先の姓」

雄翔が言う。

「結婚してる!?」

「スミやん、声がでかすぎぃ」

子子が両耳を塞ぐポーズを取る。

「結婚してて、こんな遊びしてていいんすか?」

「既婚者は家事以外しちゃいけないの?」

「いや、でも、こういうの、いろいろヤバいっしょ」

「不倫するより?」

「いや、そういう比較じゃ……」

「だって、つまんないんだもん、旦那」

「市役所勤務」

虎太郎が言った。

「コタローは知ってたんかい。そういうのは最初に言っといてもらわんと」

須弥也が子供のように唇をぷるぷる鳴らす。

楠木虎太郎は折田雄翔とは中学以来の仲で、家に遊びにいったこともあり、姉のこともよく知っていた。石浜須弥也とはアルバイト先で知り合い、虎太郎は二か月で辞めてしまったが、須弥也は今もそのケータリングサービスで働いている。

「あんたはプロフィールで人とつきあうの?」

子子にチクリと刺され、須弥也は話題を変える。

「つか、刺し殺すのって、トレンドなん？　地下鉄でガイジンが刺され、公園でおばちゃんが刺されたよな、わりと最近。さっきのラーメン屋も刺されたって言ってた」

「渋谷のスクランブルでも」

虎太郎が言う。

「ああ、この間のハロウィンの時の。あれも刺されたんだっけか？」

「たしか。死ななかったけど」

「全部同じやつの仕業だったりしてな」

「んなこたーない」

「まあそうだわな。刺すってのは、べつにフッーか。全部射殺なら同一犯ぽいけど」

「まったく、ひでー世の中だぜ。やっぱオレらが正義を示さんといかんな」

雄翔が力瘤《ちからこぶ》を作り、二の腕を叩く。

「そんなことより、おなかすいたぁ。あたし、テーブルが回る中華がいい」

子子が両手でメガホンを作り、運転手に向かって訴える。

「今日は登戸に着いたら解散」

虎太郎が覇気のない声で応じる。車は夜の中央道を東に向かっている。

「は？　あたし、耳が悪い？」

「何でも食わせてくれるって話だったじゃねえかよ」

雄翔も不満を漏らす。

「撮影が終わったらな。今日は終わらなかった。だからメシはなし。三段論法ってやつ？」

虎太郎はしれっと言う。

「そりゃねえよ。山梨まで遠征したんだぜ」

「失敗したのは、誰かさんが下調べしてなかったからでしょうが」

子子が腕を一直線にして前を指さす。虎太郎はルームミラーから視線をはずす。

「じゃあ、今日のところは牛丼で」

「えーっ」

「特盛りで卵をつけてもいいから。回るテーブルの中華は、監視カメラをぶっ壊すところを撮れたらということで」

「えーっ」

「ネタが採用されたら謝礼が支払われるというシステムだから、今日の撮影にギャラは発生しない。なのに豪華ディナーを提供したら、支払い分を回収できず、オレ大赤字」

虎太郎はハンドルから両手を放し、お手上げというように肩口で掌を上に向けた。

「つか、これ、仕事やろ？　仕事だったら経費を請求できるやん。採用不採用にかかわらず、メシ代と足代は毎回もらおう」

須弥也が言う。

「向こうもポケットマネーから出してるからなあ」

「向こうは向こうでおいしい思いをしてるわけだから、遠慮なんて必要なくね？　正当な対価をよこさなかったらネットでぶっちゃけるぞ、くらいのことは言って、もらえるものはもらおうぜ。当然の権利よ」

雄翔も気勢をあげる。

「今度交渉してみるよ」

虎太郎は煮え切らない返事をする。

「あーあ、ごちそうにありつけないのなら、あたしも今日はパスしとくんだった。ニーナ、鼻がきくなあ、ちくしょう」

子子が隣の席に倒れ込む。

「ニーナ、学校が忙しいの？」

弟は顔をしかめて姉の体を押し戻す。

「相席女子会」

虎太郎が答える。

「それって男と相席すんだろ？　いいのかよ、彼氏として」

「あいつは話半分だから。ただの飲み会だろうよ」

「けど本当に合コンだったらヤバくね？」

「ほかの男には絶対になびかないって自信があんだよ、このイケメンは」

子子が伸びあがり、虎太郎の髪をくしゃくしゃに引っかき回す。

3

「かゎいー」

花咲子子が陳列棚の上から和柄のシュシュを取りあげた。

「ニャンコちゃんに似合いそう」

小菅新夏が指さして言うと、子子はシュシュのゴムを両手で広げたが、髪には持っていかず、ブレスレットのように手首にはめた。さらに棚から、一つ、二つとシュシュを取りあげていく。

「どやっ」

子子は両腕を胸の前でクロスさせた。どちらの腕にも、ロンTの袖をまくりあげた手首から肘までみっしりシュシュがはまっていて、ミシュラン《ビバンダム》のマスコットのようだ。

「新しいファッションかも」

新夏はスマートフォンを構え、ポーズを決めた子子の写真を撮る。

子子がシュシュを棚の上に投げ捨てるように戻し、二人は通路に出た。二人は二子《ふたこ》玉川《たまがわ》にあるファッションビルのフロアーを回っている。ハロウィンが終わり、クリスマスにはまだという、小売業にとっては谷間の時期だったが、日曜日の午後だけに、かなりの人出である。

「かゎいー」

隣の店舗に入り、子子は猫柄のキャスケットを手に取った。自分の帽子を脱ぎ、かぶってみる。

「うん、かわいい」

新夏は消音カメラアプリで一枚撮る。

「こっちもいいじゃん」

子子はピンクのボーラーハットを頭に載せる。

「ちょっと斜めにしたほうがおしゃれだよ」

アドバイスにしたがい、ブリムを下から人さし指でずらす。すかさず新夏がシャッターを切る。

「そのポーズ、もらいっ」

ニットのベレー帽、ノルディック柄のダウンハットと、子子は手当たりしだいかぶっていく。かぶっては、スマホに向けてポーズを決める。

ひとしきり試着したのち、二人は向かいのショップに移動した。子子がマフラーを首に巻き、それを新夏が撮影する。

二人はショップを渡り歩く。シャツを体に当て、上着を肩に引っかけ、ベルトを腰に巻き、スマホで撮影する。

キャラクター雑貨の店を出た時だった。

「ちょっといいかな?」

二人に声をかけてきた者がいた。子子と新夏がかまわず先に歩いていくと、

「写真」

通せんぼするように前に回り込んできた。

「ジジイは巣鴨でナンパしてろ」

子子が中指を立てる。四十前後の男だった。キルティングのジャケットに千鳥格子のスラックス、焦げ茶のローファーと、いかにも家庭を持ったサラリーマンの休日ファッションである。

「君たち、写真を撮ったよね？　今の店でも、その前の店でも。で、ＳＮＳにアップした。Ｔｗｉｔｔｅｒ？　Ｉｎｓｔａｇｒａｍ？　Ｐｉｎｔｅｒｅｓｔ？　それともＬＩＮＥで送ったのかな？」

「うぜ」

子子は小さく吐き捨て、男の横をすり抜ける。男は蟹歩《かにある》きで寄り添ってついてくる。

「お店の許可を取った？　取ってないよね。だったら写真はだめだよ。無許可での撮影だけでもいけないことなのに、お店の商品を身につけて写真を撮り、ネットにあげる——それって、その商品を自分の持ち物としてみんなに披露しているのと同じことだよね。けれど君たちはその商品を買ってはいない」

「はあ？」

「購入していないものを自己の所有物化している。そういうのを窃盗と言う。通称万引き」

「盗《と》ってねえし」

「実体はね。けれど、実質、商品の価値を盗み取っているじゃない」

「意味わかんねえし」

子子は足を止めて男を睨みつける。新夏は不安そうに周囲に目をやる。

「商品と一緒に写真を撮ったりネットにあげたりしたらだめだよと言ってるの。十秒で消えるＳｎ

apchatでもね」

「アップしてねえし、だいたい撮ってねえし」

「じゃあ、その中を見せてもらえる？　何も撮っていないのなら見せられるよね」

男は新夏の左手を指さす。本体と同じほどの大きさのぬいぐるみをぶらさげたスマホが握られている。

「何でおめえに見せなきゃならねえんだよ。つか何、おまえ、うちらを脅してんの？　通報されたくなかったら金よこせって？」

子子が片目をぎゅっとつぶる。

「違うよ。警察沙汰になるかもしれないから、よしといたほうがいいと忠告してるんだよ」

男は腰の両脇に手を当て、二人の少女を交互に見る。教師のような風情でもある。

「親切ぶって、狙いは見え見えなんだよ、バーカ。指一本ふれさせねーから」

子子は両手の中指を立て、ぷいと顔をそむけて歩き出す。それでも男は引きさがらず、

「やんちゃは若さの特権だけど、潮時を見誤ったら、手痛いしっぺ返しが来るよ」

と説教しながらあとをついていく。

そこにどすのきいた声が浴びせかけられた。

「しつけーんだよ、年寄りは。しっぺ返しが来るよ？」

折田雄翔がくちゃくちゃガムを噛みながら背後から現われ、女性陣と男の間に割って入った。雄翔は中年男の腕を取り、引き寄せると、酔っぱらいを無理やり歩かせるように前進した。

少し遅れて楠木虎太郎が現われた。彼のショルダーバッグのストラップにはアクションカムがクリップされている。

雄翔は中年男と肩を組んで階段の方に曲がっていく。間を置いて虎太郎が続き、通路の奥に消える。


「で、そのオヤジ、どうしたん?」

石浜須弥也が尋ねる。

「それは見てのお楽しみつーことで」

折田雄翔がニヤニヤ答える。

「ボコった?」

「だから、オンエアを待ちなさいって」

「それ、テレビでやってだいじょうぶなん? 顔バレせんの?」

「世の中には編集という技術があるわけで」

虎太郎がタバコを振りながら答える。

「けど、そのオヤジに訴えられたりせんの?」

須弥也はなお尋ねる。

「訴えられるようなことなんてしてない」

「したじゃねーか」

雄翔に指さされ、虎太郎は彼の顔に大きく息を吐きかけた。気分は、ゴジラのような紫煙で嫌がらせしてやれだったのだが、加熱式タバコなので、有害物質がほとんどふくまれていないうっすらとした水蒸気しか出なかった。

「手は打ってある」

虎太郎は逆手に握ったフォークを冷めたピザに突き立てる。

「どんな？」

須弥也が尋ねる。

「それは、ここじゃあちょっと言えねえな」

「なんだ、そりゃ」

「そうなのよ。いくら訊いても教えてくんないんだ、この人」

子子が話に割り込んできた。

「よい子は知らなくていいんですよ」

虎太郎は子子の頭をてんてんと叩く。

「よい子じゃないし」

子子が耳当てつきのニット帽を脱いだ。下には薄手のワッチキャップをかぶっていた。額にはスカルのワンポイントが入っている。

「二枚重ねとか、寒がりすぎ。冷え性？」

須弥也が笑う。

「ふくみがある言い方」

子子が睨みつける。

「女は若くてもフッーに冷え性なんしょ?」

「それが、ふくみがあるって言うんだよ」

子子がワッチの裾を裏返すと、値札がぽろりと現われた。

「試着したままパクってきた?」

「これも」

カーディガンの袖口をたくしあげると、迷彩柄のシュシュがブレスレットのようにはめられていた。

「やるなあ」

「やるよ」

反対の手首にもレモンイエローのシュシュが隠されていた。子子はそれをはずし、ワッチを脱ぎ、肩までの髪をラフに束ねる。

「大成功!」

雄翔がだみ声を張りあげ、ワイングラスを挙げる。

二子玉川のファッションビルを去ること三時間、彼らは多摩川を渡り、宿河原《しゅくがわら》のファミリーレストランに集っていた。どうしても変更できないシフトに入っていた須弥也は「昼の部」には不参加だったが、打ちあげには遅れて駆けつけてきた。

「てゆーかぁ、どうしてすぐに助けに出てきてくれなかったんだよぉ。警備員呼ばれるかと、ひやひやしたじゃんかよぉ」

新夏が頬を膨らませる。瞼は半分閉じ、言葉にはしゃっくりが混じっている。

「だから、様子を見てたんだって。おかげでいい画《え》が撮れた」

虎太郎が赤ワインのデカンタを取りあげ、自分のグラスに注ぐ。

「とか言って、いざとなったら見捨てるつもりだったんでしょ」

「そんなことないって。いい仕事してくれた。お疲れ」

虎太郎はうんざりしたように笑い、タバコのホルダーからヒートスティックの吸殻をはずしてピザの上に捨てた。

「そんなことあるあるある。コタローの、ばかぁ」

新夏は虎太郎からグラスを奪い、一気に半分も空ける。

「飲み過ぎだろ。何度目だよ、その愚痴」

雄翔がグラスを取りあげる。

「あたしのぉー」

グラスを取り戻そうと、新夏が腕を伸ばす。しかし酔っぱらいは目測を誤り、手の甲がサラダボウルを直撃してしまった。テーブルの端にあったボウルは放物線を描いて床に落ち、破滅的な音を店内に響かせた。

ほかのテーブルからいっせいに目が集まる。しかしそれは一瞬のことで、みなすぐ自分たちの料理に顔を戻した。

「だいじょうぶです。こちらで片づけます」

中年の女性店員がやってきた。テーブルの横にしゃがみ込み、散らばった野菜を集める。

「だいじょうぶじゃねえよ。おいナイトー、おめーに言ってんだよ」

子子に罵声《ばせい》を浴びせられ、店員がきょとんとした顔をあげる。胸の名札に〈内藤〉とある。

「おめーがシャキシャキさげないから、じゃまになって当たったじゃねーかよ。怪我してない？」

と子子は新夏の手を取り、手の甲をさする。ついさっきわめき散らしていたというのに、新夏の瞼は半分落ちている。

「まだお料理があったもので……」

店員はおどおど腰をあげる。

「腹いっぱいで食えねえんだよ、もう」

「ではおさげいたします」

テーブルの上には食器がひしめき合っている。半分重ねて置かれているものもあり、端にある皿はテーブルの外まではみ出している。ほとんどの食器に料理が残っている。スパゲティ・カルボナーラと白身魚のムニエルはまったくの手つかずである。メニュー全制覇を目指して乗り込んだものの、半分もオーダーしないうちに、みな満腹になってしまったのだ。

「さすが姉者《あねじゃ》、頼もしい」

両腕に食器を抱えて厨房《ちゅうぼう》に向かう内藤を見送りながら、須弥也が大きくうなずいた。

「まーた、人のことを」

子子が拳を振りあげる。須弥也が大げさに頭をガードする。

「コタロー！」

新夏が突然噴き出した。

「何だよ」

虎太郎が眉を寄せる。

「コタローだって、コタロー」

ストローをタクトのように振りながらケタケタ笑う。

「だから何だよ」

「ヘンな名前」

「はあ？」

「楠木虎太郎！　おまえは戦国武将か」

新夏は虎太郎の肩をバシバシ叩く。

「完全にできあがっちゃってるよ」

雄翔が耳打ちするような声で言う。

「おまえだって変な名前じゃねえか。ニーナ？　アメリカ人かよ」

虎太郎もかなり酒が入っているので、真っ正面からやり返す。

「ニーナはかわいいじゃん。コタローはヘン」

「虎太郎が変なら、子子はもっと変だ」

「子子もかわいいじゃん。ニャンコ。コタローはジジ臭い。コタロー、コタロー」

新夏は虎太郎を指さす。

「まあ、ネコじゃなくてネズミなんだけどね」

子子がくすっと笑う。

「ネズミ？」

須弥也が首をかしげる。

「子《ね》年に生まれたから子子」

「子年？　オレが戌《いぬ》年だから、戌、亥《い》、子で二つ下？　二十歳？」

「それじゃあ妹だ」

雄翔がタバコをくわえる。数秒の間を置いて、須弥也が目を剝いて首を突き出す。

「四十四じゃないよ」

子子が弟のタバコを奪い取る。

「わかってますよ。五十六。若っ。スーパー美熟女」

「死ね」

子子が須弥也に煙を吐きかける。

「知らなかったー。何で教えてくれなかったん」

須弥也は雄翔を肘打ちする。

「べつに言う必要ないし。恥ずかしいし」

雄翔は爪楊枝《つまようじ》をくわえてあさっての方を向く。

「その言い方はないでしょ」

姉は弟にも煙を吐きかける。

「恥ずかしいのは、うちの親だよ」

「それもおかしいでしょ。あんた、二十二の今子供を作ったとして、三十二の時にはもうセックスしないの？　したら普通に子供できるじゃん。四十二でもまだするよね？　だったら二十歳差のきょうだいがいても全然変じゃない」

「姉者、御意にござりまする」

須弥也が立ちあがって最敬礼し、頭をはたかれる。

「ニャンコちゃん、かゎいーから好き」

新夏は子子になでられる。

「しっかし、三十二歳には全然見えない。めちゃくちゃ若い」

須弥也は溜め息をついたり首をかしげたりしながら、しげしげと子子の顔を見る。そしてまたはたかれる。

「具体的な数字を出すなって」

「褒めてるんっすよ」

「だいたい、若く見えるってことは、実際は歳ってことじゃ――、ちょっと！」

子子が大きな声をあげた。年齢の話題をしつこく続ける須弥也にキレたのではない。

「和っぽいパンケーキは？」

子子は大きな動作でテーブルの上を見回す。

「〈小倉クリームパンケーキ〉はおさげしましたが」

一度でさげられる食器の量ではないため、内藤が戻ってきていた。

「はあ？　食ってたんだぞ」

「もうおめしあがりにならないと……」

「腹いっぱいとは言ったが、全部さげろと言ったか？　チーズがかかった芋もなくなってるじゃねーかよ」

雄翔が上目づかいにガンを飛ばす。

「すぐにお持ちします」

「ふざけんな。さげられたのを食えるか。料理の上に皿を重ねてたじゃねえかよ」

子子は内藤を威圧するように、ゆっくりとした所作でシュシュをはずし、スカルを見せつけるようにワッチをかぶった。

「いえ、新しいのを、すぐに」

内藤がおどおど厨房にさがっていくと、須弥也がひょうと口をすぼめた。

「さすが姉者、いちいち決まってますな」

「おまえはいちいち癇《かん》にさわるんだよ」

子子は指でピストルを作って須弥也に突きつける。虎太郎と雄翔が大仰《おおぎょう》に手を叩きながら声を立てて笑う。ほかの客は何事かと気にしているようだが、あからさまには顔を向けてこない。

やがて〈小倉クリームパンケーキ〉と〈とろりんチーズの雪国ポテト〉が運ばれてきた。

「なかなか来ないから、おなかいっぱいになっちゃったぜ」

子子はフォークを取ろうともしない。

「何だよ、これは」

雄翔が目の前に置かれたポテトの皿を指さす。

「〈とろりんチーズの雪国ポテト〉ですが」

内藤は腰が引けている。

「こんなもん頼んでねえから」

「あ？　え？」

「『芋がなくなってる』と言っただけだし。食べてる途中だったのは、辛いソーセージとローストビーフ丼だ」

「あたしはティラミスが食べかけだった」

子子が言う。

「それ、残りはオレがいただいたから」

と雄翔。

「バカ」

「食わないでほっとくほうが悪い」

「違うよ。食べたって言わなければ、新しいのがもらえたのに、バカ正直なんだから。でもあたし、ユウくんのそういうところが好き、ちゅっ」

姉と弟の連携もあざやかで、とろんとした表情で船を漕いでいた新夏も釣られて笑っている。

「〈一番辛いチョリソ〉と〈ごちそうローストビーフ・ボウル〉でよろしいでしょうか？」

伝票を持つ手がふるえている。

「よろしくないね」

窓の方を向いて頬杖をついていた須弥也がつぶやいた。内藤の表情がさらに引きつる。須弥也はタバコをくわえ、火をつけ、脚を組み直し、おもむろに彼女の方に顔を向ける。

「代わりのものを持ってくればそれでオッケーって、何そのお役所的なのは。この店にはココロがないわけ？　そう、ココロだよ、心。まずは『ごめんなさい』だろう。『すみません』でも『申し訳ありません』でもいいけど、内藤さんだっけ、あんた、そういうの、一言でも言った？　なーんも謝りもせず、はいはいわかりましたこれでも食ってろってか。どういう店なんだ、ここは」

「申し訳ありません」

内藤は肩をすぼめて首を垂れるが、須弥也は攻撃の手を緩めない。

「おせーんだよ。人に言われて頭をさげて、そこに誠意があるか？」

「申し訳ございません」

「いいよ、もう」

「大変失礼いたしました。すぐに料理のほうを持ってまいります」

「全然わかってねえじゃねーか。モノでカタをつけようって発想」

「いえ、そんな」

「もういい。あんたじゃラチ明かねえ。店長を呼んでこい。店長だよ、店長。さっさと呼んでこい」

内藤は青ざめた顔でさがっていく。五人はバスケットボールの退場の時のように手拍子を送り、そしてゲラゲラ笑う。

「新たなビジネスの予感」

虎太郎が、空いていた隣の席に一人で移動する。

しばらくののち、頭髪の薄い男がやってきた。内藤はともなっておらず、一人である。

「当方の不手際により、お客様には大変ご迷惑をおかけしております」

横に両腕をぴたりとつけ、体を四十五度倒す。

「さすが店長、ビシッとしてるぅ」

子子がスプーンとフォークを叩き合わせる。

「脊髄反射で頭をさげてるだけ」

雄翔が鼻を鳴らす。

「まことに申し訳ありませんでした」

店長はさらに深く体を傾ける。

「部下もあんたのように頭をさげられるよう教育するのが上司の務めっつーもんだろ。それができてないのだから、店長失格」

須弥也がナイフの切っ先を突きつける。

「申し訳ございません」

「だいたいよぉ、さっきのおばちゃんが、どの皿をさげるか確認しなかったところに問題があるだろが。この店ではそういう教育もしてないわけ？」

「ご指摘、ごもっともでございます。今後はさらに徹底して指導いたします」

「今後とかどうでもいいんだよ。今のオレらをどうしてくれんのかってこと。せっかくいい気分でメシ食ってたのに、それをぶち壊してくれて」

「当スタッフの不手際につきましては、まことに申し訳ございませんでした。間違ってさげてしまったお料理は新しくお出ししますので、どうかお申しつけください」

「ほらみろ、結局モノで解決しようとしてる。それがこの店の誠意か。いくら同じ料理を出されたところで、愉快だったあの時は戻ってこないんだよ」

「つか、もう食う気になんない。しらけた」

子子があくび混じりに言う。

「〈拡散希望。ハッピーキッチン宿河原店は食べかけの料理を勝手に片して謝りもしない最低の店〉――ポチッとしとく？　ちな、オレのフォロワー三千人」

雄翔がスマホの画面に人さし指を近づけたり遠ざけたりする。

「ご容赦ください」

店長があらためて頭をさげる。

「なら、誠意を見せろや」

須弥也がテーブルを叩いてすごむ。

「当方に手違いがございましたので、お代は結構でございます」

「おいおい、全然わかってねえぞ、こいつ。それのどこが誠意だ。返品したら返金されるのと一緒で、当然の処置やんか。拡散拡散」

「じゃ、ポチッちゃおう」

須弥也に顔を向けられ、雄翔はスマホの画面に人さし指を近づける。

「お待ちください」

店長が腰をかがめ、靴を脱ぐ。そのまま正坐し、床に額をつける。

「見世物じゃねーぞ」

見ないふりで関心を寄せている客たちを雄翔が牽制する。

隣の席では虎太郎が無言で動画を撮影している。


「ただメシ食ったうえに、おみやげまでもらっちゃって、悪いねえ。お一人様五枚ね」

雄翔はギフト券を扇形に広げ、仲間の方に差し出した。

ハッピーキッチン宿河原店の駐車場である。店舗は幹線に面しているが、駐車場は建物の横手から裏手にかけてあり、塀の向こうは住宅地なので、車が出入りするとき以外は、暗く、静かである。

「思いがけず次回納品の動画も撮れたし、実にいい一日だった」

虎太郎は手刀を切ってギフト券を抜き取る。

「乗る人？」

須弥也がキーのボタンを押し、黒いトールワゴンのドアロックを解除する。

「よろしくー」

子子が後部坐席に乗り込む。雄翔も続く。

「おまえはこっち」

ふらふらと軽のトールワゴンに寄っていく新夏の手首を虎太郎が摑んだ。

「帰る」

「だから、オレの車だろ」

「おうちに帰る」

「はあ？　今日はオレんところに泊まるんだろ」

「コタローの蒲団、硬いから、おうちで寝る」

「はあ？　今さら何だよ。早起きして掃除したんだぞ」

「おやすみー」

新夏は大きなあくびをしながら、緩慢な動作で虎太郎の手を振りほどこうとする。

「じゃあ送っていく」

虎太郎は腕を引き返す。

「コタローの運転、怖い」

「国内Bライセンス持ちだぞ」

「すごく飲んでたから」

「おまえのほうが酔っぱらってるだろ」

「あたしは運転しないもん」

「撮影をはじめてからは飲んでないから、もう抜けてる」

虎太郎は片脚立ちしてみせる。

「スミやんはあとから来たから、コタローより飲んでなくて安全かもね」

須弥也の車の窓から子子が手招きする。新夏がよたよた寄っていく。子子よりネコっぽい、気まぐれなところもと、楽しげな笑いが起きる。

「今度泊まりにくる時は蒲団も持ってこい」

虎太郎は悪態をついてトールワゴンに背を向け、自分のミニバンに乗り込んだ。エンジンをかけずに一服つけ、彼女の気が変わらないかと待ってみたが、ドアが叩かれることはなく、須弥也の車が短くクラクションを鳴らして駐車場を出ていった。

虎太郎はタバコのホルダーを放り出して車を出た。もよおしてきたので用を足しておこうと思った。

駐車場のはずれの暗がりまで歩いていき、ズボンのチャックを降ろそうとした時だった。目の中で何かが爆発した。そう感じられるほどの衝撃が彼の体を貫いた。左肩には、これは錯覚ではなく、火のついたタバコを束にして押しつけられたような痛みが走った。

半身になって防御するように虎太郎が振り返ると、鋭利なシルエットが頭上にあった。

「死ね死ね死ね死ね」

呪詛《じゅそ》のようなものが繰り返される中、鋏が振りおろされる。

あるいは孤独な青年が都会の狩人に変わったからなのか

1

三十二歳で死んだ彼の父親は井上陽水が好きで、休日には窓を閉めきった部屋に引きこもり、大音量でCDを聴いたり、それに合わせてギターを弾いたりしていた。

陽水を刷り込まれて育った彼は、小学校二年生の時の遠足のバスで、めくらの男は静かに見てると歌い、同級生をぽかんとさせ、担任教師を大いにあわてさせた。

彼が一番好きだったのは「ダンスの流行」という曲だった。父親の下手なギターをバックに、ジルバマンボタンゴルンバボサノバと語呂のいい歌詞をノリだけで口ずさみながら幼い彼が踊っているホームビデオが今も残っている。

その一方で、同じアルバムに入っている「灰色の指先」という曲は、彼に恐怖を与えた。彼はまだ歌詞を咀嚼《そしゃく》できるほど成熟してはいなかったが、沈んだ旋律と抑制された歌声が、これがただならぬ曲であると訴えかけてきた。

川島輪生《かわしまもとき》は父を喪い、今年二十一歳になった。父が彼をもうけた歳である。気がついたら、「灰色の指先」に歌われた工員同様、彼も指紋をなくしていた。彼は溝の口駅前の〈プサリス〉で働きはじめて二年目になる。スタッフ十人の、わりと大きな美容室だ。

彼は美容師ではあるが、営業時間中に鋏を持つことはない。

シャンプーをし、床を掃き、シャンプーをし、タオルを洗い、シャンプーをし、ロッドをはずすのを手伝い、シャンプーをし、駅前で宣伝のちらしを配り、シャンプーをし、タオルを洗い、シャンプーをし、その繰り返しで一日が終わる。朝から晩まで洗髪というのが誰もが通る道で、過度の水仕事が彼から指紋を奪った。

シャンプー地獄は誰もが通る道ではあるが、彼と一緒に入った水谷更紗《みずたにさらさ》は一年足らずでアシスタントを卒業し、今ではスタイリストとしてシザーを握り、ロッドを巻いている。

「お湯かげんはいかがでしょうか？」

シャワーの湯を当てながら、彼は尋ねる。

「ぬるくて風邪ひきそう」

シャンプーチェアに寝た中年女性が肩をすぼめる。

「熱いと頭皮によくないんですよ、刺戟が強すぎて」

「あなた、バカなの？」

「はい？」

「熱くしたらだめなら、湯かげんがどうのって、わざわざ訊かないでちょうだいよ」

「だめということではなく、お客さまがお望みでしたら、熱くいたします」

「熱いのは頭皮に悪いのに？　私を禿《は》げさせるつもり？」

彼が顔を引きつらせ、返答に窮していると、レジにいた先輩が飛んでくる。

「とんでもございません。シャンプーもトリートメントも、当サロンはダメージフリーのものしか使っておりませんよ」

先輩は猫なで声で客に対応し、おまえはタオルを取り込んでこいと彼の臑《すね》に爪先を飛ばす。

裏口を出ると、彼は洗濯機の陰でスマートフォンの画面に指を走らす。

〈おまえの髪なんて誰も見てねえよ！　自分で切っとけ！〉

〈女は自分視点の生き物。それだけでも害悪なのに、歳を取るとますます視野が狭まるから始末に負えない〉

ツイートすることで少しは胸がすくが、あとで先輩にこってり絞られるので、ストレスの総量はむしろ増えることになる。


プサリスは午後八時に店を閉めるが、そのあと掃除や洗濯があるので、彼が店を出るのは九時になる。

水曜日と木曜日にはカットの練習があり、帰りはさらに遅くなる。十一時までウィッグと格闘しても残業代は一円もつかない。逆に、講習料の名目で給料から引かれることになる。

しかし彼は水木の夜が待ち遠しい。営業時間中は、免許を持たない高校生でもできる下働きしか許されず、自我をなくしているのだ。

「そこは縦目！　刃を斜めに入れたら切りすぎてしまうって、何度言ったらわかるんだよ。来年もシャンプー専任か？」

「悔しかったら、せめて半人前になってみろ。何だよ、その目は。殺すぞ」

「こいつは殺しても無駄ですよ。リンネだけに」

「いやいや、生まれ変わったらセンスがよくなるかもしれないし」

店長や先輩たちからは容赦なく叱咤《しった》される。頭をはたかれ、櫛《コーム》を投げつけられることもある。水谷更紗は顔をそむけてせせら笑っている。それでも彼は講習の晩が待ち遠しい。シザーのハンドルに指を通すと美容師の誇りを取り戻すことができる。

〈他人を攻撃するのは己の無能ぶりを塗り隠すため。せいぜい威張っとけ。そのうち俺の足下にひれ伏すことになるだろう。おまえだよ、おまえ〉

〈T電鉄D線M駅前のサロンにいるSM嬢はイニシャルどおりのビッチ〉

憂さは、帰り道でツイートして晴らしている。


溝の口は大きな街だ。ＪＲと私鉄が連絡し、駅と高層の商業ビルが空中歩廊《ペデストリアンデッキ》で結ばれ、都市銀行の支店もビジネスホテルもフィットネスクラブも複数あり、彼の住む北千束《きたせんぞく》よりはるかに都会のたたずまいである。

　しかし北千束は東京で、溝の口は川崎、朝の東急大井町線で多摩川を渡るたびに彼は、われ知らず溜め息のようなものを漏らす。たんに住居があるのではなく、東京で生まれ育っただけに、どうしても都落ちの気分がつきまとう。

美容学校も東京だった。卒業後は中目黒の美容室に入ろうと心に決めていた。そのサロンでトップを務めるディレクターの、カットの特別講習で披露してくれた無駄のないシザーさばきに魅了された。けれど何度門を叩いても開いてもらえず、大井、蒲田、馬込《まごめ》、二子玉川の美容室とも縁がなく、現在の彼がある。彼はあきらめたわけではない。これも修業だと自分に言い聞かせ、いつかあのカリスマ・ディレクターのもとでとの思いを抱き、今は溝の口の美容室に籍を置いている。

その職場で川島輪生は「リンネ」と呼ばれている。名前の見た目が輪廻転生という熟語を想起させるからだ。

ニックネームがあるからといって、その集団に溶け込んでいるというわけではない。

プサリスは第三火曜日が定休日で、その前日の終業後は、スタッフ同士でよく飲みにいく。彼は一度も参加したことがない。職場での飲み会に呼ばれたのは歓迎会だけだ。

忘年会は、声はかけられなかったが、それは周知のことなのでわざわざ言わなかったのだろうと会場に足を運ぶと、席が用意されていなかった。成人式のあとの連休には新年会が催されたが、彼にはＬＩＮＥでの連絡が入らなかった。そもそも職場で作っているＬＩＮＥのグループに入れてもらっていない。しかし彼はそれを寂しいとは思わない。

たまには駅の向こうのダイニングバーに行こうぜとロッカーの前で談笑する同僚たちに背を向け、彼は今日も一人で店を出る。ドアを閉めても笑い声が追いかけてくる。自分を嗤《わら》っているのだと彼は察する。しかし屈辱は感じない。

プサリスの彼以外のスタッフは、店長やオーナーもふくめて、川崎が地元か地方出身者である。田舎者とは波長が合わないだけなのだと、彼は逆に嗤っている。

〈アルコールは内臓も筋肉も脳細胞も精神も時間も破壊する。「百薬の長」というのは酒造メーカーと国税庁の陰謀〉

〈オンもオフも一緒とか、行動様式が小学生なみ〉

〈一人では笑えない。二人なら笑える。群れると安心できる。自分が大きく見える〉

〈聴け、陽水は孤独を歌っている。孤独は希望だ〉

北千束には何もない。銀行がない、牛丼屋がない、パチンコ屋がない、ドラッグストアがない。目隠しで連れてこられ、一つしかない改札口の三つしかない自動改札から駅前に放り出されたら、誰がここを東京の二十三区内だと思うだろうか。バス停もタクシーの乗り場もないのだ。

人家の狭間にぽつりと建つスーパーが生命線だ。一日の仕事を終えて多摩川を東に渡ってきた彼はここで、またおまえかという視線に耐えながら、赤札のついた弁当や総菜を買ってアパートに帰る。

部屋には明かりが灯っている。しかし彼を待ってくれているわけではない。美緒《みお》は缶やスチロール容器が散乱したダイニングテーブルに上体をあずけ、酒臭い鼾《いびき》をかいている。時にはトイレの床に脚を投げ出して便器を抱えている。

　風邪をひくぞと背後から抱えて立たせようとすると、うるさいほっとけと手足をばたつかせる。灰皿やグラスを投げつけてくることもある。彼の顎に二センチの傷があるのはそのせいだ。

　彼女をなんとか蒲団まで運んで寝かしつけると、テーブルの上の残骸をどかし、彼は遅い夕食をとる。右手で箸を使い、左手はスマホから放さない。

〈この女、アル中で死ぬぞ。むしろ死んでほしい〉

〈最悪なのは、入院だ手術だで、何年もしょい込まされること。おまえは自分の世話をさせるために俺を産んだのかよ〉

　川島美緒は輪生の母親である。母一人子一人の生活になって十年になる。

　かつては毎日抱きしめられ、ママママとこちらからむしゃぶりついて離さなかったこともあるのだろうが、今の彼にあるのは憎しみだけである。

「輪生、輪生……」

　彼女がうめくように繰り返す。掛け蒲団が剝《は》がれ、下着がはだけ、凧糸《たこいと》で縛った叉焼《チャーシュー》のような脇腹があらわになっている。彼は生返事すらせず、スマホの画面に指を動かす。

〈寝ゲロ窒息で死ねばいいのに〉

〈ゲロを口の中に戻して唇を蒲団で塞いだら完全犯罪やん！〉

　三時を過ぎてようやく昼休みを取ることが許された彼が、コンビニのイートインコーナーでカップ麺をすすって店に戻ると、ロッカールームに羽沢健《はざわけん》がいた。輪生より三十分も前に休憩に入ったというのに、まだ仕事に戻っていない。

羽沢は磨りガラスの小窓を背に仁王立ちしている。目を閉じ、大きく息を吸い、息を止める。ハッと短く息を吐き、同時に右手を素早く腰に持っていく。そこにはシザーケースがホルスターのように下がっている。薬指を曲げ、一丁のシザーのハンドルに第一関節までを差し入れる。と同時に引き抜き、くるくる回しながら肩口に構える。逆光に浮かぶシルエットはガンマンの早撃ちのようだった。美人の客の前で気を惹《ひ》こうという魂胆なのだろう。中堅のサロンディレクターなのに、幼稚なことこのうえない。

しかし羽沢はビリー・ザ・キッドの足下にもおよばなかった。シザーを回転させながら肩口まで持ってきたはいいが、もう一つのハンドルに親指を入れそこね、シザーはぽろりと落ちていった。狭いロッカールームに耳障りな金属音が鳴り響く。

「おい、何だよ。ふざけんな」

シザーを拾いあげ、羽沢がわめいた。梳き鋏《セニング》の棒刃のほうの先端が欠けていた。

「コバルトとかの超合金じゃなかったのかよ」

ハンドルに力を加えて開閉させるが、嚙み合う際に異音を発する。櫛刃のほうも曲がっているようだった。

「おまえのせいだ」

羽沢はシザーの切っ先を彼に突きつける。

「入ってきたから気が散って失敗した」

言いがかりをつける。

「リンネのセニングを貸せ」

不当な要求をする。

「練習でしか使わないのだからかまわないだろ。俺は仕事で必要なんだよ。このあとも指名が入ってる」

輪生のロッカーを勝手に開け、シザーケースから、くすんだ鋼のセニングを抜き取る。

「ボロいけど、ないよりまし。修理できるか材料屋さんに訊いてみるから、とりあえず貸しとけ」

自分のシザーケースに挿し、ロッカールームを出ていく。そして一週間経っても二週間が過ぎても、修理も買い換えもせず、人のセニングを使い続けるのである。

〈国家試験の前、神場山《じんばやま》神社に参詣した。合格した〉

〈就職が難航していた時も御殿場まで足を運んだ。就職が決まった〉

〈H沢、二週間だけ猶予をやる。それだけ待っても返さなかったら、おまえに罰を与えるよう、鋏の神様にお願いしてくるからな〉

「リンネ、Ｔｗｉｔｔｅｒやってんだ」

突然の声に、彼はびくりと顔をあげた。

「フォローするぞ。何て名前でやってんの？」

韮山聖志《にらやまさとし》が見おろしていた。文字を打つのに熱中するあまり、ロッカールームに入ってきたのに気づかなかった。

「僕はやってません。アカウントを持っていません。見るだけです。情報を集めるのに使ってて。情報といってもゲームの新作情報とか攻略とかですけど」

彼はしどろもどろにごまかし、スマホの画面を下に向けた。

2

給料日のあとの最初の休日、彼は決まって浅草橋に出かける。

老舗《しにせ》人形店のはなやかな陳列が道行く人の足を止め、玩具や雑貨の問屋が軒を連ねる江戸通りを離れ、鳥越神社の方に歩いていくと、低層のビルと古い民家がみっしり建ち並ぶ、いかにも下町ふうの裏町が広がっており、〈砥石《といし》辰野〉はその一角にひっそりとある。戦中か終戦直後からあるような茶色い板張りの建物で、入口の引き違い戸だけがサッシに替えられている。

辰野は屋号のとおり砥石の小売店であるが、刃物の研ぎも行なっており、彼はここで、祖母から受け継いだ鋏をメンテナンスしてもらっている。研ぐだけでなく、カシメの調整もしてくれる。祖母もずっとこの店を頼りにしていた。

彼が辰野をはじめて訪ねたのは昨春のことである。美容師として働きはじめるにあたり、道具を手入れすることにしたのだ。

辰野の四代目はまだ二十代で、金髪にピアス、七分袖の袖口からはタトゥが覗いているという、職人の風情とはかけ離れた男だったが、腕は確かで、輪生が美容学校の二年間使いっぱなしだったカットシザーが、スライドシザーが、名刀の切れ味になって戻ってきた。羽沢がいつまで経ってもセニングを返さないのは、この切れ味にまいってしまったからだと輪生は考える。

　彼も四代目の腕に感服し、日をあらため、残りの鋏も辰野に持ち込んだ。その帰りのことだった。

　浅草橋駅への戻り道、ふと顔を向けた先に立て看板が見えた。車一台がやっとの路地裏に何だろうと近づいていってみると、間口一間ばかりの小さな洋菓子店だった。プラスチックの看板は割れ、ガラス戸にペイントされた〈ルーブル〉という屋号もなかば剥げ落ちていたが、その向こうに見えるショーケースの中にケーキが並んでいるのを確認すると、彼はふらりと中に入っていった。甘党だったのではない。母親の顔がふと頭に浮かんだのだ。初月給でケーキを買っていこうと思った。そのころはまだ、親子の関係がかろうじて保たれていた。

　二度目の月給が出たあとも、彼はルーブルでケーキを買った。給料が出るたびに、研ぎの用事がなくても四十五分をかけて浅草橋まで足を運んだ。母親との関係が悪化してからも、自分が食べる一個のために、ルーブルに通い続けた。絶品だったわけではない。店名や店構え同様、味も凡庸だった。店員の女の子に会いたい一心からだった。

　歳は自分と同じくらいに見えた。今どきにしては珍しくストレートの黒髪をしており、化粧気もなく、白い三角巾をかぶっているたたずまいは、昭和のテレビドラマに出てくる看板娘を思わせた。

　客として接するだけである。これをくださいとショーケースを指さし、ありがとうございましたとケーキボックスを渡される。双方の言葉が発せられる間は無言の時が流れ、彼女が細い指で銀色のトングを扱い、白い箱に金色の紐をかける様子を、彼は黙って眺めている。それでも彼はしあわせを感じられた。ルーブルでの三分間が、職場での鬱積を、母親への憎しみを、リセットしてくれた。

一年半通っても、進展はなかった。彼女の名前は知らないままで、季節の挨拶をしたことも、たった一つしか買わなくてすみませんねと頭を掻いたこともない。いつも、ただ商品を求めるだけだった。

何もはじまっていなかったのだ。なのに終わりがやってきた。

十月のその日、彼は給料袋を握りしめて浅草橋にやってきた。実際には銀行振込なので給料袋などないのだが、目覚めて歯を磨いている時から、そういう、喜びと期待に満ちた気分だった。ルーブルのショーケースの向こう側には、いつものように看板娘が立っていた。彼は中腰になり、両膝に手を当て、首をさげ、ショーケースを左から右に見渡した。そうやって悩むふりをすることで彼女と共有する時間を少しでも長くできればという、姑息な考えに基づいた行動だった。買うのはいつもショートケーキと決まっている。

自分以外の客がいるのを見たことがないが、家族経営としても商売になるのだろうか、学校や介護施設への納入が主で、ついでに小売りをしているのだろうか――よけいな心配をしながらショーケースを眺めていた彼は、一角にぽっかりと穴が空いているのに気づいた。商品名が書かれたプレートはあったが、肝腎のケーキを載せたバットが置かれていなかった。

ケーキを選ぶポーズを取りながら、その空間を何度か目にするうちに、彼は一つ閃《ひらめ》いた。そして考えすぎて気後れが生じる前に行動に移した。

「青森リンゴのシプーストは売り切れなのですか？」

顔をあげ、指先をガラスに向けた。客が店員にする、ごくありきたりの質問だ。しかし彼にしてみれば、勇気を大いにふりしぼっての行動だった。

ほほえみが返ってきた時、彼の心がどれほど弾んだことか。しかししあわせは数秒ともたず、紅潮した頬から血の気が退《ひ》いた。

「シブーストですか？」

パリの下町っ子はシブーストと訛《なま》るんですよと、しゃあしゃあと切り返せるのなら、彼はとっくに彼女とLINEを交換している。

無智をさらした恥ずかしさに、彼は表情が凍りついた。それでいて目の裏側は高熱を帯び、網膜に映ずるショーケースや彼女の姿がぐにゃりとゆがんだ。

彼は苦笑いひとつ返せず固まってしまったが、思考が完全に停止してしまったわけではなかった。脳のある部分はむしろ異常に活性化され、彼女の笑顔の意味を解釈していた。

あれはほほえみではなかった。失笑だったのだ。あきれられたのだ。嘲《あざけ》りだったのだ。

「お待たせしました」

まだぼんやりとしている網膜に人の姿が映じた。コック帽をかぶった男だ。ショーケースの向こうに立っている。

「おいくつさしあげましょう？」

男はプリンのようなケーキが並んだバットを抱えている。彼女の姿はない。彼の脳のある部分がまた異常に活動する。

こんな世間知らずの相手はごめんだと、応対を代わってもらったのだ。だいたい、その顔、ファッション、ケーキって柄かよ。いつも一つしか買っていかなくて、貧乏臭い。もしかしてあたしに気があるの？　買物を口実に顔を見にきているとか。キモっ！

「お客様？」

コック帽の男が怪訝《けげん》な顔をする。

「あ、ええと、ショートケーキを、一つ、ショートケーキを」

彼はしどろもどろに応える。

「ショートケーキですか？　シブーストでなくてよろしいのですか？」

「あ？　はい、その青森リンゴのを。いや、ショートケーキでした。チーズケーキ？」

彼はすっかり頭に血がのぼってしまった。何を言っているのか、何を言いたいのか、自分でも理解できていない。

「やだぁ」

店の奥の方で声がした。弾んだ声だ。若い女性の声だ。

彼女が笑っている。自分のことを嗤っている。

彼は店を飛び出した。背中に男の声がかかったが、振り返らず、立ち止まらず、路地を駆け抜けた。

青空が灰色に霞む。左右の建物や電柱が陽炎《かげろう》のように揺れる。一歩踏み出すたびにアスファルトがぐにゃりと沈み込む。

こんな状況だというのに、彼は気がついたらスマホを握っていた。

〈終わった〉

〈死ねよ、俺。死ね死ね死んじまえ！〉

その滑稽さに、自分のことなのに憐れみをおぼえた。

ひどい人生だと、彼はよく思う。

十一歳で父親を喪った。湾岸の高層マンションを追われ、築四十年のアパート住まいになった。父が死んだあと、母が昼も夜も働いて、人並みの栄養と娯楽を与えてくれ、学校を出してくれた。しかし彼が美容師の資格を得、就職先も決まると、次はおまえが私を養う番だと、彼女は働くのをやめた。

炎天下に長袖の制服で車を誘導し、年中目の下に隈を作り、まだそんな歳でもないのに半白で、それを染める余裕もない、そういう苦労を母が重ねていたことを彼はよく知っている。金のかかる専門学校に行かせてくれたことにも感謝している。

だから彼は、これからは自分ががんばると決意したわけだが、しかし髪も切らせてもらえない新米は薄給だ。そうとわかっているくせに美緒は、パチンコやスマホゲームに明け暮れ、勝ったら勢いにまかせて、負けたら腹癒《はらい》せで、酒にひたる。たまりかね、自分の小遣いぶんくらいは働いてくれ、こっちはファストファッションを買うのにも苦労しているのだと彼が訴えると、わかったわよと眦《まなじり》を決し、わずかにあった積立貯金や生命保険を解約する。それはあっけにとられただけですんだが、詰まったトイレを掃除したら使用ずみの避妊具が出てきたのには愕然《がくぜん》とした。息子が働きに出ている間に、パチンコ屋で知り合ったような男を連れ込み、体と引き替えにわずかな金を得ているのだ。そういう自堕落な姿を、三月《みつき》、半年と見せられては、恩も憎しみへと変わる。

職場にも憎しみが満ちている。見る目のない店長に、横柄な先輩、要領のいい同期。腐った連中が馴れ合って、田舎者の嫉妬で足を引っ張ってくる。働きがいがなく、給料もいつまで経っても見習い待遇で、このままでは自分も朽ちてしまいそうだ。

職場は針の筵《むしろ》、家庭は地獄の釜、泥沼から泥沼への無限ループである。かつて趣味としていたヘラブナ釣りやトレーディングカード蒐集《しゅうしゅう》にかける時間も金銭的な余裕もなく、せいぜい匿名のツイートで鬱憤を晴らすしかないのだ。

そんなひどい日々を彼が我慢できていたのは、ルーブルというオアシスがあったからだ。

看板娘の彼女を狙っていたわけではない。ほのかな恋心はあったが、思いを告げるつもりはなかった。ただ顔を見て、声が聞ければそれでよかった。職場に居場所がなく、家庭に安らぎのない彼にとって、彼女が唯一の癒やしだったのだ。

けれど彼女には二度と会えない。無智をさらし、軽蔑されてしまった。もう合わせる顔がない。やっと生まれた彼の小さなしあわせが、あっけなく消えてしまった。

ブレザーの制服を着た女子高生がスマホの画面に見入っている。隣では別の学校の生徒がスマホの画面をフリックしている。その隣の女は鏡を膝に化粧を直している。老女がカートのハンドルに両手を置き、両腕を突っ張らせて揺れに耐えている。デイパックを背負って立っている若者は大きなヘッドホンをかぶっている。中年の女が早口で喋っている。スーツ姿の男がクラッチバッグを抱いてタブレットを操作している。同僚らしき男はガラケーをいじっている。バッグにマタニティマークをつけた女性がドアに体をあずけている。

彼が昼下がりに自宅を出て浅草橋に向かった時の車内もこんな感じだった。けれどあの時の浮き立った気持ちは、今、残滓《ざんし》さえ見つけられない。

彼はルーブルを飛び出したあと、まっすぐ浅草橋の駅に向かった。足取りはおぼつかなく、景色も霞んで見えていたが、道に迷うこともなく、JRのほうの駅舎にあがってしまうこともなく、階段をおりて、赤いラインの入った都営地下鉄の電車に乗り込んだ。頭の中が真っ白になっていたのに、よく人にも車にもぶつからず、階段から足を踏みはずさなかったものだ。1番線と2番線も間違わなかった。

彼は西馬込行きの電車に揺られている。しかしそれが何だというのだ。中延《なかのぶ》で東急大井町線に乗り換えると、三駅で北千束である。彼は家に帰ろうとしていた。それに気づいた時、彼は愕然とし、それから絶望した。

家に帰ったところで、待っているのはあの女だ。息子の心中を察していたわってくれるような玉ではない。意識して慰めてくれなくても、同じテレビを見て笑ったり嘆いたりすれば心が安らごうというものだが、彼女とはたわいない会話も成立しないときている。そう、あの家に安らぎはないのだ。そんな家に帰ってどうする。なのに彼は何の迷いもなく家路についていた。ほかに行き場がないからだ。その絶望的な事実が彼を打ちのめした。

　電車が通るたびに窓ががたつく北向きの部屋に戻り、饐《す》えた臭《にお》いが立ちこめた空間で殺伐としたやりとりをし、夜が明けたら多摩川を渡り、嫌がらせに満ちた職場で半日心を削られ、饐えた臭いの部屋に戻る。自分の人生はその繰り返しなのだ。やけ酒につきあってくれる友人もなく、唯一の癒やしだった存在とも、もう会えない。

　ブレザーの制服を着た女子高生がスマホの画面に見入っている。隣では別の学校の生徒がスマホの画面をフリックしている。その隣の女は鏡を膝に化粧を直している。老女がカートのハンドルに両手を置き、両腕を突っ張らせて揺れに耐えている。デイパックを背負って立っている若者は大きなヘッドホンをかぶっている。中年の女が早口で喋っている。スーツ姿の男がクラッチバッグを抱いてタブレットを操作している。同僚らしき男はガラケーをいじっている。バッグにマタニティマークをつけた女性がドアに体をあずけている。

「F＊Ψ★齲＊s甾Д☆〓ξЙ＊并Q♂Å儿＊π羲」

　中年の女が聞き慣れない言葉を操っている。顔の横に当てられた左手にスマホが握られている。彼はきつく眉を寄せた。正面の女に思念は届かなかった。

「〓G黼Ξ网驫Λ＊ыЖ‰Θ℃♀仝◇籥＊鬮ヽ♪」

　女は大きく股を開き、体の両脇に大きな紙袋を置き、二人分の席を占めている。

彼は奥歯を嚙みしめた。詰めて坐らせろと思ったのではない。美容師は立ち仕事だ。ひと月も続けていれば、三十分、一時間、電車の中で立っていても、少しも苦にならなくなる。うちひしがれている人間の目の前でわが物顔がまかりとおっていることが、ただ我慢ならなかったのだ。

「〒P＋薊ШΔЫξ鰄@圓F♯Б■ヨ螻〓ϒCЁД?」

耳慣れない言葉も不協和音として大脳皮質に突き刺さり、不快感を二倍、三倍に増幅させる。

ブレザーの制服を着た女子高生がスマホの画面に見入っている。隣では別の学校の生徒がスマホの画面をフリックしている。その隣の女は鏡を膝に化粧を直している。老女がカートのハンドルに両手を置き、両腕を突っ張らせて揺れに耐えている。デイパックを背負って立っている若者は大きなヘッドホンをかぶっている。中年の女が早口で喋っている。スーツ姿の男がクラッチバッグを抱いてタブレットを操作している。同僚らしき男はガラケーをいじっている。バッグにマタニティマークをつけた女性がドアに体をあずけている。

おまえも、あんたも、どうして注意しない。マナー違反が目に留まっているはずなのに、みな一様に、見えていないから気づいていませんよという顔をしている。

彼は自分のこめかみの静脈が膨れているのがはっきりわかった。妊婦や婆さんを坐らせてやれと言えない自分にも怒りが湧く。言葉が通じないからと投げ出しているのか、それとも般若《はんにゃ》と髑髏《どくろ》のスカジャンに気後れしているのか。

「逖□Φ※黨dЁ艾ФT鬣！　逖□Φ※黨dЁ艾ФT鬣！」

熱く、重たい塊が、臍《へそ》のあたりからゆっくり頭をもたげてくる。

彼はショルダーバッグの口を半分開け、中に右手を突っ込んだ。シザーの、硬く、冷たい感触が、指の腹に伝わってくる。ハンドルを探り当て、親指と薬指を穴に差し込む。

バッグから手を抜き、鋭い切っ先を、いかにもやわらかそうな首筋に突き立てると、真っ赤な血が水芸のように噴きあがるに違いないが、実際のところは、シザーを握った右手はバッグの中にとどまり続け、彼は頭の中で目の前の女をメッタ刺しにしていた。そう、妄想によってストレスを発散させていただけなのだ。

ところが体が勝手に動いた。

電車が停まった。窓の外には駅のホームがあった。しかしドアは開かず、電車が動いた。所定停止位置を超えてしまったため、調整のためにバックしたのだ。

想定外の動きに、立っていた乗客がいっせいにつんのめった。彼も前方に大きく体を振られた。転ぶまいと、吊革を摑んでいた左手に力を込め、足を踏ん張った。しかし隣に立っていた客に押されたため、右足が浮いてしまい、左半身を軸に体がねじれ、そこを別の客に押されたため、前に坐っていた女にのしかかるようにぶつかってしまった。

彼は体勢を立て直すと、人の流れに乗って電車を降りた。表示板には〈新橋〉とあった。乗り換えの中延はまだまだ先だが、かまわず階段をのぼり、改札を出た。正面にトイレの表示板があり、個室に入って鍵をかけた。

おそるおそる、しかしある確信を抱いて、彼はパーカの裾をめくり、下に突っ込んでいたショルダーバッグを出した。

側面に小さな裂け目ができていた。その周辺のネイビー地が変色しているように見えた。手でふれると湿り気を感じ、離すと、指先が赤く染まっていた。彼は続いてバッグの中を覗いた。カットシザーの刃先から要《かなめ》までが体液で汚れていた。

バランスを崩して女にぶつかった際、二人の間にこのショルダーバッグがあった。彼はバッグの口に右手を差し入れ、研ぎからあがってきたばかりのシザーを握っていた。得体の知れない感覚があった。反発に抵抗してズブリと吸い込まれていくような。何が起きたのか、彼は本能的に察していたのだろう。だからとっさにバッグを隠して現場を離れたのだ。

彼は個室のドアに背中をあずけ、目を閉じた。ひとつ息をして目を開けても、指先の色はなくなっていなかった。

ひっきりなしに足音がする。水が流れては止まる。隣のドアが開き、閉まる。トイレは雑然としているが、緊迫したような空気は伝わってこない。

彼はズボンのポケットからスマホを取り出し、Ｔｗｉｔｔｅｒで〈浅草線〉を検索した。車内での異常事態を告げるツイートがトップにあった。一分前の投稿だ。

凍ったように画面を見つめていると、タイムラインが流れた。乗客が出血、女、外国人、大門駅で停車中、担架――新しい情報が続々入ってくる。写真の投稿もあった。坐席から半分落ちた乗客の顔は写っていなかったが、派手な刺繍のジャンパーに、彼は見憶えがあった。

胃が喉まであがってくるようだった。しかし生唾が出るだけで胃を空っぽにすることはできなかった。彼はシザーの汚れをトイレットペーパーでぬぐうと、ショルダーバッグをパーカの下に隠して個室を出た。洗面台には液体石鹼が備えられていたが、トイレ内には数人がいたため、血で汚れた右手はポケットに突っ込んで素通りした。浅草線の駅構内からも離れ、東京の路線図を思い浮かべながらJRの駅に向かった。

彼は京浜東北線に揺られた。右手はポケットに収めたまま、しかし左手を動かさずにはいられなかった。

〈悪夢だ〉

〈誰か嘘だと言ってくれ！〉

〈彼女の無事を祈る〉

彼は大井町で東急に乗り換え、そこからはいつものルートでアパートに戻った。行きより三十分長くかかっただけなのに、一日徒歩で旅をして、ようやく宿を見つけたような疲労感だった。

彼が万年床に倒れ込んでいると、襖《ふすま》の向こうで母親が騒ぎはじめた。無視していると部屋に入ってきて、夕飯はまだかと、缶チューハイ片手にわめき散らす。うるさいと怒鳴りつけたが黙らず、掛け蒲団を引き剝がしてきたので、彼は足の裏を思いきり腹に飛ばした。グエッとマンガの擬音のようなものを発し、彼女は這いつくばって退場した。

〈やった〉

〈やった〉

〈やった〉

彼は同じ言葉を三度つぶやいて蒲団をかぶった。

それは歓喜ではなく、SOSだった。

しかし彼の心の叫びは誰の目にも留まらなかった。

3

シャワーを浴び、服を替え、川島輪生はいつものように八時四十五分にアパートを出て、いつもの八時五十三分発の各停に乗り込んだ。二輌目の四番ドアから乗るのもいつもどおりだった。ここに乗ると、降車駅のホームで、改札階に降りる階段が目の前になる。

しかしいつもとは違って、彼は溝の口の三つ手前の二子玉川で降り、改札も出た。コンコースとつながった商業施設は素通りし、西口の繁華街にも背を向け、多摩川の堤まで歩いて兵庫島《ひょうごじま》に渡った。かつての暴れ川が作った中洲で、現在は広大な河川敷の中に取り込まれているが、平坦な河川敷の中にあって、そこだけがこんもりと盛りあがり、常緑樹が鬱蒼《うっそう》と茂っているさまは、まったく島の風情だった。

輪生は島に上陸すると、藤棚の下のベンチに腰をおろした。平日の朝なので、ほかに人はいなかった。

スマホでニュースサイトをはしごした。ワンセグでテレビをザッピングした。どこも、地下鉄車内での事件がトップだった。

昨晩、彼は現実から逃れるように眠った。しかし現実は厳然と存在していた。

腹部、長さ一・五センチ、深さ七センチ、港区内のS病院、出血性ショック、死亡が確認され――傷害事件ではなく、殺害事件が発生していた。Ｔｗｉｔｔｅｒでの祈りは届かなかった。

はずみで刺さっただけなのに、心臓でなく腹なのに、一回しか刺さっていないのに、たったそれだけで命を落としてしまうほど、人というのは華奢《きゃしゃ》な生き物なのだろうか。

輪生はニュースを追い続けた。トルコ国籍、クルド人、埼玉県在住、飲食店勤務、子供三人、ICカード乗車券で押上《おしあげ》から乗車――被害者についての情報は容易に手に入った。そしてどの記事の中でも彼女は死んでいた。

その一方で、加害者に関する情報は一つも見あたらなかった。

列車が新橋―大門間を走行中、坐席にいた外国人女性が不自然に前に傾き、そのまま床に倒れたことにより、ほかの乗客に異変の発生が認知されたという。しかし、倒れる前の彼女に何があったのかは、どのソースでもふれられていない。Ｔｗｉｔｔｅｒを遡《さかのぼ》ってチェックしても、被害者の前に立っていた若い男が彼女にぶつかった、というようなツイートは確認できなかった。

輪生は記憶を探った。

ブレザーの制服を着た女子高生がスマホの画面に見入っていた。隣では別の学校の生徒がスマホの画面をフリックしていた。その隣の女は鏡を膝に化粧を直していた。老女がカートのハンドルに両手を置き、両腕を突っ張らせて揺れに耐えていた。デイパックを背負って立っている若者は大きなヘッドホンをかぶっていた。スーツ姿の男がクラッチバッグを抱いてタブレットを操作していた。同僚らしき男はガラケーをいじっていた。バッグにマタニティマークをつけた女性がドアに体をあずけていた。

昨日の浅草線車内、乗客はみな、自分の世界に入っていた。

輪生は左の鎖骨の下に手を当てた。わずかに痛みがある。

今朝シャワーを浴びた時、そこが赤黒くなっていることに気づいた。昨日着ていたパーカの左胸を見ると、うっすら赤く汚れていた。血ではない。口紅だった。スカジャンの外国人女性にぶつかった際、ここが彼女の口を塞ぐ形となった。そのため、彼女が気絶する前に発したはずの悲鳴が封じ込められた。それを耳にしたら、他人には無関心な乗客も、さすがに注目したはずである。

悲鳴はあがらなかったのだ、したがって刺したところは見られていないと、輪生は自分に言い聞かせる。車内には防犯カメラも設置されていない。

〈だいじょうぶだから。心配ないから〉

首を垂れたり、天を仰いだり、手を組み合わせたり、大きな呼吸をしたり、落ち着きなく体を動かしていた輪生は、近くに人がいることに気づいた。二つ隣のベンチで老人が新聞を広げていた。その前の草地では、母子三人がレジャーシートの上でランチボックスを囲んでいた。いつの間にか昼になっていた。

昼だ。とうにプサリスの開店時間は過ぎていた。輪生はスマホの通知を確認した。無断欠勤したのに、職場からは電話もメールも入っていなかった。

輪生は兵庫島を離れた。多摩川の支流を遡り、砧《きぬた》の坂道を登っては下った。

どこに向かっているわけでもなかった。半休で出勤するつもりもなかった。歩きながら身の処し方を考えているわけでもなかった。彼は、ただ歩いた。体を動かし続けていれば、何も考えずにすんだ。

やがて輪生は歩き疲れ、公園のベンチに腰をおろした。住宅街の中にある小さな児童公園だ。地図アプリを見ると、世田谷区の北端までやってきていた。脚は重く、アキレス腱や足裏もうずいていたが、腹のほうは、昨晩から何も食べていないのに、少しの欲求もなかった。

勤務先からは依然として何も言ってこない。このまま無断欠勤で終わらせてかまわないのか、明日何と説明するのか、そもそも明日出勤できるのか、さしあたってこのあとどうするのか——決めなければならないことがいくつもあったが、輪生は思考を遮断して、肘掛けを抱くように上体を横にした。

秋の陽は落ちるのが早く、青空が夜の帳《とばり》になかば侵蝕されていた。歩いていた時には汗ばむほどだったが、今はそれがひき、首筋から忍び込む風に寒さをおぼえる。

〈ヒトゴロシ〉

何も考えていなかったはずなのに、指が勝手に動いてそんなツイートをしていた輪生は、砂を嚙むような音を感じ、緩慢に顔をあげた。公園の入口に人のシルエットがあった。サンダルを引きずるようにして中に入ってくると、ゴミ箱の前で足を止め、左右に提げていた袋を放り込んだ。

「何よ」

女の声がしたが、それが自分に向けて発せられたものとは思わず、輪生はベンチに寝そべっていた。

「何よ、その目は」

シルエットが近づいてきて、彼の顔の前で止まった。

「人が話しかけてるのに、何よ、その態度は」

仕方がないので、彼は上体を起こした。初老の女だった。

「言いたいことがあるなら言いなさいよ。公園に家庭ゴミを捨てるな？」

いいえという彼の答えは、彼女の言葉の爆弾にかき消された。

そんなことわかってるわよゴミ箱にも書いてあるんだしバカにしないで字は読めます明日から一週間旅行に出るのよなのに収集日はあさって生ゴミを一週間も家の中に置いておけないわ腐って虫も湧くそれを我慢しろって言うの区は掃除代出してくれるわけいつもはきちんと月木に出してるのよ前の晩に出すなんてずるはしてない当日早起きして出してる二十年間ルールを守ってきた一度くらい大目に見てもらっても罰は当たらないそのくらいの権利はある——。

うるさいと輪生は思った。しかし、ただそれだけだったら、事は起こさなかった。

ゴミなんてどこに捨てても一緒でしょうにそんなに家庭ゴミを持ち込ませたくなかったらゴミ箱を撤去すればいいのにそもそも家庭ゴミとそうでないゴミの線引きはどうなってんのよコンビニで弁当を買ってここのベンチで食べたら容器を捨てていってもいいのよねでもその弁当を家に持ち帰って食べたら容器を捨てにきてはだめなわけよねそれって変じゃないここで五分の四食べて残りを持ち帰り完食したあと容器を捨てにくるのもだめなのよねほとんど公園で食べたのに家庭ゴミとさ

れるなんて納得できない――。

女が着るピンクのトレーナーのあちこちには茶色い染みが浮き、迫《せ》り出した腹にスエットパンツのゴムが食い込んでいる。頭髪の左側は盛大に跳ね、右側は鏝《こて》でも当てたようにボリュームがなく、五ミリも伸びた爪は垢で黒ずんでいる。そのだらしない姿は、まったく川島美緒だった。自己主張ばかりするところも。

昨日の記憶が輪生を焚《た》きつけてきた。引っ込んでろこのクソババアと、醜い腹を蹴りつけてやれ。美緒をそうして黙らせたように。

輪生は奥歯をぐっと嚙みしめた。しかしこめかみのうずきはやまない。熱く、重たい塊が、臍のあたりからゆっくり頭をもたげてくる。昨日の、今度は別の感覚がよみがえる。

シザーが刺さったのは事故だ。しかし頭の中ではこれでもかとシザーを突き立てており、現実に刺さってしまった瞬間、体内を遡上《そじょう》していた熱い塊が弾けたような感覚に包まれた。まるで自分の意志でそうして、達成されたような。

それよりあなたこんなところで何してるのいい若い者が平日のこんな時間にゴロゴロして学校は仕事はどうしたのよこのへんで見かけない顔ね家はどこよ何してるのよここは小さな子が遊ぶところよ変なこと考えてるんじゃないでしょうね鞄の中を見せなさい何よその目はおまわりさんを呼ぶわよ――。

輪生は両腕をストラップから抜き、バッグのファスナーを開けた。ショルダーバッグには穴が空いてしまったので、この日はデイパックに替えていた。

バッグは替えたが、シザーはこちらに移していた。輪生は手探りでシザーケースを開け、カットシザーを握った。


夕暮れが宵に、宵が夜に移っても輪生は歩き続け、ついに脚が動かなくなって坐り込んだコンビニの駐車場で、公園に放置してきた彼女が死んだことをネットのニュースで知った。

十歳だった輪生は、サッカー選手か宇宙飛行士になることを夢見ていた。

十一歳の時、美容師に志望が変わった。父亡き今、自分がこの家を支えなければと強く思い、早く社会に出ていくために、手に職をつけることにした。パン職人でなく美容師だったのは、亡き祖母の姿を憶えていたからだ。「パーマ屋」と呼ぶのがふさわしく思われる鄙《ひな》びた美容室に、若いころコンテストで優勝した時の表彰状が誇らしげに飾られていた。

美容師にとってシザーは体の一部のようなものだ。まして彼のシザーは、出入りの材料屋に押しつけられた大量生産品ではなく、祖母の魂が宿った形見の品だった。そのような大切なもので人を傷つけ、命まで奪ってしまった。たとえ事が発覚しなくても、美容師として鋏を握る資格は、もうない。

〈彼女は死んだ。俺も死んだ〉

輪生は嗚咽《おえつ》しながらつぶやいた。

今度もネットの大海に飲み込まれて消えた。

彼のＴｗｉｔｔｅｒは誰からもフォローされていなかった。

公園の東屋《あずまや》を一夜の宿とし、輪生は朝を迎えた。

またあてなく歩み出し、昼になった。

二日続けての無断欠勤だというのに、職場からは依然として電話もメールもない。

店長は何と言っているか探りを入れてみようかと、彼はアドレス帳のアプリを開け、すぐに閉じた。いったい誰に訊こうというのだ。プサリスに入って一年半、誰と電話で話した、メールした。なのに彼のアドレス帳にはスタッフ全員の連絡先が記されている。店舗の事務書類を勝手に見て、住所も写した。耳に入ってきた雑談から、誕生日や血液型も随時入力した。年賀状も出さず、誕生プレゼントも渡さないのに、滑稽としか言いようがない。

母親からは電話が何度か入っていた。どうせ自分の食事の心配だろうからと、放っておいた。

輪生は街をさまよった。夜は、インターネットカフェや終夜営業のファストフードショップ、コンビニのイートイン、羽田空港のターミナルビルで過ごし、秋が深まり木枯らしの季節になった。

この間、輪生は新たに二人を刺した。

その日だとは知らずに渋谷にやってきてしまい、道玄坂をふらふら下っていたら、ハロウィンで騒いでいる集団にもみくちゃにされ、引き倒された。だからシザーを握った。大学生の下肢の腱と神経を切り裂いたが、命は取らなかった。

梅屋敷のラーメン屋の店主は殺した。連れと喋るなマンガを読むなケータイを使うな写真を撮るなスープを一滴も残すなと、差別的な表現を使って客を罵倒するのを見て、自分が注意されたわけではないのだが、例の熱く重い塊が下腹からせりあがってきた。閉店を待って店に入り、一人で翌日の仕込みをしている店主を、厨房にあった庖丁でメッタ刺しにした。

かつて輪生は自分を殺していた。職場で不当に扱われても、母親に暴君のようにふるまわれても、首を垂れて怒りは呑み込み、臓腑の中にしまい込んだ。

しかし正反対の道があることを彼は知ってしまった。相手にいっさいの反撃を許さず制圧できることの、なんと胸のすくことか。射精という生理現象を知ったころの、この世のものとは思われぬ、心臓が止まるような快感に、どこか似ていた。

4

十一月のその日、輪生は自宅に戻った。

無断欠勤をひと月も続けているのに、職場からはとがめるようなことはいっさい言ってこず、その対処に煩わされることはなかった。その代わり、給料日に銀行口座への振り込みは行なわれず、どうしてあのとき売り上げを奪っていかなかったのかと、ラーメン屋の赤提灯が目に入るたびに後悔するほど彼は貧していた。

美緒を逆さにして振っても、商品券も当たりくじも質屋が預かってくれるほど価値のあるアクセサリーも出てこないことはわかっていたが、家計を支えていた息子がいなくなり、彼女も生きるために何かしているだろうから、街金《まちきん》に行ったか、男を連れ込む頻度を増やしたか、はたまた心を入れ替えて仕事に就いたかして得た金を奪おうという考えだった。

着たきりの服も替えたかった。中綿のないジャケットでは厳しい季節になっていたし、黒なので目立たないが、三人の血が散って汚れている。

アパートには午前中に着いた。美緒はいなかった。長原のパチンコ屋に違いないと輪生は思った。いい台を確保するために開店前から並ぶような女なのだ。吐くまで飲まないとか、見ていないテレビは消すとかいう自己管理もできないのに、どうしてパチンコのためなら早起きできるのか、彼は不思議でならなかった。

輪生は、家に戻ってくる前には、美緒は昔のように警備や弁当屋の仕事をやるようになったかもしれないと想像し、どこかそれを望んでいたところもあった。しかし一歩中に入り、それはないと思い直した。

玄関のドアを開け、臭気に顔をしかめた。靴を脱いであがるのを躊躇した。ダイニングキッチンの床に、膨れあがったレジ袋が並び、その間を、缶や瓶、プラスチックの容器やラップフィルムが埋めていた。テーブルの上や流し台も同様の惨状だった。

輪生が家を出る前も彼女は、食べたら食べっぱなし、洗濯したものも夜が来ても干しっぱなしというだらしなさだったが、仕事から帰ってきた息子が片づけていたので、ぎりぎりのところで秩序が保たれていた。それが、彼がいなくなったことで均衡が破れ、鉄砲水に崩壊した集落のようになってしまっていた。ここまで自己管理のできない人間が働きに出ていけるとは、彼はとても思えなかった。

ダイニングキッチンだけでなく、彼女の寝室も同様の惨状だった。よく病気にならないものだと妙な感心をしながら輪生は部屋を引っかき回し、金目のものを探した。小銭しか見つからなかったが、とりあえず頂戴し、着替えるために部屋を移った。

「はあ?」

思わず声が出た。

そこは彼の部屋だった。ひと月空けていただけなのに、半世紀も経ったように姿を変えていた。ポスターが剥がされ、見たことのないボストンバッグが二つ置いてあり、長押《なげし》にかかったジャケットも見たことのないもので、カラーボックスの中に並べてあったヘアカタログやマンガがパチンコ攻略雑誌と競馬情報誌に代わり、衣装ケースの中身も買った憶えのないシャツや下着で、窓の外に大きなゴミ袋が並べられていたので何かと開けてみると、そこに彼の服が詰まっていた。

美緒は男を連れ込んでいたのだ。かりそめに連れ込んだのではなく、特定の男を住まわせていた。息子の居場所を与えて。

輪生は衣装ケースの引き出しを引っこ抜き、中身を部屋にぶちまけた。カラーボックスを引き倒した。雑誌を喉から裂いて破り、隣の部屋にまで撒いた。こんなものでは腹の虫はおさまらない。美緒の蒲団にシザーを突き立て、キッチンのゴミ袋を蹴りあげ、冷蔵庫にあったアルコール飲料をトイレに流してやった。

これでも全然足りない。部屋に火を放ってやりたい気分だった。しかし喫緊の課題は金策だ。男のバッグをあさったが、お守り袋の五円玉しか見つからなかった。

処分されようとしていた服を救出して着替え、輪生はアパートを出た。そして多摩川を渡った。詫びて復職を乞うのか、羽沢や韮山に貸してある金を回収するのか、裏口から入ってロッカーを荒らすのか、気持ちはまだ固まっていなかったが、どういう行動を起こすにしても、まずは偵察することが必要だと考えた。

輪生は溝の口駅前のペデストリアンデッキの柵に身を隠すようにして、ビル一階の店舗を窺った。

来月のことだというのにもうクリスマスの吹きつけをしたガラス窓の向こうには、鴻池《こうのいけ》と鎌田《かまた》が見えた。ひときわ背が高い後ろ姿は韮山だ。水谷は髪型を変えていた。

プサリスで輪生は半人前としてしか扱ってもらえず、カットもパーマもカラーリングもやってはいなかった。しかしシャンプーにタオルの洗濯に床掃きと、下働きを一手にまかされていた。結構な重労働だ。だから自分がいなくなって店はてんてこまいに違いなく、彼はそれを申し訳なく思う一方、俺のありがたさを思い知ったかと溜飲をさげてもいた。

ところがいま彼の目に映るのはスタッフの笑顔だった。動作の一つ一つもリズミカルで、切羽詰まっているようにはまったく見えない。客が少なくて余裕があるというわけではない。待合のソファーには三人坐っている。

輪生は釈然としないまま手摺りから離れた。

デッキを駅に向かっていると、お願いしますと声をかけられ、ちらしを差し出された。彼もこの間まで毎日ちらし配りをしていて、はけないことのつらさを知っていたので、ティッシュがついていなかろうが、視力一・二の人間には無用のコンタクトレンズの宣伝だろうが、無条件に受け取ることにしていた。

受け取り、数歩歩き、輪生はハッと立ち止まった。右手に目を落とす。

輪生は円筒広場の柱に身を隠し、おそるおそる振り返った。ちらしを配っているのは若い女だった。まるで見憶えのない顔だ。なのに手元のちらしは飽きるほど見慣れたものだった。この間まで自分が毎日配っていたプサリスのちらしだった。

新しく入ったスタッフなのか。ちらし配りだけのバイトを雇うとは考えられないので、美容師だろう。すなわち川島輪生はもう必要とされていないということなのだ。

怒りなのか恥ずかしさからなのか、掌から爪先《つまさき》から腹の奥から、血という血が頭に押し寄せてくる。輪生は柱にもたれかかり、目もくらむような内圧と闘った。

ようやく呼吸が整うと、ちらしを握り潰し、彼女に背を向けて歩き出した。一歩踏み出すごとに肩が落ち、背中が丸まっていく。かつての職場など関係ないはずなのに、失意で胸が潰れてしまいそうだった。自分の意志で捨てた職場なのに。

輪生は日が暮れるまで漂泊し、見知らぬ街道のファミリーレストランに入った。現在の懐具合からは分不相応な店だったが、蓄えが底をついたら誰かを襲って奪えばいいさと、捨て鉢な気分になっていた。

食事を終え、皿が片づけられても席に居続け、といって何を考えるわけでもなく時間を費やしていた輪生を、レストランらしからぬやかましさが現実に引き戻した。

喫煙席のほうのテーブルで、若者のグループが騒いでいた。しばらく様子を窺っていると、接客についての苦情を店員に言っているのだとわかった。しかしそれにしては、奇声を発したりテーブルを叩いたりと常軌を逸しており、見ているだけで輪生は胸が悪くなった。彼らの行為に不快感をおぼえたのはもちろんだが、プサリスで高慢な客に難癖をつけられた時の屈辱、うまく対応できなかった自分のふがいなさ、先輩の嘲笑《ちようしよう》、人格を否定するような店長の叱責がよみがえり、連中に負けない声で叫び出しそうになった。

炎天下でもないのに、背中から、脇から、汗が噴き出る。水をいくら飲んでも口渇がおさまらない。腹の奥から、例の熱い塊が、内臓の壁をよじ登ってくる。

〈客だから神だと勘違いする馬鹿者。群れて兇暴化する無能〉

〈そのへんにしとけよ。フライトジャケットのおまえだよ。髑髏の帽子をかぶってる女も。天罰が下るぞ〉

ひと月前の彼なら、兇暴な言葉を吐き出すことで心の均衡を取り戻せていたが、感情を肉体と同化させることをおぼえてしまった今では、ツイートしたところでとても抑えられなかった。

騒動は、店長が土下坐をしたことでようやく収拾した。高笑いしながら若者グループが出ていくと、輪生も伝票を持って席を立った。

若者たちは勝利の余韻にひたっているのか、駐車場で声高に立ち話をしている。男三、女二の五人組だ。

輪生は大型ＳＵＶの陰に身を隠した。フィールドコートのフードをかぶる。デイパックのファスナーを開ける。シザーを取り出し、ジャケットの懐で握った。

やがて五つの影が二つに分かれた。三人が軽のトールワゴンに乗り込み、ひと組の男女がその場に残った。

カップルはだらだら喋り続ける。トールワゴンも出ていかない。夜気で指の感覚が鈍らないよう、輪生は右手に息を吹きかけながら待った。そして、なくしていた指紋がすっかり再生していることに気づいた。彼はもう美容師ではなくなっていた。

カップルが二つに分かれた。女は三人が待つトールワゴンに、男が一人ミニバンに乗り込んだ。トールワゴンはすぐに動き出し、クラクションを鳴らして表通りに出ていった。輪生はシザーをデイパックに戻した。ようやく一人だけになってくれたが、鉄の装甲に守られていたのではどうにもならない。

撤収しようと、デイパックのストラップに腕を入れた時だった。ミニバンから小柄な男が降りてきた。「あー」とか「ちくしょう」とか吐き捨てながら、おぼつかない足取りで駐車場の奥の方に歩いていく。輪生はミニバンに視線を戻した。同乗者はいない。

輪生は意志を確認するように胸を押さえた。熱いものは消えていなかった。食道のあたりをじりじり上昇していて、今にも喉を破って出てきそうだ。

輪生はあらためてシザーを握った。車の陰から出て、中腰の忍び足で男の背中を追った。

男は駐車場の片隅で立ち止まった。両手をズボンの前に持っていく。

輪生は男の手前一メートルまで迫った。男は振り返らない。ズボンの前の両手をもぞもぞ動かしている。

輪生は静かに三歩後退し、そこから二歩勢いをつけてアスファルトを踏み切った。コートの裾をひるがえし、がら空きの背中に躍りかかる。

確かな手応えがあった。

男の両膝が折れる。顔の前に片手を立て、腰を引きながら振り返る。輪生は追撃をかける。

「死ね死ね死ね死ね死ね」

いやそれ以前から火種は仕込まれていたのである

1

十一月二十日の夜、のちに履歴を確認したところ午後九時四十七分、長谷見潤也《はせみじゅんや》のスマートフォンに着信があった。マナーモードにしてあった端末はチノパンのポケットの中で振動し、長谷見はそれを左の腿で感じてはいたが、パソコンのディスプレイから目を離さず、トラックボールを操る指も休めなかった。

長谷見潤也はテレビ制作会社エンザイムのディレクターである。彼はこの時、港区港南にあるMETテレビの分室で、取材を終えたばかりのビデオの編集作業を行なっていた。METテレビは月曜から金曜の朝と夕方の時間帯に、「アサダージョ」、「今日も一日おつかれさんさんワイド」という報道ワイド番組を持っており、長谷見は二つの番組の中で、ニュース性のない生活情報コーナーを担当していた。オンエアは平日だが、取材や編集作業の関係で、週末も仕事というのは、この日曜日にかぎったことではなかった。

ズボンの中の振動は、放置しているとやがてやんだが、すぐまたバイブ機能が発動した。長谷見は今度も無視して、目と指に注意を払って目当てのフレームを探し続けた。

着信が二十回は繰り返されただろうか、これでは精度の必要とされる作業に集中できないので、長谷見は仕方なくスマホを取り出した。電話の着信だけでなく、LINEのメッセージも通知画面におさまりきれないほど届いていた。

〈電話に出ろ〉

〈緊急〉

〈至急!〉

〈破滅したいのか?〉

〈出ろ出ろ出ろ!!〉

〈五分以内に出なかったらプロデューサーにぶっちゃける〉

すべて楠木虎太郎からである。読んでいる間にも着信があった。

〈ネットに書き込まれたいか?〉

〈ネットじゃ金にならないからやめとく。文春か新潮に持ち込む〉

〈やらせが発覚したら永久追放だぞ〉

さっぱり見当がつかなかったが、不穏なものを感じ、長谷見は冬瓜《とうがん》のような体を椅子からあげた。

「コーヒー飲むか?」

「自分が買ってきますが」

長谷見の横で資料映像の確認をしていたアシスタント《A》ディレクター《D》の友部《ともべ》が、画面から目を離さず応じた。

「いや、トイレにも行くから。ミルクなしの微糖だったよな？」

長谷見は編集室を出ると、放置された台車やクーラーボックスで幅が三分の一になった廊下を腹をへこませながら横になって抜け、照明が間引かれた階段を降りながら楠木虎太郎にコールバックした。

「殺す気か！」

虎太郎は噛みつかんばかりの勢いで出た。

「何だよ、藪《やぶ》から棒に」

「とぼけんな」

「だから何のことだよ」

「ままごとの庖丁ならまだしも、マジもんの刃物で襲わせるとか、あんた狂ってる」

「刃物？」

「まだとぼけんのか」

「本当に何のことだか……」

「じゃあ思い出させてやる。カワシマモトキに金を握らせ、オレを襲わせた。ポーズだとしても、一歩間違えば死ぬじゃねえかよ。こっちは殺陣《たて》の心得はないんだぞ。実際すげー怪我したし。いてーよ、ちくしょう。死んだら化けて出てやる」

　切迫した空気だけはひしひしと伝わってくる。

「襲われた？　虎太郎が？」

「襲わせたんだろ、あんたが」

「俺が？　虎太郎を？　襲わせた？」

「ジュンさんの仕込みじゃないのか？」

　声のトーンが少し落ちた。

「何で俺がそんなことをしなければならないんだ」

「コンビニのエロ本を女性誌に挟み込むとか、店先のカーネル・サンダース人形とペコちゃん人形を置き換えるとか、校庭の二宮金次郎にスマホを持たせるとか、大井町駅エスカレーターベルト四十四メートル滑り降りとかではもう視聴者を摑めないと、刺戟をもう一段階あげることにした。通り魔のスクープ映像」

「俺が誰かを雇っておまえを襲わせ、それを撮影した？　通り魔事件として報道するために？」

「そうだって言ってんだろ。あれだけ貢献してやったのに、オレを闇討ちするとか、鬼畜だな。兵隊は使い捨てってか？」

「待てよ、待て。何を誤解しているか知らないが、俺は何もしてない。今晩は編集にかかりきりだった」

「べつにジュンさんが襲ったりカメラを回したりする必要はないだろ。今までも、指示を出すだけで、演じたり撮影したりしてたのはオレらなんだし」

「待てって。話が見えない。ええと、おまえは誰かに襲われたんだな？　いつ？　今？」

「三十分くらい前。つか、ジュンさんの仕込みじゃねえの？」

声のトーンがもう一段落ちた。

「違うって。それで、どこで襲われたんだ？」

「ハッピーキッチンの駐車場。なあ、本当に本当？」

「小学生みたいなことを言うな。どこのハッピーキッチン？」

「新道のだよ」

「地元か。刃物とか言ってたが」

「鋏。立ちションしようとしたら、後ろからいきなり肩を刺された」

「怪我の程度は？」

「血はあんまし出なかった。けどさっきルームミラーで見たら、結構深いっぽい」

「肩を刺されて、それで終わりか？」

「それで終わりとか言うなよ。すげーいてーんだぞ」

「そうか、それは災難だったな」

「災難ってもんじゃねーぞ」

「ひと刺しして、犯人は逃げたのか？」

「そのあとも鋏を振り回してきたんだけど、それを躱《かわ》し続けてたら向こうの息があがってきたもんで、反撃した。顎の先に一発入った。そしたら野郎、背中を向けて逃げ出して……、なあ、ジュンさんは本当にかかわってないのか？」

最初とは別人のようなしおらしさだ。

「まだ言うのか。俺の中にも線引きはある。たしかさっき、カワシマとか言ってたようだけど、それが犯人の名前なのか？」

「マジかよ。ジュンさんの知り合いじゃねえのかよ。じゃあやつは何がしたかったんだよ。どうなってんだよ。どういうことだよ」

虎太郎はうなるように溜め息をつく。

「落ち着け」

「なんだよ。わけわかんね。どうすんだよ」

「お、ち、つ、け。質問に答えろ。不意討ちされたというのに、どうして犯人の名前がわかってるんだ？　果たし合いのように、名乗って襲ってきたのか？」

「ちげーよ」

「締めて吐かせたのか？」

「いや」

「じゃあ、犯人と名刺交換でもしたか」

もちろん長谷見は冗談めかして言ったのだが、

「そうそう、名刺」

と虎太郎は応じた。

「あとで治療費を請求するからと名刺を出させたのか？」

「ちげーよ。追いかけてたら落としたんだよ。それを拾ってたもんで取り逃がしたわけなんだが。ちくしょう」

「カワシマ某という名前に心あたりはないのか？」

「全然」

「連れの中にも心あたりがあるのはいないのか？」

「オレ一人のところを襲われた」

「しかしその名刺、本人のものとはかぎらないぞ。犯人がカワシマさんからもらった名刺なのかもしれない」

「あ？　ああ、そうね」

「犯人の顔は見たのか？」

「暗くて見えなかった」

「知り合いうんぬんは別にして、襲撃される心あたりはないのか？　誰かに恨みを買ってるとかで」

「ねーよ」

「いろいろやんちゃしてるから、気づかないだけで、恨まれてる可能性はあるぞ」

「あー？　やんちゃさせてるのは誰だよ。ふざけんな。やっぱジュンさんに責任取ってもらうわ。

今すぐ顔貸せ」

　虎太郎のトーンがふたたびあがる。すまないと長谷見は片手を立てて、

「病院には行ってないのか？」

「行ってない」

「出血は止まってても、感染症になったらまずいぞ」

「おどかすなよ」

「金がないのか？　とりあえず救急外来に行ってこい。治療費は持ってやるから」

「ちげーよ。オレはな、ジュンさんのことを考えて、病院に行かないでおいたんだよ」

「は？」

「だからぁ、オレは絶対にジュンさんの仕込みだと思ったんだよ。医者に見せたら、傷の場所が変だから、事件がらみではないかと警察に届けられてしまうおそれがある。そしたら実は事件ではなくテレビ局のやらせだと知れてしまい、芋蔓《いもづる》式に過去の仕込みも発覚し、ジュンさんは馘《くび》になってしまう。ジュンさんにはガキのころから何かと世話になってるから、今回怪我させられたことは腹立たしいけど、業界追放の憂き目に遭うのは忍びない。だからまずはジュンさんに事情を説明してもらい、警察に行ったりマスコミに垂れ込んだりするのは、返答に納得がいかなかったらにしようと思った。オレはな、ジュンさんのことをこんなに思ってんだよ、自分の体よりも。なのにジュンさんときたら、ひでーことばっか言いやがる。ちょっとこっち来いや、話つけ――」

「ということは、虎太郎から警察に被害の届けは出していないんだな？」

長谷見は何かが閃くのを感じ、虎太郎をさえぎった。

「してない。つか何だよ、全然感謝してねえし」

「してるさ。お礼に医者の手配をしてやる。橋本《はしもと》眼科は憶えてるよな？」

「えーっ？　久地《くじ》の？」

「今から処置してもらえるよう、電話を入れておく」

「いやいやいや。あそこは勘弁してよ」

「腕はたしかだっただろう？　ちょっと傷口を塞ぐくらいなら、肩も瞼の裏も一緒だ」

「腕じゃなくて、おっかないんだよ、あのおっさん。やーさんみたいで」

「失礼な。俺の叔父貴だぞ」

「いや、それは、まあ……」

「あれは無頼ではない、俠気《きょうき》だ。いろいろ便宜も図ってくれただろう？　適当な救急外来に行けと言ったのは撤回する。正体不明の医者より、叔父貴のところのほうがよっぽど安心してまかせられる」

数秒の間を置いて虎太郎が返答をよこした。

「オレ、さっきは、事と次第によっちゃあ警察に駆け込むつもりとか言ったけど、実は警察は避けたいんだよ。結構飲んでてさ、なのに車だし」

「そんなことだろうと思った、声の感じが。だったら見ず知らずの医者にかかったら、厄介なことになるぞ」

「うん」

「虎太郎は今どこにいるんだ？　ハッピーキッチンの駐車場か？」

喋っているうちに長谷見は、閃きが具体的な形として見えはじめていた。

「いや、その近くだけど」

「じゃあ橋本眼科まで歩けるな。飲んでるんだから、車は置いていけ」

「無理。まるまる一駅先じゃねえか」

「シベリア鉄道の一駅じゃないだろう」

「怪我してるし」

「じゃあタクシーを使え。とにかく運転はするな。検問に引っかかったらプランがおじゃんだ」

「プラン？」

「まったくおまえというやつは、一度車でやらかしてるのに懲りてないな。とうの昔のことで記憶にない？　泣いてすがってきたのをビデオに撮っておけばよかったな」

長谷見がいやみたっぷりにけしかけると、虎太郎は黙り込んだ。長谷見は元のトーンに戻す。

「タクシー代は出してやる。橋本眼科で落ち合おう。処置が早く終わったら待っていてくれ」

「ジュンさん、こっちに来るの？」

「顔を貸せと言ったのは、おまえのほうだろう」

「ああ。けど、すぐ来られるのか？　仕事は？」

「仕事をしに行くんだよ」

「は？」

「俺が着くまでの間に犯人の特徴を思い出しておけ。どんな些細《ささい》なことでもいいから、犯人についての具体的な情報をくれ。そうでないと見つけられない」

「見つける？　犯人を？　ジュンさんが？」

「おまえは刺されっぱなしでいいのか？」

長い通話を終えて編集室に戻った長谷見は、熱心に作業を続けているADの肩を叩いた。

「あとはまかせるから」

友部はきょとんとした表情で振り返った。

「ちょっと出かける。ちょっとじゃないな、帰りはたぶん未明になる。だから残りは頼んだ」

「自分が一人で？　無理っすよ」

友部は両手を大仰に振った。

「もう十分おぼえただろう。オフラインだから、細かなことは気にするな」

オフライン編集というのは、映像素材を構成案に沿っておおまかにつなぎ合わせる作業で、ナレーションや効果音の追加、テロップやワイプなどの映像処理を行なうライン編集の前段階で、料理でいうなら下ごしらえだ。

「できたら、大谷《おおたに》さんのところに持っていくんですか？」

「それはしなくていい。戻ってきてチェックしてから、俺が大谷さんのところへ持っていく。だから編集が終わったら、そのままにして帰っていいぞ」

「終わったら、もう電車ありませんよ。椅子寝、何日連続？」

友部はがくりと首を折る。

「修行だ」

長谷見は缶コーヒーを差し出す。

「長谷見さんは追撮《ついさつ》なんですか？」

「別件。撮影して、取材して、編集して、忙しいぞー。『アサダージョ』に間に合うか？　いや、何が何でも間に合わせないと。大変だ大変だ」

長谷見は椅子の背にかけてあったジャケットを摑み取ると、マントのように肩に引っかけて編集室を出た。

2

薄暗い街灯に、ぼうと浮かびあがっているのは自転車だ。歩道を塞ぐように、十台、いや三十台は並んでいるだろうか。

「あっ？　誰かいるようです」

長谷見潤也のささやき声が入る。自転車の陰に蠢《うごめ》く影が二つ三つある。

影を中央にとらえたまま、カメラが回り込んでいく。手ぶれにより、画面が細かく揺れる。

自転車の横に人がしゃがみ込んでいる。左手でホイールのリムを押さえつけ、右手をタイヤに押しつけている。

何かがひしゃげるような音が響いた。続いて、複数の笑い声が。

「んー、いい音色」

人影が隣の自転車に移動する。ここでも左手でホイールのリムを押さえつけ、右手をタイヤに押しつける。右手の先に光るものがある。先端が尖《とが》っている。千枚通しかアイスピックのような道具だ。影はしゃがんだまま、自転車から自転車へと移動する。

「何してんの？」

突然、野太い声が響いた。映像が大きく揺れる。

「何だよ？　誰だよ？」

別の声。薄暗い画面の中央に男の上半身が映し出される。顔にはぼかしが入っている。

「君たちこそ、何をしているのですか？」

長谷見の声。

「こっちが質問してんだよ。おまえ、何してんの？」

野太い声。

「自転車をパンクさせていますよね？」

「おめーは誰だってんだよ」

「器物損壊ですよ」

「はあ？」

「物を壊したら犯罪ですよ」

「ぅるせー！　消えろ！」

「オレらは社会のために働いてんだけど」

声の主が変わる。

「社会のため？」

長谷見が問い返す。

「こんな夜中に自転車が駐《と》められてるって、どういうことよ。しかもここは駐輪場じゃない。ぜーんぶ放置自転車だ。ほとんど＊＊高校の生徒のもの。電車通学のやつらが、たったの一キロも歩きたくないもんで、置き自転車してる。なんというモラルのなさ。狭い歩道を塞いで、今はいいけど、朝になったら通行の妨げになる。けど警察は取り締まらない、市は警告のステッカーを貼るだけ、高校に文句を言っても無視。ざけんなっつーの。悪人がのさばってる世の中でいいわけ？　だからオレらが一肌脱いだ。モラルのないやつには天誅を」

「そうさオレらはセイギノミカター」

歌うような笑い声が二重三重に響く。

「あ？　おまえ、なに映してんだよ」

画面が揺れる。

「勝手に映すな。止めろよ。よこせ！　おい、逃げるな！」

さらに激しく揺れ、画面が真っ暗になる。

これが長谷見潤也の運命を変えた最初の「突撃取材」である。

一年前、長谷見潤也はこの仕事をやめようかと真剣に悩んでいた。

華やかさにあこがれてテレビ業界に入ったものの、制作会社はテレビ局の下請けであり、そこのＡＤは下僕も下僕、ピラミッドの最底辺であるという現実を突きつけられた。

残業代なしに連日二十時間働かされ、事務用の椅子を三つ並べて横になったところで疲れは取れず、過労で倒れたら給料を引かれ、先輩のパシリでタバコやコーヒーを買いに行かされ、なのに態度がなってないと鉄拳を浴び、しかし体育会系理不尽に抵抗する元気もなく、ブラック企業撲滅を声高に謳《うた》っているマスコミこそブラックなのだと悟りを開いたあとは、時間の流れに身をまかせて仕事を続けた。学生時代五十五キロをキープしていた体は、徹夜続きで骨と皮になるかと思いきや、多忙のあまり食べることにしか楽しみを見出せなくなってしまったことで、八十キロ台にまで膨れてしまった。

撮影助手に公開番組での前説、政治経済からグルメ性風俗にいたるまでのリサーチ、売れっ子タレントのリハーサルでの代理《スタンドイン》に本番での替え玉《ボディダブル》、テロップの作成にジングルの選定、ロケ弁の発注に視聴者のクレーム対応、仕込みによる街頭での突撃インタビュー《街録》、ライブラリーでの資料映像探し、各界著名人への出演交渉、罰ゲームの実験台、新コーナーのプラン出しと、何から何までやらされたので、長谷見は一年で番組制作の一から十までを把握できた。

しかしどれだけ仕事ができるようになっても、しょせんは下請けの足軽《あしがる》なのである。楽屋のセッティングも満足にできない同期入社のテレビ局員が、あれよあれよとプロデューサーの肩書きを得、収入の格差は、二倍、三倍と、年々広がっていくばかりだった。

入社六年目、長谷見はディレクターになった。かなり早い出世だぞと周囲からは祝福されたが、しょせんは下請けのディレクターでしかなく、足軽から足軽組頭《くみがしら》になった程度のことである。実際、ホームセンターでの買い出しや会議室の確保といった雑用こそ減ったものの、給料はADの時とたいして変わらず、将来が見えてしまった感があり、転職するなら二十代のうちだぞという内なる声が日に日に大きくなっていた。

インターネットという怪物の存在も、長谷見をすさんだ気分にさせた。

ネットで話題のダンスやペットの動画を拾ってきては番組で紹介する。事件や災害が発生すると、その動画をネットで探し、使用許諾を求めて投稿者にコンタクトを取る。

屈辱だった。縦画面で、手ぶれしまくり、フレーミングやライティングもなっていない素人の作品を、頭をさげて使わせてもらうのだ。来る日も来る日も。

しかし、プロがどれだけすぐれた技術を持っていても、竜巻が発生した現場に居合わせなければ、住宅の屋根が吹き飛ぶ映像は得られない。そしてプロと素人の人数を考えれば、どちらのグループが竜巻とめぐりあう機会にめぐまれているかは言うまでもない。

百万人の高校生が目立ちたい一心で、競い合うようにダンスや一発芸を演じれば、プロを凌駕するユニークなパフォーマンスが出てきてもおかしくない。なによりワンパターンに陥ることがない。

万人にスマホという撮影機材が行き渡り、ネットで公開することがあたりまえになってしまった今、社会の最前線を走っていたはずのテレビは、その座から滑り落ちていた。

長谷見が学生だったころ、ネットはすでにそれなりに大きな存在になっていたが、しかし社会的にはサブカルチャーのようなポジションにあり、テレビ業界にいたっては、ネットを「便所の落書き」呼ばわりしていた。それが今や、かつて下賤《げせん》だと目を合わせようともしなかったものに依存しているのである。

テレビこそがメディアの王様だと、あこがれをもってこの業界に飛び込んできた長谷見は、突きつけられた現実が悔しく腹立たしく、しかし時代の趨勢《すうせい》はいかんともしがたく、やがて無力感にさいなまれていったのだが、ある日ふと閃いた。

決定的瞬間に遭遇するのが難しければ、決定的瞬間を作り出してやればよいではないか。竜巻を作り出すことはかなわないが、竜巻の被災地での空き巣狙いは作り出すことができる。

当時、コンビニの冷蔵ケースに入ったり店員に難癖をつけたりする若者たちが社会問題となっていた。たんに無法な行ないをするだけでなく、その様子を動画撮影し、自慢するようにネットにアップしていたことが「今どき感」を与え、ニュースとしての価値を高めていた。

テレビでは当該動画が繰り返し再生された。映像を使えるのが新聞や雑誌にはない強みであり、テレビが長くメディアの頂点に君臨できた理由でもある。しかし、その動画はテレビ局が独自に撮影したものではなかった。インターネットからの二次利用なのだ。したがって、使われる動画はどの局も一緒で、この点もテレビの存在意義を低めていた。

長谷見はこれを、ネットからの引用ではなく、独自取材で形にできないかと考えた。自分のカメラで若者の無法行為を撮影し、自分の番組だけで放映する。街を一日歩き回ったところでそういう現象に出くわすのはまれなので、そういう場面を仕込んで画《え》作りする。

長谷見の知り合いに楠木虎太郎という大学生がいた。川崎市北部の同じ町内で生まれ育ち、弟のようにかわいがってきた男で、卒業後は実家の不動産会社で働くことが入学前から決まっていたため、講義時間は睡眠時間、就活のスーツは持っていないというお気楽な、一方で、モラトリアムのためにあえて留年を重ねているというしたたかな青年だ。

長谷見は、この舎弟とその遊び仲間を千葉県内の私鉄沿線に連れていき、防犯カメラがない場所に放置されていた自転車十数台のタイヤに孔《あな》を空けさせ、その様子をスマホで動画撮影した。ただ撮影してもつまらないので、隠し撮りが見つかってトラブルになったという設定で演技をさせた。そして映像を編集し、虎太郎に殴らせた顔に眼帯をつけて、報道ワイド番組のプロデューサーのところに持っていった。

やらせ映像はドキュメンタリーとして電波に乗った。使われた映像は一分足らずだったが、それにキャスターやゲストのコメントが入り、「明日なき暴走」と銘打たれた五分間のコーナーは番組の中でも高い視聴率を記録した。

長谷見はその後、月に一本程度「明日なき暴走」の映像を作った。周囲には、自分はもともとジャーナリスト志望なので休日や睡眠を削って歩き回ることは少しも苦にならないと説明したが、本物の素材を探したことは一度としてなく、毎回舎弟の協力によるやらせだった。そのうち、無法行為の撮影は虎太郎にまかせて自分は現場に行かず、受け取った映像にナレーションをかぶせるようになった。毎回同じ人物が出ていると思わせないため、虎太郎たちには、遠く奈良や岩手までも行ってもらった。相当な身銭が必要だったが、幸か不幸か、入社以来多忙で遊ぶ暇がなかったため、薄給でもそれなりに貯金できていた。

「明日なき暴走」にはかならず、長谷見と若者たちとのやりとりを入れた。危険な香りで視聴者を惹きつけるためだ。盗み撮りが見つかったり、長谷見のほうからとがめるように声をかけたり、シチュエーションは毎回変えた。無法行為とは別撮りで、編集により、同じ時に撮ったように見せた。このやりとりの際に本当に殴らせたりスマホを壊させたりして、やらせではあるが体を張った結果、長谷見はいつしか「突撃ディレクター」の異名を取るようになった。

しかし一年も続けるとマンネリになる。

「明日なき暴走」の視聴率は落ちていた。若者たちの暴走の程度を高めてやれば、視聴者はふたたび食いつくと思われたが、コンビニ強盗とか流血をともなうリンチとかいう重い犯罪のやらせは、虎太郎の側にも長谷見の側にもリスクが大きくなってしまう。

また、毎回ディレクターが災難に遭うのは不自然だと、やらせ疑惑がネットでちらほらささやかれるようになった。火はまだ散発的だったが、炎上しないうちに店じまいするのが賢明であろう。

長谷見には一つの野望があった。制作会社にいては、どれだけキャリアを積んだところで収入には反映されないし、業界内で存在感を示すこともできない。足軽の頂点に立ったところでどうなる。豊臣秀吉になりたいのなら、制作会社を辞めてフリーになるか、テレビ局に途中入社で潜り込むよりほかないのだ。長谷見は後者を狙っており、その足がかりになると、少ない収入から身銭を切って制作した「明日なき暴走」でアピールしてきたのだが、尻すぼみで終わってしまったら、ステップアップの実績としては物足りない。

そんな折に降って湧いた通り魔事件である。

これでスクープを取れ、警察に先んじて犯人を挙げられれば、ふたたび「突撃ディレクター」として脚光を浴びることになるだろう。今回の事件は絶好の機会なのだと、長谷見の嗅覚が訴えかけてきていた。

3

日曜夜の首都高はすいており、川崎の久地まで三十分で着いた。長谷見は橋本医師に礼を言ってMETのノベルティグッズを渡し、正月に一献傾けましょうとお愛想を言うと、虎太郎を連れて診療所を出た。

虎太郎は約束を守り、車は置いて歩いてきていた。長谷見は自分のワゴン車に虎太郎を乗せた。

「軽傷でよかったな」

運転席に乗り込み、シートが深く沈み込むたびに長谷見は、十キロは痩せようと、その場かぎりの決意をする。

「どこが。縫ったんだぞ」

虎太郎は肩を気にしながらシートベルトを装着する。

「たった六針じゃないか」

「傷痕が残る」

「おまえは女か」

「草生えるんだけど」

「は？」

「笑えるってこと」

「そのスラングは知ってる。何がおかしい？」

「おっさん――、じゃなくて先生と同じこと言ってるから。これが血のつながりというやつか」

ああそうと苦笑いを漏らし、長谷見はエンジンをかける。

「けど、橋本先生も老けたね。前はもっとキツいことを連発され、メンタルが崩壊するかと思った。凄みがなくなったというか。声は相変わらずデカかったけど」

「おまえが老けたんだよ。大人になれば、なまはげも怖くなくなる」

十四歳だった楠木虎太郎は、長谷見の家に遊びにきた際、好奇心から箪笥《たんす》やキャビネットの中を覗いてまわり、レターケースに車のスペアキーを見つけ、長谷見の父の車を勝手に運転し、そして自損事故を起こした。どうしようと泣きつかれ、長谷見は身代わりになった。警察を呼んで違反点数をかぶり、負傷した虎太郎は橋本眼科に連れていった。その時も、今回も、橋本の叔父は根掘り葉掘り訊かずに傷の手当てをしてくれた。

「なあジュンさん、マジで犯人を捕まえるつもりなのか？」

車が駐車場を出ると、虎太郎が小声で言った。

「本気だから、こんな時間にわざわざここまで足を運んだんじゃないか。警察を出し抜いて犯人にたどりつければ、ニュースとしての価値が大きい。金一封が出たら、おまえにも分けてやる。もちろんそれとは別に協力費も出す。いつもと違って今日はおまえ一人だから、独り占めだぞ。それで、犯人が落とした名刺というのは？」

ダッシュボードに角が丸い名刺が置かれた。左肩に〈プサリス〉とあり、真ん中に〈川島輪生《もとき》〉と名前がある。下には川崎市高津区の住所と電話番号が印字されている。信号待ちのタイミングで長谷見がネットを検索すると、プサリスが溝の口駅前の美容室であることがわかった。

「美容師が犯人なら、兇器が鋏であったことにもつながるな」

長谷見は次の赤信号でもネット検索したが、プサリスに川島輪生というスタッフがいることは確認できなかった。

「ま、行ってみればわかることだ。けど、この男がまさに犯人でしたじゃあ、つまらん。証拠イコール即犯人では、ストレートすぎて視聴者を摑めない。その場合は、仕方ない、演出で盛りあげるとするか」

長谷見の独り言が熱を帯び、虎太郎があきれたように横目で見る。

「願わくは、この名刺が犯人本人のものではありませんように。川島輪生が担当した客というのはどうだろう。顧客名簿からあたっていくのだが、しかし名前や住所が偽物だったりして、目当ての人物になかなかたどり着けない。大小の障害を乗り越えながら徐々に犯人に迫っていくというのが理想だな。いずれにしても、この美容室をあたってみよう」

長谷見はアクセルを踏み込む。

「今から行っても閉まってんじゃねえの？」

虎太郎が言う。

「美容室は明日だ。そうそう、犯人がこれを落としていったことは、警察には言うんじゃないぞ」

長谷見はダッシュボードの名刺をポケットに収める。

「警察に？　これから行くの？」

虎太郎は酒の臭いを確かめるように口元を両手でおおう。

「いや、警察も明日だが、その時のために注意している。名刺のことは黙っておくように」

「ちょっと待って。警察に行くってことは、警察が事件の捜査をするってことだよね？」

「門前払いされなければな」

「警察を登場させたら、ジュンさんの出る幕ないじゃん。圧倒的な戦力で向こうが先に犯人を見つけてしまう。警察には届けないで、ジュンさんだけが調べるってのはだめなわけ？　通報するのが市民の義務？」

「彩りとして警察は必須なんだよ」

「彩り？」

「警察に報せなければ、発生した出来事は事件として人の目にふれない。けれど表沙汰になっていない出来事をひそかに調べて真相を解明したところで、たいして人の目を惹かない。殺人事件ならともかく、軽い傷害事件でしかないのだし」

「ひでえ……」

「世間とはそういうものなんだよ。事件が起きる、警察が捜査をはじめる、しかし素人である俺たちが出し抜いて犯人にたどり着く。ここがいいところじゃないか。視聴者もスカッとする。古今東西、権力側に属さない名探偵が好まれるのは、こういう爽快感があるからだ」

「いま何て言った？　オレたち？」

「おまえ、自分の手で犯人を挙げたくないの？　その程度の怪我だったら、野郎は執行猶予つきの判決で刑務所にも入らないぞ。自分で見つけ、警察に渡す前に一発かましてやらないことには、おさまりがつかないだろう」

長谷見は助手席に手を伸ばして二の腕を叩く。

「けど、警察がお出ましになったのでは、自分で見つけるより先に警察が確保するから、一発かませない」

「だから名刺のことは伏せてろと言ってる。わが軍だけが、この重要な証拠を握っているのだよ。相手は千倍万倍の兵力を有しているのだから、このくらいのハンデをもらわないと勝負にならない」

「今日のところは警察に報せないのは、同時スタートだと不利になるからか」

「もちろんそれもあるが、今の時点で事件化してしまったら、明朝、各局が報道することになってしまう。警察から記者クラブに情報が流れて。だめだめ！　うちが独自に摑んだネタなんだぞ。事件化する前に、うちだけが報道しなくてどうする。そうして一歩先行しておき、他社が昼に第一報を流した時には、うちは独自取材の続報を流して差を二歩に広げる。

いいか虎太郎、何事にも順序というものがあるんだ。適切な手順を踏むのと、なんとなく進めるのとでは、同じ持ち手ではじめても、結果がまるで違ってくる。スクープは偶然の産物ではない。こちらでコントロールしてゴールに導いてやるんだ。スクープというのは一つの作品なんだよ。

明日警察に届け出た際、どうしてすぐに通報しなかったのだと問われたら、命にかかわるから治療を優先させた、治療がすんだら安心して眠ってしまった、とでも答えておけ。おまえは被害者なんだから、その程度の非できつくとがめられることはない。そら、着いた」

車は新道から右折でハッピーキッチンの駐車場に入っていく。片側一車線のこの道は鹿島田《かしまだ》菅《すげ》線という川崎市の都市計画道路なのだが、府中街道をショートカットするように走っているので、長谷見たちは昔から、新道と勝手に呼んでいた。

「事件現場を撮影したあと、被害者にインタビューする」

長谷見はエンジンを切り、シートベルトをはずした。

「被害者？」

虎太郎は自分の顔を指さす。

「おまえのほかにも襲われた者がいるのなら、そっちに話を訊くが」

長谷見は車を降り、後ろのスライドドアを開けた。

「インタビューって、オレ、顔出したくねえよ。こんなことで有名になりたくない。刺されて、捕まえそこねて、いい恥だ」

「顔は映さない。声もピッチを変える」

「何話すんだよ？　犯人の特徴？」

「ああ」

「暗くて顔は見えなかったって言っただろう」

「じゃあそう答えろ。あとは、男だった、背が高かった低かった、くらいのあたりさわりのないことを言え。襲撃の様子についても訊くから、それも記憶に残っていることを答えてくれればいい。

インタビュー上はそれでいいが、帰ったらじっくり記憶を探って、犯人の特徴を思い出すんだぞ。暗くて目鼻立ちは見えなくても、小顔だったとか蟹股《がにまた》走りだったとかいう、おおざっぱな特徴は把握できたはずだ」

「憶えてないって」

「思い出せ。服装も」

「うーん」

「何としても思い出せ。おまえの記憶に犯人捜索の成否がかかっている。そして思い出したら、俺だけに伝えろ。警察には絶対に言うな。俺は協力費を出すが、警察は一円もくれないぞ」

長谷見は虎太郎を車に残し、三脚を抱えて新道を渡った。歩道に三脚を据え、雲台《うんだい》に片手サイズのデジタルビデオカメラを取りつける。最近の民生品は放送に耐えうる画質の動画を撮影できるし、また、あえて、やや画質を落としたり手ぶれを入れたりすることで、視聴者に緊急性を感じさせることもできる。

レストランの外観を撮影すると、長谷見は駐車場に戻り、襲われた現場を虎太郎に案内させた。敷地の奥のコーナーで、建物のこちらに面した側には窓がなく、通りからも死角になっていた。

長谷見はビデオカメラに装着した撮影用のLEDライトで一帯を照らした。白線の上に小さな血痕が見つかった。色が濃く、埃で汚れておらず、新しいことを物語っていた。長谷見はカメラを固定し、ホワイトバランスを調整してから血痕をカメラに収めた。虎太郎のジャケットの左肩にできた血痕に縁取られた破れ目もアップで押さえた。

「で、犯人はどっちに逃げたんだ？」

長谷見は新道の左右を指さす。

「そっちじゃない」

虎太郎は背後を肩越しに指で示す。建物の裏にも出入り口があった。

「追いかけたルートを再現してくれ」

そう指示をして長谷見が一歩踏み出したところ、靴の裏が何かを踏みつけた。紙だった。丸めて小さくなっている。踏みつけたからそうなったのではなく、その前から握り潰されていたように思われた。広げてみると、プサリスの宣伝ちらしだった。

「名刺にちらし。犯人がこの美容室とつながりがあることは間違いないな。おいおい、これが警察の手に渡ったら、美容室に行かれてしまうところだったぞ。ほかにもヤバい見落としはないか？」

長谷見と虎太郎は地面にしゃがみ込み、周囲を注意深く調べた。しかしほかに遺留品らしきものは見あたらず、長谷見はあらためて虎太郎に犯人の逃げた道筋を案内させた。

虎太郎は裏道を左に進み、二つ目の四つ角の手前で足を止めた。

「たしかここだったと思う。野郎のポケットから何かが落ちたんだよ。で、思わず足を止めてしまって、それが例の名刺なんだけど、拾っている間にやつを見失っちまったというわけ。まっすぐ行ったのは間違いないんだけど」

直進した先はゆるやかな右カーブになっていて、その先は四つ角になっていた。

「追いかけたのはここまで？」

「三方向とも、次の角まで行ってみた。でも影すらなかった。落とし物なんか無視して追いかけりゃよかったのによ、貧乏性が恨めしいぜ」

虎太郎は自分の頭に拳を落とす。

「追いついてボコってたら、それで終わりじゃないか。見失い、しかし名刺をゲットできたからこそ、テレビで使えるネタになった」

「そこまで言う？」

あきれる舎弟を置き、長谷見は三方向の角まで行ってみた。手がかりになりそうなものは見あたらなかった。

「この逃走経路を撮影するから手伝ってくれ。カメラにつけたライトだけでは光量が足りないから、外部ライトもあわせて使う。俺は、臨場感を出すために、『裏通りに出た犯人は左方向に逃走しました』てな感じでナレーションを入れながら小走りでカメラを回すから、おまえはライトを持ってついてきて、カメラのライトが照らした少し先を照らしてくれ。二つの光の輪が一部重なるようにしたい。ちょっとむずかしいぞ」

そう説明しながら道を戻っている途中、ファミレスを出て最初の四つ角で、長谷見はつと足を止めた。

「犯人はこっちに逃げた」

長谷見は右手を指さし、そのまま歩いていく。

「オレの勘違いってこと？　そんなことはない。見失ったのはさっきの場所だって。こんな近くで曲がってはいない」

虎太郎は今戻ってきた方に腕を伸ばす。

「違う。こっちに逃げたことにするんだ」

「はあ？」

「こっちに曲がって、しばらくまっすぐ逃げたのち、角を三つ四つ曲がったところで消えたことにする。そうすれば警察はこっちの道沿いを中心に捜索することになるが、それは意味のない作業であり、そうやって無駄足を踏ませている間に、こちらはプサリスの線での捜査を進めることができる」

長谷見は新しいルートを策定するため、住宅の間をずんずん歩いていく。

「ちょっ……。それって、番組の中でそう説明されるだけでなく、オレも警察にそう言うわけ？

犯人は駐車場を左に出て最初の角を右に曲がったって」

とまどうように虎太郎がついてくる。

「当然。二つが食い違っていたら問題だ」

「つまり、警察に嘘をつけと？」

「声を落とせ」

午前零時に近く、明かりはかなり消えているが、周囲には住宅が建て込んでいる。

「そんな嘘、犯人が捕まったら一発でバレるじゃねえかよ。オレは『右に曲がった』と言ったのに、犯人は『まっすぐ逃げた』と供述する」

「心配するな。おまえは突然襲われ、なかばパニックになっていたんだぞ。勘違いでしたで赦される。保証する」

「民間人に保証されても……」

虎太郎は不満そうに口を閉ざした。

ダミーの逃走ルートが決まると、ファミレスの駐車場に戻り、一度リハーサルしてから本番を行なった。二つの光をあわせるのに苦労し、三回NGを出した。

そのあとふたたび駐車場に戻り、虎太郎をコンクリート塀を背に立たせ、襲撃された時の様子、犯人の姿形、追跡の様子を話させた。首から上はフレームからはずして撮影した。

「お疲れ」

長谷見はライトを消すと、虎太郎の胸からピンマイクをはずした。

「これで終わり？」

「終了。長時間拘束して悪かったな。帰ってゆっくり休め。といっても、もう日付が変わったか、オンエアの前に警察に行ってもらうから、そうゆっくり寝させてやれないんだがな。さっき言ったように、警察に行くタイミングも重要だ。電話で知らせる。そうそう、犯人の特徴を思い出すことも忘れるな。これが最優先事項だ」

「怪我人に徹夜しろって？」

唇を尖らす虎太郎に背を向け、長谷見は片づけを急いだ。

カメラとライトをバッグにしまい、三脚も畳んでケースに収めていると、ズボンのポケットの中でスマホが振動した。Ｆａｃｅｂｏｏｋの通知だった。

〈修善寺からただ今帰還。堂々のブービー賞！（威張るなって）〉

右手にゴルフクラブ、左手に目録のようなものを持った古屋《ふるや》東陽《とうよう》が満面に笑みをたたえた写真が添えられていた。長谷見の大学の同期で、某テレビ局の事業部で働いている。

長谷見はスマホをポケットに突っ込み、機材を車の後部座席に投げるように乗せた。力まかせにスライドドアを閉め、後ろを向くと、虎太郎が突っ立っていた。

「ああ、足がなかったか。俺はまだやることがあるから、すぐには送ってやれないぞ。車で待ってるか？　小一時間かかりそうだが」

「いや、歩いて帰るからいい。それよりジュンさん、いま撮ったのを編集してオンエアすんの？」

「顔は映してないし、声もちゃんと処理するから心配するな。もちろん名前も出さない」

「その心配じゃなくて、独占とはいえ、内容的にイマイチじゃね？　さっきジュンさんも言ってたように、死人は出てないし、軽傷だったから現場も血の海になってない」

「つまらないものをおもしろく見せるのがテレビだ」

「けど、編集にも限界があるだろ。なんか素材が足りないっつーか。たとえば、犯行のリアルタイム映像なんかがあれば、すげー摑みになると思うんだけど」

「ほう」

「ジュンさんが犯人を演じ、オレを襲う。それを三脚に固定したカメラで撮影する。その映像を、駐車場にいた客がたまたま撮影していたものを入手したということにして放送で使う」

「ケッサク。おまえもすっかりこの業界の人間になったなあ」

　長谷見は虎太郎の尻を叩いて、

「目のつけどころはいい。だがな、嘘には、ごまかしがきくものときかないものがある。さっきの逃走経路についての嘘は、勘違いで言い抜けられるが、やらせ映像はそうはいかない。犯人が逮捕されれば、たちどころに捏造《ねつぞう》が発覚する。再現映像のテロップを入れ忘れたということでなんとか火消しできるが、問題は相当尾を引き、会社内局内での処分はまぬがれない」

「じゃあどうやっておもしろく見せるんだよ。再現CGもありきたりじゃね？」

「とっておきの素材があそこにあるじゃないか」

　長谷見は顔をあげ、建物の屋根近くを指さした。

4

防犯カメラの映像には、虎太郎が襲われる様子が生々しく記録されていた。

画面の右手前から虎太郎が現われ、左手奥で立ち止まる。少し遅れて同じ場所から何者かが現われ、中腰で虎太郎の方に進んでいき、腰を伸ばしたかと思うと、無防備な背中に躍りかかった。虎太郎は片手で頭部をガードするようにして振り返る。襲撃者は右腕をXの字を描くように振り回す。虎太郎は頭を左右に振って攻撃を躱しながら体《たい》を開き、少しずつ距離を取る。襲撃者の動きが鈍くなり、止まった刹那、虎太郎の右腕が前方に放たれた。襲撃者の頭部が傾く。虎太郎が追撃の右ストレートを放つ。しかし襲撃者はバランスを崩したことで上体が横に流れ、パンチは空を切った。そして上体が流れた勢いは下半身にも伝わり、襲撃者は横っ飛びするように画面の外に消えた。一呼吸遅れて虎太郎も走り出し、画面左に消えていった。その後は無人の画面が長く続いたが、五分ほどして、左肩を右腕で抱えるようにして虎太郎が現われ、画面を左から右に横切っていった。

襲撃者の顔は見えなかった。ジャケットのフードをかぶっていたのだ。ほとんどその後頭部しか映っておらず、虎太郎に殴られた時と逃げる時に顔が横を向いたが、フードが鼻の頭や前髪も隠していた。背丈は虎太郎と同じくらいに見えるので、百六十から百六十五センチといったところか。細身で身軽そうな印象だった。

　この映像を、長谷見はハッピーキッチンの店長にかけあって入手した。それなりのものを握らせた。とりあえず自腹を切ったが、オンエアで使われれば、経費扱いで処理できる。店長は本部から叱責され、処分されるかもしれないが、知ったことではない。

　長谷見は港南のMETテレビに戻り、防犯カメラによる襲撃の一部始終と、自分で撮影した検証映像とを徹夜で編集し、未明に出てきた「アサダージョ」の報道担当プロデューサー根来宗佑《ねごろそうすけ》に見せたところ、知床《しれとこ》の鮭漁のニュースと差し替えで使われることになった。

　八時過ぎのオンエアを待たずに長谷見は局を出た。企画が通って喜ばしいが、この程度で満足していては大願は成就しない。今回のスクープは、あくまで第一弾にすぎないのだ。

　出がけにひと悶着《もんちゃく》あった。カメラのバッテリーやメモリーカードをチェックしていると、背後から肩口を小突かれた。

「ピンピンしてるじゃないか」

　起田柳児《おきたりゅうじ》だった。

「うちの小柴《こしば》さんが長谷見に代わってワンコイン弁当の取材に行くって言うから、てっきり過労で倒れたのかと思ったのに」

「ご心配をおかけしました」

　長谷見は口先だけで言って作業を続ける。

「元気なのに、なんで行かないわけ？　こっちはこっちでギリギリでやってんだけど」

「『時短家事』はテンプレで作ってるから、チーフADがいれば、とりあえず現場は回る」

「おい」

「と、上が判断したのだろう。俺が勝手に小柴さんに頼んだのではない」

「で、長谷見はどこに行くわけ？」

起田はメガネをはずし、シャツの袖口でレンズをふいた。皮脂がうっすら全体に広がり、かえって汚らしくなった。

「川崎」

「何の取材かって訊いてんだよ」

「いま川崎で一番アツいのは武蔵小杉でしょう。タワマンのお宅訪問」

「嘘つけ」

「一緒に来る？　五十三階からの眺望はすごいぞー」

「五十三階とか、誰が行くか！　つか、そんな取材で急遽交代はないだろ。本当は何の取材なんだ？」

「通り魔事件」

「はあ？」

「詳細は七時五十七分からの『アサダージョ』第二部で」

「まーた畑違いのことをしてるのか。なんでおまえさんはそれが許されるわけ？　どうやって根来さんに取り入ってるんだよ」

「地元で発生した事件だから、土地鑑がある俺が行くことになっただけだよ」

「アサダージョ」は、METの正社員と制作会社三社から派遣されたスタッフによる混成チームで制作されている。起田柳児は長谷見のエンザイムとは別の制作会社、アーキアからの派遣である。タメロを叩いているが、ADなので、階級的には長谷見が上である。自分より早くディレクターに昇格した同期が癪にさわるらしく、何かにつけて長谷見につっかかってくる。

同期入社で同じ業務に就いていても、雇い主が違えば、初任給もボーナスの額も昇給の程度も違う。だったら人事考課は違って当然なのに、それが理解できないらしい。女だから差別を受けていると思い込んでいるふしがある。誰がおまえを女と見ているのだと長谷見は思う。

男のような名前は本人の責任ではないから問わないとして、髪はバサバサ、そうでなければペッタリ脂っぽく、眉は抜かず描かず、紅を差したのを見たこともなく、夏はタイアップのTシャツ、冬はその上にナイロンのスタッフジャンパーで、言葉づかいはぞんざい、どうして女を感じろというのだ。新人の時、長谷見は一度、MET局内の仮眠室で起田と関係を持ったが、あれは極度の疲労により頭がおかしくなっていたのだと解釈している。向こうも同じように思っていることだろう。

「一人で行くのか？」

起田はデスクの上のビデオカメラを取りあげた。

「時間勝負だから。それもあり、土地鑑のある俺が行くことになった」

「通り魔？　甥っ子の運動会だろ」

家庭用のビデオカメラであることを揶揄《やゆ》しているのだ。

「川崎通り魔事件の独占映像は間もなくオンエア。お見逃しなく」

長谷見はカメラを取り返すと、バッグを摑んで部屋を出た。聞こえよがしの舌打ちが響いた。

テレビの取材は通常、クルーを組んで行なわれる。少ない場合はディレクター、カメラマン、音声の三人で、多い時にはこれに、照明、リポーター、AD、ドライバーが加わる。近年は民生用の機材の性能が高くなったことから、制作費節減のため、ディレクターが一人で取材することも、まままある。一人だと機動力が増すという利点もある。

しかし長谷見は別の理由から、どうしても一人で動く必要があった。他社の先を行くため、モラルを、場合によっては法も無視するつもりでいた。かかわる人間が増えると、アクセルを限界まで踏み込めなくなる。

途中、腹ごしらえをして、溝の口には九時三十分に着いた。プサリスのシャッターは降りていたが、窓ガラス越しに人の姿が見えた。長谷見はスプレー塗料でデコレーションされたガラスを叩き、それに気づいた若い女性に向かって、シャッターを開けてくれるようジェスチャーで説明した。ほどなくシャッターが半分開いたが、怪しまれたのか、出てきたのは先ほどの彼女ではなく、男だった。腰のネームプレートに〈サロンディレクター　羽沢〉とある。

「METテレビの長谷見と申します」

長谷見は名刺を二種類持っている。業界関係者とは制作会社の名刺を交換するが、取材の際一般人にそれを出しても、エンザイムなんて聞いたことがないぞと壁を作られるだけなので、テレビ局名義の名刺を使う。

「METって、あのMET？」

するとこのように相手の警戒が緩む。

「川島輪生さんはこちらのスタッフでいらっしゃいますよね？」

自分より歳下に見えたが、長谷見は丁寧に尋ねた。

「え？　川島？」

「今、いらっしゃいますか？」

「今はいませんが」

「何時ごろ出てこられますか？」

「来ません、たぶん」

「今日はお休みで？」

「今日というか、ずっと休んでます」

「ずっと？」

長谷見が驚くと、川島に何の用ですかと羽沢は怪訝そうに尋ねてきたが、長谷見は自分の質問を優先させた。

「いつからお休みで？」

何か訴えかけてくるものがあり、長谷見はバッグからビデオカメラを取り出した。

「先月」

「三週間も？　続けて？」

「もっと。ひと月になるかなあ」

「体調を崩されているのですか？」

「かも」

「かも？」

「俺もよくわからないんですよ。もううちのスタッフではないという話も聞いてたりして。たしかにいつの間にかタイムカードがなくなってるし」

「わかる方をお願いできますか？」

羽沢は中に引っ込み、しばらくののち、四十前後の男が姿を現わした。長谷見が名刺を渡すと、向こうも名刺を出してきた。〈ディレクター　平木透《ひらきとおる》〉とあった。この美容室の長らしい。

「川島にご用とか？」

店長は首をかしげ、長谷見が片手で構えているビデオカメラを見て眉を寄せた。

「番組で人捜しをしていまして、その人のことをこちらにお勤めの川島輪生さんがご存じだという情報を得たもので。ドキュメンタリーふうに構成する番組なので、逐一撮らせていただいています」

長谷見は調子よくごまかす。

「捜している方は、うちのお客さんで？」

「いえ。川島さんは今日はいらっしゃらないと伺いましたが」

「川島は辞めました」

「辞めた？　今日？」

「いいえ。無断欠勤が長く続いたため、先週オーナーのほうから解雇通知を内容証明で送りました」

「マジ、馘にしたんすか。貴重な福利厚生要員がぁ」

羽沢がすっとんきょうな声をあげ、掃除をしろと店長が追い立てる。

「ええと、しかし、川島輪生さんが最近までこちらで働いていたことは事実なのですね？」

長谷見は確認する。

「はい」

「では、川島さんの携帯番号はおわかりになりますよね。話を伺いたいので教えていただけますか。オンエアの都合上、急いでいます」

「ここは通行のじゃまになるので、中へどうぞ」

店長はシャッターを三分の二まで上げ、歩道で立ち往生していた自転車の女性に笑顔を送った。

プサリスはなかなか大きな美容室で、スタイリングチェアが十いくつも並び、スタッフもそのくらいの数見られた。

「メールアドレスもお願いします」

スマホの画面を見ながらメモをしている店長に長谷見は念を押した。いかにも気がきかなそうに見えたのだ。

「でも、その携帯番号もメアドも死んでる」

また羽沢がしゃしゃり出てきた。

「生きてるよ。死んでたら、この番号は使われていないとアナウンスがあるし、メールは戻ってくる。そんなことはないから、生きてるけどスルーしてる」

〈アートディレクター　赤森《あかもり》〉という名札をつけた、スタッフの中では年嵩《としかさ》の女性が首をすくめた。

「スルー？　電話に出ないということですか？」

長谷見は彼女に尋ねた。

「無断欠勤が続いているので、どうしたのかと電話しても出ない。メールしてもガン無視」

「LINEでも連絡が取れないのですか？」

「LINE？　やってないし」

赤森は苦笑した。周囲からも乾いた笑い声があがった。

「どうぞ」

店長は長谷見にメモ用紙を差し出し、それから、おまえらよけいなことを言うなと釘を刺すように、スタッフたちに鋭い目を送った。

「自宅の住所もお願いできますか。電話がつながらなかったら、直接訪ねてみます」

長谷見が腕時計を見ながら早口で言うと、店長は不承不承といった感じでふたたびスマホに向かった。

「行っても会えませんよ。家に電話したら、帰ってきてないということだったから」

赤森が言った。

「川島さんはご家族と暮らされているのですか」

「ママとね」

「お若い方で？」

「学校を出てすぐですよ。サラちゃんとタメだよね？」

そう声をかけられたシャンプーボウルを磨いていた女性スタッフは露骨に顔をしかめた。

「川島さんの写真もお願いします。電話連絡がついて待ち合わせすることになった場合、顔がわからないと困るので」

長谷見は店長に頼んだあと、どなたかケータイの中にありませんかというように、スタッフたちのほうにも顔を向けた。誰も反応しなかった。ケータイを確かめようともしなかった。

「開店時間だぞ。そっちのケース、フリーピンを補充しろ。ローラーボールのカバーもはずして」

店長が声を荒らげる。スマホには目的の住所が入っていなかったらしく、キャビネットからファイルを取り出している。長谷見は羽沢をつかまえて小声で尋ねた。

「先ほど、川島さんのことを『貴重な福利厚生要員』と言われてましたが、どういう意味ですか？」

「いじるとストレス発散に……、ストレスを解消してくれるようなネタを披露してくれて、芸達者なやつで……」

羽沢は言葉尻を濁し、長谷見から目をそらした。そこに、

「ヤバし。遅刻遅刻」

入口のシャッターにぶつかりながら背の高い男が入ってきた。

「何？　何？」

いつもと違う空気を感じてか、長い首を左右に回す。

「テレビ」

羽沢が親指を横に向ける。その先で長谷見がビデオカメラを構えている。

「テレビ？」

「ＭＥＴ」

「うちが紹介されるの？　『アサダージョ』？」

「リンネの取材だって」

「リンネ？　ついに何かやりやがったか」

「リンネがテレビに出られるような芸を持ってるわけないだろう、髪もろくに切れないのに。やつの知り合いを捜してるだけだよ」

「川島さんというのは、何かやりそうな方なんですか？」

「ついに」という言い回しに惹かれ、長谷見は発言者に尋ねた。

「Ｔｗｉｔｔｅｒでヘイトしまくりだから」

「過激な発言をしているということですか？」

「『地獄へ堕ちろ』とか『殺されたいか』とか」

「なんだよ、リンネ、Ｔｗｉｔｔｅｒやってんの？　生意気な」

　羽沢が言った。

「先輩も『死ね』って言われてますよ」

「ナンダッテー!?」

「実名で書かれてるわけじゃないから、このイニシャルはたぶんうちの羽沢さんじゃないかって勝手に想像しただけですけど」

「ふざけんな。ちょっと見せてくれ」

「開店時間だぞ」

　店長の声。

「韮山君、リンネのTwitterをフォローしてんだ」

　赤森が顔の半分で笑った。

「してないっすよ。やつのスマホの画面がTwitterだったんで、へーおまえやってるんだと言ったら、人のを見ていただけと応えたんだけど、妙にキョドってたからエロ関係かと思って、そのとき見えた名前をあとで自分のスマホで検索したら、文句ばっかり垂れているユーザーが出てきて、内容からしてリンネ本人じゃないかって」

「早く見せろ」

　羽沢が韮山に体を寄せる。

「フォローしてないんですよ」

「その時みたいに検索して探せばいいじゃないか」

「何て名前だったか、もう忘れましたよ」

「『見えた名前』というのは、アカウント名かユーザー名のことですよね？」

長谷見が尋ねると、そうですと韮山はうなずいた。

「なんとか思い出せませんか。どちらかがわかれば、Ｔｗｉｔｔｅｒのダイレクト《D》メッセージ《M》で川島さんと連絡を取ることができ、うちとしても助かります」

「何だったっけなあ」

韮山は思案顔でスマホを取り出す。

「思い出せ、ゼッタイ思い出せ。だいたい、そういうことはリアルタイムで教えろよ」

羽沢が韮山に肘打ちをする。

「一部でも思い出せませんか？」

長谷見もせっつく。

「〈ななし〉がどうこう……」

「〈名なし〉って、ネット上での匿名の定番だぞ」

羽沢が溜め息をつく。

「〈かおなし〉だっけ？」

「顔なし？」

「うん、〈かおなし〉は入ってた。アイコンもカオナシだったような気がする」

「『千と千尋の神隠し』の、ですか？」

長谷見が確認するのとかぶるように、

「開店時間だぞ！」

店長が手を打ちながら大声をあげた。

5

コインパーキングの車に戻ってスマホを見ると、虎太郎からＬＩＮＥが入っていた。

〈終わった〉

長谷見は虎太郎に電話をかけた。

「今どこだ？」

「家」

「迎えにいく」

「えっ？」

「頼みがある」

「冗談だろ？　やっと解放されたところなんだぜ。交番で話して終わりかと思ったのに、現場まで連れていかれて説明させられて。だりーよ。眠いし」

「十五分で着く」

長谷見は一方的に通話を終わらせた。

道はすいていて、十三分で二ヶ領《にかりよう》用水沿いの小さなマンションに着いた。春は岸辺の桜並木を見おろすなかなかのロケーションである。虎太郎は一年前に親元を離れ、ここの一室で独り暮らししていた。チケットの転売で結構な儲けが出たらしい。もっとも、実家の不動産屋で扱っている物件を家族価格で提供してもらっているのだろうし、夕食も三百メートル先の実家に食べに帰っているようなので、離れにでも住んでいる感覚なのかもしれない。

長谷見がクラクションで呼ぶと、三階の窓に人影が映り、しばらくして虎太郎が外階段を駆け降りてきた。

「勘弁してよ。こちとら四時間も寝てないんだぜ、早朝から叩き起こされて。誰だよ、六時に電話してきたのは」

助手席に乗り込むなり、虎太郎は文句を言った。

「俺も徹夜だ」

「ジュンさんは好きでやってんだろ。こっちは巻き込まれただけ」

「自業自得だろう」

「はあ?」

「おまえ、刺される前に店内で暴れたんだろう?」

「あ? 暴れてはいないから」

「店員に難癖つけたんだってな」

ハッピーキッチン店内の防犯カメラ映像の中に、グループの客と店員がもめているようなシーンを長谷見は見つけた。カメラから遠い位置の席で、客の顔ははっきりわからなかったが、店長に子細を尋ねたところ、どうやら虎太郎とその一派のようだった。

「『明日なき暴走』のための芝居だよ」

虎太郎はぷいとサイドウインドウに顔を向ける。

「ゆうべはどうしてそれを隠していた？」

「べつに隠してねえよ。そのあと大変なことが起きたんだぜ。刺されたんだぞ。店でのことなんてすっかり忘れてた」

「刺された原因は店で騒いだことにあるんじゃないか？」

「ちょっ、説教？　誰のために働いたと思ってんだよ。ぐだぐだ言うなら、二度と協力しねえからな」

「説教じゃない。店でひと悶着あったことは警察には言ってないだろうな？」

虎太郎は運転席の方に首を回し、語気を荒らげた。

「言ってねえよ」

「しかし警察がビデオを調べ、店員に話を聞いたら、駐車場での傷害事件と店内での騒動を結びつけて考える。捜査の大きな材料だ。今回は運よく俺が先行して映像を見つけたからいいものの、一歩間違えば警察に後れを取るところだった。ただでさえ向こうは圧倒的な戦力を有しているのだから、こういうポカは致命傷になりかねない。俺にはすべてを話してくれ。こんなつまらないことを話してもと、自分で判断しないでくれ。どんな情報がアドバンテージをもたらしてくれるかわからない」

「やっぱり説教じゃねえかよ」

「頼んでるんだ。頼みはほかにもある。おまえを襲ったのはこの男か？」

長谷見はスマホの画面を助手席に向けた。若い男の正面からの顔写真が表示されている。

「さあね」

虎太郎はろくに見もせず視線をはずす。

「この男が川島輪生だ」

「それで美容師？　ひでーセンス」

サイドを刈りあげ、短く切り揃えた前髪を七三に固めている。

「一年半前の写真だから、今は感じが違うかもしれない」

「感じがどうこうじゃなくて、暗くて見えなかったんだって」

「この写真は履歴書のもので、さっき溝の口のプサリスで見せてもらった。肝腎の川島輪生本人はいなかった」

「オレを刺したあと、逃亡したのか」

「と思いきや、話を聞くと、どうもおかしい。彼は十月中旬から無断欠勤を続け、先週解雇されたらしい」

「無断欠勤？　一か月も？」

虎太郎は驚いたように長谷見の方に首を突き出した。

「番号を教えてもらってケータイにかけたが、出ない。メールしても返信がない」

「〈ゆうべ人を刺しただろう?〉ってメールが届いても、無視するぞ、オレなら」

「〈落とし物を預かっています〉」

「なるほどねー。さすがやらせディレクター、勉強になるわ」

「茶化すな。川島の自宅の住所を聞いてきたから、今から訪ねてみる」

「今、向かってんの?」

「ああ」

車は現在府中街道を東に走っている。

「野郎、どこ住み?」

「北千束」

「吉原? すげーとこに住んでんだな」

虎太郎は大げさに手を叩き合わせた。

「それは台東区千束。いま向かっているのは大田区北千束」

「大田区? 台東区より南なのに北千束なのかよ」

「北千束と隣接して南千束があるから、台東区の千束は無関係だ。ここから車で三十分くらいだ。

もっとも、行っても空振りに終わりそうなんだがね。川島の家族によると、自宅にもずっと帰っていないという。いそうな場所にも心あたりはないのだと思うよ。もしあったら職場に連絡しているだろうし。しかしそう決めつけて取りこぼしがあってはならないから、訪ねてみる。彼の交友関係や趣味がわかれば、捜す手がかりになる」

「ひと月も無断欠勤してて、家にも帰ってないとか、えれー怪しい野郎だな。オレを刺す前にも、いろいろヤバいことやっててんじゃねえのか？」

「とにかく彼を見つけなければならないのだが、そこでおまえの力を借りたい」

「やつの家を張り込めって？　戻ってきたところをふん捕まえる。無茶振りすんなよ。夜とか、もう冬だぜ」

　虎太郎は自分の肩を抱いてぶるっとふるえる。

「いや、川島のＴｗｉｔｔｅｒを調べてほしいんだ。彼のツイートの内容から、立ち回り先を摑む。どこそこのラーメンがうまかったとつぶやいていれば、またその店に足を運ぶかもしれない。趣味がわかれば、それ関係のショップやイベントをあたることができる」

「それも相当根気がいる作業ですが」

「まずは川島のＴｗｉｔｔｅｒを捜し出してほしい。アカウント名もユーザー名もわからないんだ」

「えーっ？　そこから？　それこそ無茶振りじゃん」

「アイコンがジブリのカオナシで、名前の一部にも〈カオナシ〉が使われている。もしかしたら〈名なし〉かもしれない」

「そんだけ？　Ｔｗｉｔｔｅｒは、アカウント名もユーザー名も自由に変更できるんだぞ。とくにアカウント名は、日本語も使えるから、気分によって変えてるやつもいる。アイコンもだ。今もカオナシじゃなかったら、捜しても無駄」

「それは承知のうえだ。だめだったら次の手を考える」

「無理。絶対に無理。今すぐ次の手を考えはじめて」

虎太郎はスマホを取り出し、忙しく指を動かしはじめた。

縫うほどの怪我を負っても、睡眠不足でも、虎太郎が長谷見の無茶な要求に応じるのは、彼が今も負い目を感じているからだ。

虎太郎の無免許事故の身代わりになった時、長谷見は大学四年生だった。そのすぐあと、METをはじめ在京各テレビ局の入社試験を受けては討ち死にしていた長谷見は、虎太郎に面と向かって言った。

——交通事故のことが発覚し、社会不適合者として落とされた。

腹癒せで口にしただけなのだが、十四歳の少年は真に受けたようで、その後長谷見が、あれは冗談と笑っても、虎太郎は、気をつかって否定してくれているのだと解釈しているようだった。

246に入り、新二子橋にさしかかったあたりで、長谷見は虎太郎に尋ねた。

「被害届が遅れたこと、警察は目くじらを立てなかっただろう？」

「ああ」

「けど、次は少々うるさく言われるかもしれない」

「え？」

虎太郎が作業の手を止めた。

「ゆうべ警察に行かず、テレビの取材を受けたことは話してないよな？」

「よけいなことは口にするなとジュンさんが言った」

「しかし、今朝おまえが警察に事情を説明していたそのころ、テレビではおまえのインタビューが流れた。それは今日明日にも警察の知るところとなる。警察に届ける前にマスコミの取材を受けたのか、順番が逆だろうと、おまえは叱責される」

「かんべんしてよ」

「それに対しては、こう応えておけ。近所に兄のように頼りにしている人がいて、テレビの仕事をしていて物識りなので、刺されたあと、このあとどうすればいいか真っ先に相談した。すると医者を紹介してくれ、そのあと襲われた時の話をさせられた。取材だとは知らなかった」

「そんなんで納得してくれんの？」

「今のように言ったら、警察の矛先は俺に向く。つまり、おまえはもううるさく言われない。よかったな」

「ジュンさんはどうすんのよ」

「そうだな、警察にはこう言うさ。人命優先で、まず医者に行かせた。怪我の程度を見にいったついでに話を聞いただけだ。そもそも取材目的でなかった証拠に、カメラマンや音声は連れていかなかった。楠木虎太郎にはそのあとすぐ警察に行くよう言った。

　すると警察はまたおまえのところに来て、すぐに警察に行くよう長谷見に言われたのにどうして無視したのかとガタガタぬかすかもしれないが、そしたらこう言っておけ。長谷見に警察に行けと言われた記憶はない、体を休めようと一度家に戻ったらそのまま寝てしまった。事件とは関係ないことなのだから、そのあたりでうやむやになる」

「そうなればいいけど」

虎太郎は下唇を突き出し、納得しかねている様子だったが、やがてスマホの作業に戻った。

長谷見はハンドルを握りながらプランを確認する。

虎太郎たちがハッピーキッチン店内で騒いでいる映像は、昨晩の段階で見つけていたが、今朝のオンエアでは使わなかった。初手は襲撃の映像があれば十分だと判断した。一度に盛り込みすぎると焦点がぼける。

今夕の「今日も一日おつかれさんさんワイド」か明朝の「アサダージョ」で、防犯カメラの新たな映像が見つかった、傷害事件は店内でのトラブルが原因かと、独自の調査に進展があったように見せる。ここまでは他局をぶっちぎれる。問題はその先だ。

こちらの手には川島輪生という札がある。警察がまだ見たことのないジョーカーだ。その存在を警察に嗅ぎつけられる前に川島に接触したい。彼が犯人であるなら、逮捕前に独占コメントを取れることになる。犯人でなくても、名刺を渡した者を挙げてもらうことで次の展望が開ける。ところが切り札を切ろうにも切れなくなってしまった。

事件の翌日だけに、川島が本日欠勤している可能性は頭に置いていたが、一か月前から連絡が取れない状態だとは。これではせっかくのアドバンテージがだいなしで、あっという間に警察に追いつき追い越されてしまう。組織力に対抗するには瞬発力しかなく、立ち止まっていては絶対に勝てないのだ。

　犯人捜しという企画が尻切れで終わってしまうことを長谷見は覚悟しはじめていた。しかしその一方でＢプランが産声をあげていた。

　川島輪生は同僚たちとＬＩＮＥをやっていなかった。一緒に写真も撮っていなかった。今どきそんな若者がいるだろうか。

　川島は職場で仲間はずれにされていたのではないか。スタッフの表情や言葉の端々から、蔑みのようなものを長谷見は感じた。「福利厚生要員」という羽沢の表現も気になった。同僚たちは寄ってたかって川島をいじめることを楽しんでいたのではないのか。そうして孤立した川島は、ついにいたたまれず職場を放棄し、家にも帰りづらくなり、自暴自棄になったすえ魔が差して、通りすがりに楠木虎太郎に刃を向けた。

　だとしたら、犯人捜しという上っ面だけの企画ではなく、一人の青年が抱えていた「孤独と闇」という社会的な切り口でＶＴＲを構成できる。逮捕後に向けて、今のうちから川島輪生の周辺取材をしておくべきなのだ。

「見つけたかも」

　長谷見の黙考を助手席の声が破った。車は駒沢あたりを走っていた。

「見せて」

　長谷見は左手を隣に差し出す。

「ちょっと待って、検証中。あー、これだわ、間違いない。フォローしたから、オレのＴｗｉｔｔ

erからたどって。全部カタカナで〈ナナシカオナシシモンナシ〉ってやつ。〈ナナシ〉と〈カオナシ〉はわかるが、〈シモンナシ〉って何だ？」

上馬《かみうま》の交叉点で信号に引っかかった。長谷見はスマホを取り出し、Twitterのアプリを開いた。自分がフォローしている475ユーザーの中にある〈タイガー野郎〉のフォロー113の中から〈ナナシカオナシシモンナシ〉を探し、そのツイートを表示させた。アイコンは「千と千尋の神隠し」のカオナシで、顔の中央の、本来なら鼻がなく真っ平らな部分に赤い×印のようなものが描き加えられていた。目を凝らすと、それは開いた鋏に見えた。

「上から四番目のツイート」

虎太郎に言われてそこまでスクロールすると、〈客だから神だと勘違いする馬鹿者。群れて兇暴化する無能〉とあった。

「十四時間前にツイートされている。今が十時半だから、ゆうべの八時半ごろということになる。オレらがハッピーキッチンで騒いでたのが、ちょうどそのころだった」

次のツイートも同じく十四時間前にされており、〈そのへんにしとけよ。フライトジャケットのおまえだよ。髑髏の帽子をかぶってる女も。天罰が下るぞ〉とあった。

「スミやんがMA－1を着てた。スカルのワッチはニャンコ。ジュンさんが言ったように、川島も客として店の中にいたんだな。で、オレらのことを腹に据えかねて、店を出たあと襲った。ところが反撃を受けて退散するはめに。逃げ切ったあと、ツイートしてる」

〈しくった……〉、つまり、襲撃をしくじったという意味だろう。十時間前の投稿だ。

最新のツイートは七時間前、午前三時半ごろにされており、〈死ね死ね死ね！〉。夜中に目覚めて襲撃の失敗を思い出し、悔しさからつぶやいたのだろうか。

「過去のツイートも流し読みしたけど、こいつ、相当キてるぞ。アブナすぎ」

長谷見もツイートを遡りたかったが、信号が変わってしまった。スマホを膝の上に伏せ、運転に専念する。

あと一台のところで右折しきれず、長谷見はスマホを手に取った。フリックで飛ばしながらタイムラインを遡っていく。〈死ね〉とか〈殺す〉とかいう物騒な言葉が散見される。

注目すべきは四月二十二日のツイートだった。

〈T電鉄D線M駅前のサロンにいるSM嬢はイニシャルどおりのビッチ〉

プサリスは東急田園都市線溝の口駅前の美容室である。

六月一日には〈H沢、二週間だけ猶予をやる――〉というツイートがあった。プサリスには羽沢というスタッフがいる。「福利厚生要員」発言をしたサロンディレクターだ。〈ナナシカオナシシモンナシ〉は川島輪生のアカウントで間違いなさそうだった。

環七《かんなな》に入ってしばらくののち、虎太郎がひょうと声をあげた。

「フォロワーの線からこいつの立ち回り先を探すのは無理だな」

「どうして？」

「だって、こいつのフォロワー、ゼロだもん」

「ゼロ？」

「数字上は26になってる。うち2は、ここにいる二人」

長谷見も先ほどフォローしていた。

「残る24はフェイクフォロワー」

「何、それ？」

「〈ナナシカオナシシモンナシ〉の友人とか、ツイートの内容に興味を持ってフォローしてきた人ではなく、機械的にフォローされただけってこと。Ｔｗｉｔｔｅｒ上には、エロや詐欺のサイトに誘導したり、政治的な主張を垂れ流したりすることを目的とした、タスク自動実行プログラム《ボット》が飛び回っているんだけど、そういう手合いのアカウント名はたいていランダムに生成された英数文字列で、〈ナナシカオナシシモンナシ〉をフォローしているジュンさんとオレ以外の24フォロワーのアカウント名も意味不明な英数字で構成されている。アカウントに血が通っているか機械的なものかを検証してくれるサイトがあるので、24フォロワーについてチェックしてみたところ、全部フェイクという判定が出た。

おまけに、フォロワーがゼロなら、フォローの件数もゼロ。誰にもフォローされず、誰をもフォローしてない。こいつ、誰ともつながっていないんだぜ。気味わるー」

「つまり、川島には友達がいないということなのか？」

「たぶん。リアルにも、ネット上にも。鬱憤晴らしのＴｗｉｔｔｅｒなので、あえて誰にも教えていない、という好意的解釈ができないでもないけど」

川島輪生は絶望的なまでに孤独だったのだ。プサリスのスタッフの様子とあわせ、長谷見は確信した。

6

川島輪生の自宅アパートは、ゆるやかな坂に広がる住宅街にあった。通りの両側も、脇道を窺っても、目路のかぎり家屋が連なっているさまは東京そのものだったが、人の姿はほとんど見られず、車とも途切れ途切れにしかすれ違わず、つい一分前まで数珠《じゅず》つなぎの環七を走っていたことが幻のようだった。

山吹荘が面していたのは、環七とつながった通りから一つ折れた脇道で、居住者と配送の車しか通りそうになかったので、駐車場は探さず、車はアパートに横づけした。木造モルタルの、昭和の時代からあるような建物である。一階、二階ともに二世帯で、川島輪生の部屋は一階の奥だった。

長谷見は二号室の前でカメラバッグからビデオカメラを出し、左手をストラップに通して肩口に構えてからチャイムを押した。応答はなく、再度チャイムを押した。中で鳴っている音は聞こえる。郵便受けを確認する。名札を入れるスペースにマジックで直接〈川島〉と書かれている。新聞が一部刺さっている。

近くで踏切の警報音が鳴りはじめた。しばらくののち、電車がガタゴトやってきた。東急大井町線だ。

電車が走り去り、静寂が戻っても、ドアは相変わらず閉じたままで、誰何《すいか》する声もなかった。

「無駄足だったな」

虎太郎が大きなあくびをした。彼を連れてきたのは面通しのためだ。川島輪生が在宅している可能性は低いと思われたが、万が一いた場合、虎太郎は大きな決め手となる。虎太郎は川島輪生の顔を見ていないが、川島のほうは虎太郎を憶えているはずだ。ファミレス店内の騒ぎを憎しみをもって見ていたのだから。その、刺してしまうほど憎かった男が突然自宅に現われたらどうなる。口ではどれだけしらを切れても、表情は確実にものを言う。

「彼がいないことは覚悟していた」

むしろ「孤独と闇」を知るために、母親の話が聞きたかった。

「仕事だろ。母子二人暮らしなら、母ちゃんも働いてんじゃないの、フツー。息子はまだ半人前っぽいし」

「言えてる」

いま一度チャイムを鳴らしてみたものの、返事も人の気配も届いてこなかったため、長谷見はあきらめ、Ｔｗｉｔｔｅｒの検証をしながら帰りを待っているかと、カメラバッグを持ってドアの前を離れた。

「開いた」

その声に、長谷見は足を止めて振り返った。虎太郎が二号室のドアノブに手をかけていた。ドアが手前に少し開いている。

「野郎、帰ってきてんじゃないの？　居留守を使ってる」

虎太郎がささやいた。長谷見はうなずき、バッグを降ろすと、虎太郎を押しやってノブを握り、数センチ引いて、広がった隙間に向かって声をかけた。

「ごめんください」

饐えたような苦いような不快な臭いが鼻をついた。

「川島さん？」

長谷見はドアをさらに開けた。上がり口に大きな袋が四つ五つ積まれているのが見えた。

「こんにちはー、川島さん」

長谷見はドアの隙間に右足を踏み入れた。ジャケットの背中を引かれた。

「気をつけろ。やつは鋏使いだ」

昨晩の傷を押さえながら虎太郎がささやいた。長谷見はうなずき、左足も踏み出して、体全体を玄関の中に入れた。

上がり口にある大きな袋の中身はゴミだった。半透明で、潰した缶や弁当の容器が透けて見えた。玄関と直結したダイニングキッチンにも、膨らんだレジ袋や空のペットボトルが散乱している。

「念のため裏を固めてくれ。一階だから、掃き出し窓から逃げられるおそれがある」

長谷見はいったん外に出ると、虎太郎にそう指示を出し、自分はバッグからビデオライトを取り出してカメラに装着した。台所には窓があるが薄暗く、撮影には照明が必要だった。

このゴミ屋敷状態は「孤独と闇」を語ってくれるので、画を押さえておかなければならない。

川島輪生は家出していたようなので、だらしないのは母親なのだろう。しかし真実はどうでもいい。川島輪生にスポットを当てたVTRの中でこの画を流せば、彼は家でもすさんでいたのだと、その「孤独と闇」の深さを視聴者に感じさせられる。虚偽のナレーションやテロップを入れるのではない。何も語らなくても、視聴者が勝手にストーリーを作ってくれるのだ。それが映像の力である。

「川島さん、おじゃましますよ」

長谷見はあらためて二号室の中に足を踏み入れた。応答はない。靴をどうするか一瞬悩んだが、脱いでからクッションフロアの床にあがり、ライトを点けてからカメラの録画ボタンを押した。

テーブルの上、下、ワゴン、流し台——明かりに照らされると、ゴミ屋敷の惨状がより明瞭になる。臭いまで強調されるようだった。

しかし動線は確保されており、居室と玄関、トイレをつなぐエリアは、ゴミの堆積が少なくなっていた。その獣道を、長谷見はビデオを回しながら奥に進んだ。わずかに覗いた床は、水とも油ともつかぬ液体がうっすら浮かんでおり、靴を脱いだことを後悔した。

ガラス障子の向こうが居室と思われた。長谷見は引き手に指をかけ、横に動かした。静かに開けようとしたのだが、全然動かなかったため、力を加えていったところ、盛大にがたつきながらやっと開いた。滑車がレールからはずれているような感じだった。

奥は四畳半くらいの部屋で、カーテンが閉じていたため、ダイニングキッチン以上に暗かった。

ここも汚部屋で、アルコール飲料の缶や食品のパッケージ、雑誌を破り取ったような紙ゴミ、丸まったシャツや下着の丘陵に囲まれて、いかにも万年床といった感じの蒲団が敷かれていた。蒲団カバーのあちこちに穴が開いて綿が飛び出している。

長谷見は、もっとすさまじいゴミ屋敷の取材をしたことがある。虫が湧き、小動物が棲み着いていた。盗んだ下着を敷き詰めた部屋で寝起きしていた男にインタビューしたこともある。しかし死体を見たのははじめてだった。

蒲団の上に人がいた。女だ。掛け蒲団の上にくの字に横たわっていた。寝ているのではなく死んでいるのだと、素人目にも判断できた。ピンクのスエットシャツの胸部が赤黒く染まり、足下に先の尖った鋏が落ちていた。半分開いた目や艶のない肌、八方に乱れた髪、鉤のように曲がったまま動かない指も、生命活動を感じさせない。

驚きのあまり長谷見は、ビデオカメラを握った手をだらりとさげて立ちつくしてしまったが、しばらくして現実を取り戻した時には、従前の十倍のアドレナリンが体内を駆けめぐっていた。

蒲団の横にかがみ込み、女が息をしていないことを確認すると、顔や血痕、鋏のアップを撮影した。立ちあがって上半身を、ダイニングキッチンまでさがって全身を、ゴミに埋もれていたダイニングチェアを発掘すると、それに乗って俯瞰《ふかん》の映像をカメラに収めた。

「遅いから、てっきり川島にやられたのかと心配――」

背後で声がし、息を呑んだのが伝わってきた。

敷居をまたいで固まっている虎太郎は放っておき、長谷見は撮影を続けた。死体だけでなく、荒れた室内全体を嘗《な》めるようにカメラを動かした。

「これ、川島じゃないよな?」

虎太郎が言葉を取り戻した。ガラス障子の陰からへっぴり腰で覗いている。

「彼の母親だろう」

「死んでんの?」

「死んでる。冷たいし、血が乾いているので、殺されてからかなり時間が経っている」

「鋏が転がってるけど、それで刺されたのか?」

「そのようだな」

刃が血で汚れている。指を入れる穴に棒状の突起がついているので、理美容の鋏と思われた。

「ずらかろうぜ。厄介なことに巻き込まれたくない」

虎太郎が長谷見に腕を伸ばす。

「たしかにおまえは消えたほうがいい。あらぬ疑いがかかる」

「はあ?」

「川島輪生に襲われた者が川島輪生の家で死体を見つけたんだぞ。人は何と思う? 報復のために訪れたところ、息子は留守だ、かくまっているだろうと母親と争いになり、殺してしまった」

「ちょっ、ふざけんな」

「そう連想されるのは間違いない。疑いはそのうち晴れるが、それまでの間、嫌な思いをすることになる。いや、その後もだ。一度嫌疑がかかったが最後、潔白が証明されたところで、身持ちが悪いから疑われることになるのだと、周囲からはいつまでも色眼鏡で見られる」

「かんべんしてくれ」

「だからおまえは今すぐ引きあげて、今日ここには来なかったことにしろ。警察には、昨晩ハッピーキッチンを取材した際に俺が名刺とちらしを拾い、それを頼りに単独で来たことにする。俺はまだやらなければならないことが残っている。外観を撮って、近隣で話を聞く。そうそう、雁首も探さないと」

「ガンクビ？」

「顔写真のこと」

長谷見は鏡台の引き出しを開けた。ローチェストの上のレターケースも引っかき回す。被害者の名前だけがテロップで出るのと、そこに雁首があるのとでは、視聴者へ訴えかける力が違う。雁首も、証明写真、学校の卒業アルバム、自撮りで盛ったもの、どれを使うかで被害者の印象が変わる。つまり、事件を視聴者にどう見せたいかを念頭に写真を選ぶ必要があるのだ。

「いま撮ったビデオ、テレビで使うの？」

虎太郎はまだ立ち去っていなかった。

「おまえは四百キロのクロマグロを釣りあげたのにリリースするのか？　こんなおいしい素材、二度とめぐりあえない」

「つか、また警察への通報は後回しなわけ？　オレの場合と違って、死んでるんだぞ」

長谷見は作業の手を止め、死体の足下を回ってダイニングキッチンに出た。腕時計を指で叩きながら虎太郎に説明する。

「今何時だ？　十時四十五分か。今警察を呼んだら、昼には記者クラブの連中の知るところとなり、各局午後のワイドショーで取りあげることだろう。ところがわがMETには午後ワイドがない。四時五十七分までドラマの再放送だ。一般市民が一人殺されたような事件では、ドラマを潰して報道特番というわけにはいかず、せっかくよそを出し抜いたのに夕方まで寝かせておかなければならず、その間に他局に追い抜かれてしまう。こっちは死体がある現場を押さえたんだぞ。なのに記者発表ベースの横並びの情報に後れを取るなんて、そんな不条理があるか。一番乗りを名乗れるのは、実際に一番乗りした者だけだ。うちが独占で『今日も一日おつかれさんさんワイド』でドカンと行く。警察に報せるのは、ここで集めた素材を持ち帰り、編集を終えたあとだ。すると捜査がはじまるのが『おつかれワイド』の放送開始ごろになるので、他局は午後ワイドで扱えないのはもちろん、夕方の時間帯でもせいぜい速報を出すことしかできない」

「スイッチが入っちゃったよ」

「何？」

「じゃ、オレ、帰って寝るわ。ヤバいの見たから、眠れそうにないけど」

虎太郎がげんなりとした表情で背を向ける。

「寝てる場合じゃないぞ。Ｔｗｉｔｔｅｒの解析を至急頼む。もたもたしてたら警察が先に川島輪生を確保してしまう。今朝方と今とでは状況が大きく変わった。傷害事件から殺人事件にレベルアップしたんだ。捜査態勢も強化される」

「川島がこの女を殺したのか？　ええと、オレを仕留めそこねて帰宅したところ、ただでさえムカついてるのに母親にぐだぐだ言われ、うるせえババアと刺した？　あ」

虎太郎は突然スマホを操作しだした。

「これこれ。〈死ね死ね死ね！〉というツイート、これはオレに対する呪いの言葉でなく、母親へのいらだちだったんじゃねえの？」

「なるほど、そうかもな。あるいは、刺したあとの興奮を叩きつけたのか。いずれにしても、〈死ね死ね死ね！〉を最後に沈黙していることから、川島にとってよほど大きな出来事が発生したに違いない」

「ん？　〈死ね死ね死ね！〉のあとにもツイートしてる」

虎太郎は長谷見にスマホの画面を向けた。新たに〈悪いのはやつらじゃないか。FUCK！〉というツイートが発生していた。三十分前に投稿されている。

「まだ興奮が冷めていないようだな。ともかく、事件が表面化して警察が彼を捜しはじめる前に、彼の立ち回りそうなところを絞り込みたい」

「がんばるよ。つか、ジュンさんは残るから、車で送ってもらえないのね。ここって、駅、近い？」

「北千束駅はすぐそこだが、電車は使うな。駅には監視カメラが山とある。警察は真っ先にその映像を調べる。そこにおまえが映っていると、さっき言った厄介な事態になる。ちょっと待ってろ」

長谷見は虎太郎と体を入れ替えると、獣道をたどって玄関まで達し、外に出た。この古いアパートには防犯カメラは設置されていなかった。二号室に戻って、言う。

「アパートの出入りは記録されないので安心しろ。駅は避けても、街のどこに防犯カメラが設置されているかわからないから、これを目深にかぶっていけ」

車から出してきた帽子を虎太郎に渡す。冬期の屋外取材のための耳当てのついたキャップだ。

「家まで歩けとは言わない。最低二駅だな。電車の利用はそこからだ」

「環七で車を拾うよ」

「タクシーはだめだ。ドライブレコーダーが装備されている。路線バスにも導入されはじめているから、用心のため、近くの停留所から乗るのは避けろ」

「難儀な時代だ」

「あと、指紋だな。この部屋のどこをさわった？　ドアノブと、ほかには？　思い出して、きれいにふいていけ」

長谷見は指示を出し終えると、雁首探しに戻った。死体がある部屋はあらかた探して見つからなかったので、襖で隔てられた奥の部屋を調べてみることにした。

「あーっ!?」

長谷見の喉から、へんてこな声がほとばしった。

襖を開けたら、そこにも死体があった。

こちらは男だ。乱れた蒲団の上に大の字で倒れていた。白目を剝《む》き、半開きの口の周りは乾いた唾液で白く汚れ、はだけたパジャマの胸に血の花が咲いていた。

＊

警視庁田園調布警察署の調べによると、大田区北千束二丁目のアパート山吹荘二号室で死亡していたのは、川島美緒四十六歳と白岡敬和《しらおかたかかず》六十一歳。

川島美緒はこの部屋の世帯主で、無職、二十一歳の長男と二人暮らし。白岡敬和の登録上の住所は品川区戸越《とごし》だが、当該地に住む家族によると、敬和は前年秋に流通系の会社を定年退職してからは地域のボランティア活動に従事していたが、半年前に家を出たきり連絡が取れなくなっていたという。

二人が死んだのは、十一月二十一日の午前三時ごろ。死因はともに窒息。頸部《けいぶ》に索条痕、扼痕《やくこん》はなく、呼吸器の末端、すなわち鼻と口を塞がれたことにより呼吸を阻害され、死にいたった。兇器となったのは掛け蒲団だと推定された。

いずれの死体も胸に鋭器損傷が認められたが、死後に刺されたものであり、出血の程度は少なかった。加害者は、確実に死にいたらしめるため、窒息させたのち、とどめとして刺したものと思われた。こちらの兇器は川島美緒のそばに落ちていた鋏である。また、二人の体内からは血中濃度〇・二パーセントのアルコールが、川島美緒からは睡眠導入剤の成分も検出された。

被害者両名の財布が室内から見つからなかったことから、田園調布署は物盗りの可能性を視野に捜査を進める一方、連絡の取れない川島美緒の長男が何らかの事情を知っているとみて、行方を追っている。

燃えあがる炎の中から現われるのは サイレント・キラー

1

番組御用達の心理学者、神栖廣武《かすみひろむ》が喋っている。

「ソーシャルメディアはそもそも、人とつながることを目的としてはじまったわけですが、一部では、つながらないことを前提とした使われ方がされています。人には聞かせられない、けれど心の中に閉じ込めていたのでは苦しくてたまらないことを、ここに吐き出すのです。吐き出すことで魂を浄化するのです」

「『王様の耳はロバの耳』！」

イラストレーターとしてよりタレントとしてのほうが有名な上杉《うえすぎ》ゆーながが独特の金属的な声をあげた。

「屈辱を味わわされ、おまえなんか死んでしまえと思っても、それを本人に面と向かって言うわけにはいかないでしょう？　第三者に、あいつなんか死ねばいいのにと愚痴れば気が晴れますが、めぐりめぐって当人の耳に届くかもしれないため、黙っておくのが賢明で、しかしそれでは胸の中の黒いものが膨らむばかりで自家中毒を起こしそう。〈ナナシカオナシシモンナシ〉は、そういう感情の発露のために作られたアカウントなのです。だから、あえて誰もフォローせず、誰からもフォローされないよう、周囲にも知らせなかった」

「人を殺したあとにつぶやいたのも、魂の浄化のため？」

コラムニストの江木《えぎ》シンペイは納得いかない表情だ。

「根っこは同じところにあります」

「捜査の初期段階から、実名は明かされていなかったものの、重要人物として彼のことがあがっていました。なのにツイートを続けています。〈ヴィトンの財布に一万円ぽっちしか入ってないって、ありえねー。BBAももっとましな男をつかまえろよ〉とか」

「シンペイさん、それ、『ビービーエイ』じゃなくて、『ババア』。母親のことですわ」

若手漫才コンビの片割れ、ハニー大津《おおつ》が口を挟んだ。

「〈天涯孤独最強〉や〈鳩に餌をやるなと書いてあるのにパン屑を撒いてるやつ。おまえだよ、おまえ。バカなの？　字が読めないの？　おまえが社会の害なんだよ。退治するぞ〉も、事件が表沙汰になってからのツイートです。いったいどういう神経です？　捕まらないと自信満々なのか、鈍感なのか、社会を挑発しているのか」

江木は〈ナナシカオナシシモンナシ〉のツイートが印刷されたフリップを割れんばかりに叩く。

「誰にも教えていないアカウントだから誰も見ていないという認識なのです。日記帳に書いてる感じです」

　神栖准教授が答える。

「それが、十一月二十二日を最後にツイートされなくなったのはなぜです？」

「誰にも見られていなかったはずのＴｗｉｔｔｅｒがネットにさらされていると気づいたからです。一夜にしてフォロワーが五万超えですからね。ちょっとしたパニックに陥ったことでしょう。秘密の日記帳の存在を知られてしまったら、続きはもう書けません」

「すると、最後のツイート、〈寒い。金もない。死ぬ。死のう。さよなら、俺〉は遺書ですか？これだけの人数に監視されてしまったのではもう逃げられないと覚悟を決めた」

　サブキャスターの神鳥海香《かみとりみか》アナウンサーが言った。

「その解釈はお人好しすぎるっしょ」

　ハニー大津が笑った。

「偽装工作！」

　上杉ゆーなが人さし指を突き出す。神栖准教授はうなずき、

「それまでのツイートは、誰に見せるつもりもなかったので、本心をさらけ出していました。汚い言葉であれ、それは無垢であり、彼の魂の叫びでありました。しかし最後のツイートだけは性質が違います。人に見られているとわかってからのものであり、人の目を意識して発せられています。すなわち作為がある」

　ここでフリップを出し、指示棒を使って説明する。

「二十二日にはまず、〈フォロワー五万？　バグ？〉というツイートがありました。フォロワーが爆発的に増えたことに川島は気づいたわけです。最初は、システムのバグで数の表示がおかしくなったのかと思った。しかししばらくして、秘密にしておいたはずのＴｗｉｔｔｅｒの存在が表に出てしまったとわかり、あわてた。こういう場合よくあるのが、Ｔｗｉｔｔｅｒのアカウントを削除して過去のツイートをすべて消して逃亡、なのですが、すでに評判になっているネット上のコンテンツは、閲覧した第三者によって例外なくバックアップ、いわゆる魚拓《ぎょたく》を取られているので、アカウントの削除はまったく意味がないんですね。オリジナルを消しても、バックアップしたものを公開されてしまうから。それがわかっていたのか、川島はアカウントの削除は行なわず、その代わりに〈寒い。金もない。死ぬ。死のう。さよなら、俺〉とつぶやくことで、自分がこの世から消えていくように見せかけた」

「見せかけですね？」

メインキャスターの膳所《ぜぜ》光一《こういち》が確認するように言う。

「そうです」

「犯人が自殺に走る、あるいはすでに自殺している可能性はないのですね？」

「百二十パーセントありません。本当に死ぬ気なら、アピールより行動です」

「いったんコマーシャルに行きます」

長谷見潤也は詰めていた息を吐き出し、それから溜め息をついた。

窓の外に十階建てのビルが迫っている。そのビルの屋上に、二ブロック奥にある高層ビルが頭を覗かせている。熱線反射ガラスに全面おおわれ、街の灯を受けて、赤や青に貌《かお》を変えている。五年前に新装なったMETテレビの局舎である。そのB5スタジオで、平日の午後四時五十七分から、「今日も一日おつかれさんさんワイド」が生で放送されている。今、この時にも。長谷見は、取材に出ていなければ、B5スタジオで本番に臨んでいる。今はCM明けの進行の確認をしているはずだった。

しかし長谷見は今、METテレビから二ブロック離れた雑居ビルの中に閉じ込められ、タブレット端末の小さな画面で「おつかれワイド」を見ている。エンザイムが借りている六階フロアーの一室だ。長谷見が入社した当時は会議室だったが、現在は段ボール箱に占拠され、いちおう長机が一つ置いてあるが、ここで会議が行なわれることはない。

ノックもなくドアが開いた。

倉渕賢時《くらぶちけんじ》はコーヒーの紙コップを机に置いて椅子に坐ると、まずネクタイを緩め、ワイシャツの第一ボタンをはずし、それから背広の胸ポケットに突っ込んであった棒状の袋を破って中の砂糖を紙コップに入れた。もう一本のスティックシュガーも全部コーヒーに入れると、プラスチックのマドラーでかき混ぜる。渦ができるほどかき混ぜ続ける。

「どうなりました?」

痺《しび》れを切らし、長谷見のほうから切り出した。倉渕は手首の回転運動を止めると、マドラーを持ちあげ、唇で嘗めながら言った。

「停職だ」

倉渕はエンザイムの人事担当役員である。

「そうですか……」

長谷見は肩を落とした。

「長谷見潤也を本日より無期限の停職処分とする」

「無期限？」

自宅謹慎、停職等の裁定がくだされることは覚悟していたが、無期限は想定外だった。

「追って文書で通知する。METの入館証は処分が明けるまで預かる」

倉渕は紙コップに唇をつけ、もう一方の手を長谷見に差し出した。

「無期限というのは、どのくらいの期間なのでしょうか？」

「中学からやり直せ。無期限は無期限、期限を定めないということだ」

「目安です。一週間くらい？」

「ふざけてるのか？」

「ひと月？」

「長谷見、おまえは自分が何をやらかしたのか、まるで自覚がないんだな。二十年くらい頭を冷やすか？」

「要するに、馘ということですか」

長谷見は苦しげに息を吐いた。

「それは解雇。停職と言ってるだろう。社員としての身分は従来どおりだ。休んでいる間にいろいろ勉強しろ」

「じゃあ給料は出るんですね？」

「出るか。仕事をしないのに」

「何割かも？」

「うちは慈善団体じゃない」

「じゃあ馘と同じじゃないですか」

長谷見はまた肩を落として仰々《ぎょうぎょう》しく息を吐く。

「社員としての身分は残っていると言っただろう。医者にかかる時には今の健康保険証を使える。厚生年金、雇用保険の事業主負担も行なう」

「ひどい……」

「バカ野郎。そこは感謝の言葉だろう。会社に大きな損害を与えたのだから、本来なら懲戒解雇ものだぞ。停職ですんでありがたく思え」

倉渕は音を立ててコーヒーをすする。長谷見は奥歯を噛みしめて心を抑えつけ、神妙を装って頭をさげる。

「申し訳ありませんでした。年末に向けてのこの時期に」

十二月の第二週には年に一度のスペシャルも控えている。

「あん？　もしかして、自分が現場を離れることで人員のやりくりが大変になり、大損害とはそのことだと思ってるのか？　どこまでおめでたいやつだ。代わりの兵隊なんていくらでもいる。年内をもって『おつかれワイド』の制作からはずされることになったんだよ」

「うちがですか？」

「そうだよ。不逞《ふてい》なスタッフを派遣した雇用者へのペナルティだ。今回は言い渡されていないが、『アサダージョ』からもはずされるだろう。次の改編では月曜深夜枠のバラエティも危ない」

エンザイムは民放各局の番組制作に携わっている。しかしMET出身者が起ちあげた会社なのでMETから請け負う仕事の比率が高く、それに頼れなくなると経営にかかわる。

「申し訳ありません！」

長谷見は椅子を降り、床の上で土下坐をした。

「パフォーマンスはいいから。入館証を出して、帰れ」

そう言われてもなお長谷見は土下坐を続けたが、なぐさめの言葉ひとつかけてもらえそうになかったので、腰を戻して立ちあがった。

「番組は存続するのですね？」

「打ち切りになったら、この程度の処分じゃすまない。エンザイムは金輪際METで使ってもらえないだろうし、局プロデューサーの首も飛ぶ」

「根来さんは番組に残れたのか」

長谷見はふうと息をついた。演技の溜め息ではなかった。共犯とはいえ、きっかけを作ったのは自分なので、なんとなく負い目があった。しかし次の一言で気持ちが反転した。

「根来は減俸一か月」

「減俸？」

長谷見はきょとんとした。

「桑島《くわしま》は譴責《けんせき》」

「減俸一か月？　一年じゃなくて？　来月からは元どおり？　罰はたったそれだけ？　もう何日かでボーナスが出るから、ほとんど痛くないじゃないですか。仕事も普通にできるんですよね？　なんです、それ。軽すぎでしょう」

長谷見は眦を決した。

「根来は局の人間だ。彼の処分を決めるのはうちではない」

倉渕はマドラーの先で唇の縁をなぞる。

「こっちは仕事を取りあげられたんですよ。いつ戻れるかもわからない。その間、給料は出ない。おかしいじゃないですか」

「自分も減俸一か月が妥当だと？」

「そうでなく、処分にこれほどの差があるのはおかしいと言ってるんです。ネタを集めてきたのは私です。それは事実です。けれど根来さんが、人倫上問題があるから使えないと受けつけなければ、それで終わったんですよ。私はしょせん一兵卒です。国民的歌手の覚醒剤吸引や現職閣僚の轢《ひ》き逃げ映像を撮ってきたところで、それを電波に乗せる権限はない。出撃命令を出すのは士官です。根来さんはね、長谷見でかしたとハグしてくれたんですよ。徹夜で特番の作業をしていた大谷さんを引っこ抜いて編集させたのも根来さんです。私の取材と根来さんの決断、二つがあわさって、今回のスクープ報道が生まれた。重ねて言いますが、私一人では、独占取材はできても、独占放送はできなかったのです。だから二人は同罪なんですよ。なのに無期停職と減俸一か月、この差はどういうことなんです。とうてい納得できません。それに今回の一件が罪ならば、METという組織そのものが共犯者じゃないですか。番組の冒頭でドカーンとやって視聴率が五ポイント増し、翌日は鼻高々で高視聴率御礼のバナーをリボンバラつきでロビーや廊下に貼り出してるんですよ。錦木《にしきぎ》報道局長は報道のスタッフを集めて、長谷見を見習えと発破をかけたそうじゃないですか。局長の処分は？　局としての謝罪は？」

長谷見の必死の訴えは、会議室の冷えた空気に吸い込まれて消えた。倉渕はコーヒーをすすりながら手を差し出した。

「入館証」

2

「根来も桑島も錦木も倉渕も死んじまえ。METもエンザイムも潰れちまえばいいんだ、ちくしょう」

動画の再生を止めた長谷見は口汚く罵り、スマホをジョッキに持ち替えて、酎ハイをぐっとあおった。会社側と、言った言わないの争いになった場合に備えて隠し撮りした動画である。

「あー！　それ、あたしのだし！」

小菅新夏に睨まれ、うっかりしてと長谷見がジョッキを返したところ、唾が入ったと拒絶され、彼女はテーブルに備えつけの端末で新しいドリンクを注文した。

「ゲンポウってのは、給料が減らされることだよね？」

楠木虎太郎が言った。新夏の隣に坐っている。

長谷見たちは登戸駅前の居酒屋の個室で掘り炬燵《ごたつ》式の卓を囲んでいる。経過報告という名の鬱憤晴らしに虎太郎を呼んだところ、彼女とセットでやってきた。

「そう。今月だけな」

「ケンセキってのは？」

「注意」

「注意？　今後は気をつけろって？」

「そう」

「そりゃジュンさん、怒って当然だわ」

虎太郎は眉間《みけん》に縦皺《たてじわ》を寄せ、無精髭の浮いた顎をさすった。

山吹荘二号室の男女変死事件は当日夕方の「今日も一日おつかれさんさんワイド」のトップで扱われた。独占スクープで、死体の映像もあり（オンエアでは顔にモザイクをかけた）、放送中からソーシャルメディアで大きな反響を呼んだ。「アサダージョ」でスクープした通り魔事件との関連性をにおわせたことも強い関心を惹いたようで、最近にない高視聴率を叩き出した。

長谷見は浮かれることなく、二の矢三の矢のために、虎太郎にＴｗｉｔｔｅｒの解析を急がせた。自身も、発見者として警察の事情聴取に応じる合間に川島輪生《もとき》に電話を入れ、メールとＴｗｉｔｔｅｒのＤＭでも接触をはかった。「話を聞きたいだけだ。報道機関は警察の協力者ではないから、あなたを警察に渡すことはない。直接会うことに抵抗があるなら、メールでのやりとりでもいい。謝礼は出す」ということを、ニュアンスを変えて繰り返し送った。

しかし虎太郎が痛みと疲労で音《ね》をあげたこともあって、二年分一万件近いツイートの解析は思うにまかせず、リダイヤルを繰り返しても川島は出ず、そのうち圏外でつながらなくなり、メッセージのほうも梨《なし》の礫《つぶて》、このままでは他局に並ばれてしまうと長谷見が焦っていた裏で、もっと大変なことが起きていた。

「おつかれワイド」放送終了直後から報道の姿勢について視聴者から疑問の声があがり、翌日には非難の電話がＭＥＴに殺到、番組のＷｅｂサイトやＴｗｉｔｔｅｒは炎上状態となったのだ。

死体を発見したのに、すみやかに通報せず、何時間も取材や編集を続けるとは何事かというのだ。死体発見の時刻も警察へ通報した時刻も番組では明らかにしていないのに、放置した時間の長さについて一般の視聴者が物申すものだろうか。スクープをやっかんだ他局の関係者が火を放ったのではないかと長谷見は疑っているのだが、ともあれ、火は瞬く間に燃え広がってしまった。

ＭＥＴは当初、埋葬義務がない者は死体を発見しても通報の義務はない、自分の土地にある死体でなければ軽犯罪法違反にもあたらない、との対応を取っていたのだが、この正論が火に油を注ぐことになった。人の死を判定できるのは医師だけだ、脈がない呼吸をしていない冷たくなっていると素人が感じても実はまだ生きているのかもしれないから、病院に搬送するために一刻も早く救急車を呼ぶというのが人道にかなった行動なのに、それを放棄した、マスメディアという、世間一般を啓蒙する立場にある人間が。

さらに、「アサダージョ」で使ったハッピーキッチンの防犯カメラ映像も槍玉《やりだま》に挙げられた。当初提供を拒んだ店長を、おたくのチェーンは利用客の安全に無関心だと喧伝する必要があると、なかば脅して手に入れたというのだ。長谷見はそのようなことはほのめかしてもいない。協力費をちらつかせて交渉しただけだ。上乗せを要求するなど、店長も乗り気だった。しかしひとたびネットに広まってしまったデマを完全に打ち消すのは実質不可能だ。

その結果、長谷見は無期限の停職処分となった。法は犯していないのに。直属の上司である報道担当プロデューサー根来宗佑は減俸一か月、番組全体を統括するチーフプロデューサー桑島圭一《けいいち》は厳重注意である。その上に立つ報道局長錦木鼎《かなえ》には何のペナルティも科せられなかった。

長谷見は愕然とした。処罰の重さに、そして軽さに。局は下請けに責任を負わせ、それで幕を引こうとしているのだ。エンザイムへの厳しい対応からもそれが窺われる。トカゲの尻尾切りだ。

しかしそれ以上に長谷見が腹立たしいのが、問題が発生してわずか四日で処分が決まったことだった。精査どころか、ろくに聞き取りも行なわれていない。異例の速さである。METが火消しを第一義に動いたのは疑いようがない。傷を最小限に抑えようとした。

たしかに暴走したと、長谷見はいちおう自覚している。しかし自分が子供だったころ、こういう事案が社会問題となり、吊るしあげを食らっていたという記憶はない。

テレビ業界がネット主導の世論に屈したのだ。


「局にとってよかれと思って行動し、実際視聴率でも貢献した。なのに切り捨てるって、どういうことよ。逆だろ、フツー。功労者を守らなくてどうする」

長谷見はタバコを肴《さかな》に酎ハイをあおる。

「ムカつくんなら、そいつらに復讐してやればいいじゃん」

新夏が拳を突き出した。虎太郎がふんと鼻を鳴らす。

「なーに言ってんだよ」

「バーカ」

「はあ？」

「暴力じゃないよ、ここで復讐すんだよ」

新夏は拳から伸ばした人さし指で自分の頭をつついて、

「警察よりもマスコミよりも先にリンネを見つけるんだよ。でもってインタビューとかもして、ビデオをよそのテレビ局に持ち込む。METがマンガみたいに頭から湯気を出して悔しがるぞー。エンザイムもザマーミロ」

ちょうど届いたサワーのジョッキを乾杯するように突き出した。

「バカはおまえだ」

虎太郎が恋人を指さす。

「うぇーい、負け惜しみじゃねえよ。川島のクソ野郎を一番に見つけるなんて、今さら無理だっつーの」

「負け惜しみー」

「無理？　この間は一番乗りを目指してたじゃん。じゃあコタローは、無理無理としらけた気分で長谷見潤也《ハセミジュン》につきあってたの？」

「ちげーよ。あの時と今とでは状況が全然違うだろ」

「あの時って、一週間も経ってないじゃん」

「おまえ、芸能人のＩｎｓｔａｇｒａｍ《インスタ》とかＭｉｘＣｈａｎｎｅｌ《ミクチャ》とか『歌ってみた』とかしか見てないからな」

「悪いか」

「圧倒的な戦力に蹂躙《じゅうりん》されたんだよ」

長谷見は諍いを続ける二人とは別の世界に入り込み、溜め息をついた。


人命軽視の報道姿勢が問題視されると、処分が決まるまでの間も長谷見の活動に制限がかかった。本来の仕事である情報コーナーは許されたが、川島輪生からは強制的に手を引かされた。

長谷見は指をくわえて成り行きを見守るしかなかった。

報道部経由の情報によると、川島美緒は東急池上線長原駅前のパチンコ屋の常連で、白岡敬和とはそこで知り合い、一週間ほど前から同居をはじめたらしい。

山吹荘近くのコインパーキングの防犯カメラ映像に、事件発生当夜、川島輪生らしき姿が記録されていた。午前二時五十分ごろ山吹荘の方に歩いていき、三時半ごろ山吹荘から離れる方に歩き去った。同じ防犯カメラの前日午前中の映像にも、アパートを往復したらしい彼の姿が記録されていた。それと近い時刻に北千束駅の防犯カメラにも彼の姿があった。

川島輪生の携帯電話は常に圏外にあり、連絡がつかない。携帯電話は電源が入っているだけで位置情報を示す電波を発信し続けるため、その電波をたどって今いる場所を突き止められてしまうと、現在の犯罪者の多くは知っている。山吹荘二号室で死体が発見された翌日に川島がツイートをやめたのは、フォロワーが劇的に増えてあわてたというより、逆探知を警戒するようになったのだろうと捜査当局は見ていた。

美緒の死体のそばに落ちていた鋏からは輪生の指紋が採取され、プサリスのスタッフも彼が使っていたものであると証言した。刃の部分からは川島美緒と白岡敬和の血液のほかに楠木虎太郎の血痕も検出され、ハッピーキッチン駐車場で虎太郎を襲ったのと同一人物による犯行であるとして捜査が進められることになった。

以上の情報のほとんどは、捜査の初期段階では発表が控えられた。世間に予断を与えないためである。名前も伏せられた。METも他局も活字媒体も、伝え方は「亡くなった美緒さんは長男と二人暮らし」といったニュアンス止まりで、警察は当初より輪生が何らかの事情を知っているものとして行方を追っていたが、重要参考人という表現での報道はされていなかった。

しかし今の時代、そのような配慮は砂で築いた防波堤でしかない。

ネットでは、母子二人暮らし、母親は無職、一緒に死んでいたのは父親でない男、という三点からかきたてられた想像により、長男が怪しいとの声があがり、誰がどうやって調べたのか、輪生という長男の実名が飛び交うようになるまでに何時間もかからなかった。職業も勤務先もあばかれ、中学や高校の卒業アルバムの写真までもがさらされた。

また、「アサダージョ」で使ったハッピーキッチン駐車場の防犯カメラ映像から、川島輪生の服装が割り出された。フィールドコートはA社の二年前のモデル、わずかに鍔《つば》のあるフードの形とタックの入った裾のデザインが特徴的なのだそうだが、解像度の低い映像から、よくわかったものである。靴はK社のライトハイキング向けミッドカット・モデル、しょっていたデイパックも、M社製というだけでなく、十八リットル容量のタウンユース・モデルであることまで突き止められていた。おそらく警察より仕事が早かったはずだ。

続いて川島輪生のTwitterがあばかれた。アカウント名にもユーザー名にも実名を使っておらず、プロフィール欄は空白、フォロワーもフォローも実質ゼロなので人間関係もわからず、ツイートに出てくる人物や場所はイニシャル表記という、きわめてステルス性の高いTwitterが、半日足らずで見つけ出されるものなのだろうか。プサリスの誰かがリークしたのだろうと長谷見は睨んでいる。Twitterの存在が明るみに出たのと時を同じくして「リンネ」という呼称がネット上で使われはじめたことからもそれが窺える。

こうなることを長谷見はなかば覚悟していた。だから虎太郎に、情報を独り占めできているうちにと、Twitterの解析を急がせたのだ。しかし虎太郎が結果を出す前にTwitterの存在が明るみに出てしまい、こうなると多勢に無勢、圧倒的なスタートダッシュを決めていたのに今では周回遅れとなり、ネット民による成果を感心して眺めるしかないのである。

川島のTwitterでまず注目を集めたのが、十一月二十一日未明の〈死ね死ね死ね！〉というツイートだった。それ以前に、母親への不平不満、罵詈雑言が多数つぶやかれていたことから、ついに感情を爆発させて事におよんだのだろうと動機が分析された。これは長谷見もすでに思っていたことなので、追いつかれただけだ。

集合知の力を思い知らされたのは、川島の過去の犯罪が掘り出されたことにあった。

彼のツイートの多くは他人に対する悪意に満ちていたが、その中でも不穏な空気を醸し出しているものに注目した者がいた。たとえば、十月十九日の〈ヒトゴロシ〉、〈彼女は死んだ。俺も死んだ〉であり、それはその日彼の身に不穏な出来事が発生したことを意味しているのではないか、ほかに十月十八日、十月三十一日、十一月十二日のツイートも不穏で怪しい、と言うのである。

するとこの説に興味を持った者たちが、当該日に東京近辺で何が起きたかを調べ出し、挙がった出来事を篩《ふるい》にかけた結果、次の四つが注目を集めた。

十月十八日、地下鉄浅草線の車内で外国人女性が腹部を鋭利な刃物で刺されて死亡。

十月十九日、世田谷区内の公園で近所の主婦の死体が発見される。胸には複数の鋭器損傷。

十月三十一日、渋谷の道玄坂で大学生が鋭器で足を刺されて重傷。

十一月十二日、大田区内のラーメン店店主が頸部から背中にかけての複数箇所を庖丁で刺されて死亡。

四件とも刃物で刺してる！

ついでに言うなら、川島美緒と白岡敬和も窒息させられたあととどめに刺されている、ファミレスの通り魔も鋏で刺してる！

全部未解決！

おいおい、全部川島輪生がやったのかよ。殺人鬼だな。早く捕まえないと犠牲者が増えるぞ。警察無能。

ネットは異様な盛りあがりを見せたが、全体をおおうトーンに緊迫感はなく、川島輪生による連続犯行というのはこじつけにすぎないのだろうが、せっかくだから祭りに参加して騒いでやれという雰囲気であった。

そして、職場でも家庭でも不遇だった川島に同情的な意見を寄せる者、だから人を殺していいのかと正論をぶつける者、もっと殺せクリスマスの渋谷を血で染めろと川島のＴｗｉｔｔｅｒに突撃する者、逆に出頭をうながすリプライをする者、川島に関する裏情報があると詐欺サイトに誘導しようとする者などなど入り乱れてカオス化し、生産性が急速に失われていった。

そのタイミングを狙っていたわけではないのだろうが、警察が本領を発揮し、世間の注目をネットから取り戻した。

山吹荘二号室から、ネットの噂を裏づける物的証拠が複数出た。現場がゴミ溜め状態だったため、発見が遅れた。

一つはショルダーバッグ。横の部分に長さ十五ミリほどの貫通した破れ目があり、その周辺が血で汚れていたため鑑定したところ、十月十八日に都営地下鉄浅草線の車内で腹部を刺されて死亡したクルド人女性のDNA型と一致した。プサリスのスタッフによると、川島輪生が普段使っていたバッグだという。

二つ目が、これも同僚によると川島のもので、パーカ。左胸の赤い汚れを分析したところ、口紅で、クルド人女性のDNAも検出された。

三つ目が黒いデニムのジャケット。胸から腹にかけてと袖口に大小の染みがあり、十月十九日に世田谷の公園で殺された女性と十一月十二日に殺されたラーメン屋の店主の血液であると判明した。

そしてこのジャケットを着た人物が、蒲田駅東口に設置された防犯カメラに映っていた。顔も川島輪生に似ていた。十一月十二日深夜、梅屋敷のラーメン屋の店主が殺された晩のことである。梅屋敷と蒲田は直線距離で一キロしか離れていない。

また、この段階で、川島美緒と白岡敬和を刺した鋏が輪生のものであり、刃からはほかに、ハロウィンの渋谷で切りつけられた大学生と、川崎のファミレスで襲われた男性の血液も検出されていたことが明かされた。

十一月二十五日午後、警察は川島輪生を、四件五人の変死事件、ならびに二件の傷害事件の容疑者であると発表し、同時に、報道も匿名から実名に切り替わった。

「DNA鑑定、防犯カメラ映像の解析、聞き込み、張り込み——警察が本腰を入れたら、こうなるわけよ。ネットで素人が何万人力を合わせたところで越えられない壁というものがある。ましてや一個人がどう対抗できる？　だから警察のエンジンが温まる前に、ゲリラ的に取材しながら川島に迫っていきたかった。電撃戦《ブリッツクリーク》しか勝ち目はなかったんだよ。けれどもう遅い。

出がけに見たニュースによると、また進展があったぞ。白岡敬和のキャッシュカードが使われた。大森のコンビニだったかな。キャッシュカードでもクレジットカードでも交通系のカードでも、警察は使用情報を手に入れることができ、使われた場所の防犯カメラ映像を確認できる。こういう手法は警察にしかできない。それを差し置いて川島を捕まえようなんて、無理無理無理」

長谷見はジョッキを傾け、ガリガリと音を立てて氷を噛み砕いた。

「負け犬にはやけ酒がお似合いー」

新夏が手鏡を覗き込みながら棒読み口調で煽《あお》り立てる。

「お客さん、化粧室は、出て右奥ですよ」

長谷見は叩きつけるようにジョッキを置いた。新夏はいつの間にかテーブルに化粧品を並べ、今はマスカラを重ね塗りしている。

「え？　何？　リンネがコンビニのATMに現われたってこと？」

虎太郎が先輩の注意を彼女からそらすように割って入った。

「川島じゃない。川島が捨てた白岡の財布を拾った男だ。キャッシュカードが入っていたから、ダメモトで引き出そうとしたところ、暗証番号を三度間違ってロックがかかり、とっとと逃げればいいものを、あわてないほうが怪しまれないと思ったのか、店内にとどまって立ち読みしていたら、警察官がやってきて御用となった」

「その財布、どこで拾ったの？」

「コンビニからそう離れていない公園のゴミ箱。雑誌や缶という換金できるゴミをあさっていて見つけ、すぐに引き出そうとして捕まった。昨日午前中のことだ。男は一昨日の夜も同じゴミ箱をあさっているが、その時にはなかったというから、川島が捨てたのは一昨日の夜中か。今生の別れっぽいツイートをして何日だ？　まだ生きてるのか。こういうやつは自殺しないね、賭けてもいい」

「ゴミ箱に捨ててあったって、嘘かも。その男がママ川島と愛人を殺して奪ったのかもー」

新夏が大発見でもしたようにマスカラブラシを持った手を挙げる。長谷見は小さく舌打ちをくれて、

「じゃあどうしてその財布に川島の指紋がついてるんだ」

「あら」

「現金は入ってなかったの？」

虎太郎が言った。

「小銭も入っていなかったそうだ。キャッシュカードは暗証番号がわからないし、防犯カメラのついたATMを利用することがそもそもリスクだから、使いようがないと川島は捨てたのだろう。な、死ぬ気がないだろう？　使えるものは自分のものにし、使えないものは処分する。すぐにでも自殺しようという人間が、そんな分別をするか？

大森という、自宅からそう遠くない場所にまだいたのも、生への執着を感じさせるじゃないか。

越冬に必要な装備を揃えるため、ひそかにアパートに戻ろうとしているのかも。それか、換金できそうなグッズを持ち出そうとしている。

そう、喫緊の問題が金だ。おんぼろアパート住まいの見習い美容師が潤沢な逃走資金を持っているわけがない。もし持っていたら、一気に北か南に飛ぶさ。それができないから、こんな近場でうだうだしている。このままだと、自殺する意思はなくても、金欠のはてに自然死だ。

すると、おのずと川島の次の行動に察しがつく。金策だ。商店を襲うか、殺して奪うか。すでに五人殺しているのだから、逡巡はしていないだろう。問題は、ターゲットをどこに定めるかだ。いずれにせよ、普段は地下に潜伏していても、事を起こす際には表に出てこざるをえないから、捕獲するならそこだ。しかしあまりに範囲が広すぎて、素人には網の張りようがない。すべての防犯カメラ映像を押さえられ、二十四時間警邏《けいら》ができ、市民からの情報提供も受けられる警察の独擅場《どくせんじよう》だ。

素人がそれを出し抜けるとしたら、集合知でＴｗｉｔｔｅｒを陥落させたように、ネットを媒介に不特定多数の力を結集させるしかない。川島輪生を狩ろうぜと、イベント感覚でうまいこと呼びかければ、千単位万単位で人員を動員できる。担当範囲を割り振っていっせいに捜索する必要はない。各自普段どおり生活し、その中で川島を見つけたら手を挙げる。それが数の力だ。これなら警察より機動力がある。

しかしわが軍には数もない。たった二人でどう捜索しろと。拍子木《ひょうしぎ》を叩いて町内の夜回りでもするか？

いや、一人でもやりようはあるか。どっかのNPOのおばちゃんが、川島のTwitterに出頭をうながすメッセージを送ったって、その全文を自分のブログにも載せてたよな。母親の胸に包み込むような切々とした文章、こんな人でなしの俺でさえうるっときたよ。けれどそれでも川島の心を動かすことはできなかった。彼女以上の文章力を身につけるには誰に教えを請えばいい？　十年修養したらものになるか？」

「ホントによく吠えるわー、このワンコ。弱い犬ほどなんとかー」

新夏が手鏡に向かって言う。今は、細く切った絆創膏による二重瞼の偽装にいそしんでいる。

「誰だよ、こんなのを連れてきたのは。俺はおまえしか呼んでないぞ」

長谷見は割り箸で皿を叩く。

「勝手についてきたんだよ。つかジュンさん、リンネを『二人』で捜索って何だよ。オレはもう関係ないから」

虎太郎は下唇を突き出す。

「コタローこそ『勝手についてきた』って何よ。うちら、一心同体でしょ」

新夏が隣に身を寄せる。

「どこが。だいたい、あの時おまえがオレを一人にしたから、リンネの野郎に襲われたんだぞ」

虎太郎は肩越しに傷をさする。

「あたしをのけ者にして、ハセジュンに協力して小遣い稼ぎしようとするから罰が当たったんじゃん」

「アホか。刺されたのが先じゃねえかよ」

「コタロー、持ってないよね」

「はあ？」

「捕まえとけばヒーローだったのに。あの時リンネはすでに三人も殺してたんだよ。それをふん捕まえたら、インタビューとかで結構儲かったよー。なのに取り逃がし、ハセジュンからもお金をもらえず、刺され損」

新夏は二重瞼の出来を確かめるように瞬《まばた》きを繰り返す。

「おまえなあ、一心同体ならそこは、『無事でよかった』って言えよ」

「ドリンク頼むけど、おまえらはいいのか？　つまみは？」

長谷見は注文用の端末を取りあげる。

「まだ飲むんだ。負け犬を認めるんだ」

新夏は手鏡を置き、小さな顎を突き出す。

「しつこいと彼氏に嫌われるぞ」

「こいつはいつもからみ酒」

虎太郎が溜め息をつくと、新夏は長谷見に顔を向けたまま肘鉄を放って、

「頭を使いなって言ってるでしょ。ハセジュン、ホントに大学出てんの？」

「酎ハイは飽きたからハイボールにするか。んー、でも似たようなものだな。ここはいっちょう、がっつり日本酒にしますか」

「目標がぶれてる。この間までは警察より先にリンネを捕まえることを目指してたけど、今は違うでしょ。METに復讐したいんだよね？　だったら、リンネを捕まえることにこだわる必要ないじゃん。別の方法で強烈なのをお見舞いしてやれ」

新夏はおもちゃのボクサーのように左右の拳を回す。

「それからつまみは、ネギトロ巻、ダブルチーズピザ、焼きうどん。デンプンばっかじゃねえか。目指せ九十キロって？　やかまし！」

「リンネを捜し出すのが無理なら、作っちゃえばいい。似たような体型の人物に似たようなジャケットを着せて、そのへんで酔っぱらいでも襲わせるんだよ。でもって一部始終を撮影して、『リンネふたたび！　第六の殺人！』とテレビ局に売り込む」

「おい」

長谷見は聞こえないふりを続けるわけにいかなくなった。

「METじゃない局にだよ」

「そこじゃない」

「フードを深くかぶれば顔は隠せる。コタローを襲った時もそうしてたんだから、またフードをかぶって襲撃にのぞんでも不自然じゃない。でもって、殺さなくてもいいんだよ。コタローとハロウィンの時の学生は仕留めそこねてる」

「できるか、そんなこと」

長谷見は眉をきつく寄せた。しかしそれが作為的な表情であると、うすうす自覚できていた。こめかみの奥の方が熱くうずいている。

「やらせはお手のもんじゃん」

新夏は化粧ポーチの口を大きく開き、店じまいをはじめる。揶揄しているふうもなく、さらっと言うのが小憎らしい。

「程度が違いすぎる」

「刺されることになる人がかわいそうなら、被害者役を立ててのお芝居にすればいい」

「どっちも一緒だ。真相が発覚したら、業界追放どころじゃない。刑務所行きで人生終了だ」

「バレなければやるってことね、ふむ」

「あのなあ」

相手にできないといった感じで首を振りながら長谷見は、個室の引き戸がきちんと閉じていることを視界の片隅で確認しているのだった。

「じゃあ、少しソフトな路線にしよっか。リンネは日ごろの鬱憤を晴らすために通り魔になったんだけど、赤の他人を刺しても満足できなくなり、イライラの原因であるママンをこの世から消し去ったわけだよね。だったら、続いて、イライラのもう一つの原因を潰そうとしてもよくない？」

「イライラのもう一つの原因？」

「職場の連中。ハブにしてくれたサロンのやつらに復讐する。殺すんじゃないよ。店をメチャメチャにしてやるの。窓ガラスを割ったり、火をつけたり。このやらせだったら、バレずにできそうじゃん。夜中にやれば怪我人も出ない。寝覚めも悪くないっしょ？」

「この酔っぱらい、連れて帰るわ」

虎太郎が新夏の腕を取り、炬燵から片脚を抜く。新夏は止まらない。

「いつかリンネが逮捕されたら、オレは放火してないぞと否認するから、なりすまし放火だったことはバレる。けど、それまでの間は、リンネがやったということで話題になるからいいじゃん。他局に持ち込んで話題になって、『ＭＥＴざまー』って指さしてやれ。頭がいいからわかってると思うけど、なりすまし放火だとバレるのと、犯人がバレるのとは別だからね。なりすまし放火だとバレても、火をつけたのがハセジュンだとバレなければ全然問題なっしー」

「俺は馘になったわけじゃない。エンザイムの社員である以上、会社の許可なく他局にネタを持ち込むわけにはいかない」

説明しながら長谷見は、社員という身分を残されたのは、自由を奪うためなのではないかと思った。停職という飼い殺しだ。

「だったらＹｏｕＴｕｂｅ《ツベ》にでもアップすればいいじゃん」

新夏は身をよじって虎太郎の手を振り払う。

「ネットねぇ……」

長谷見は溜め息まじりに小さく首を振り、ズボンのポケットから半分出したスマホに目をやった。少し前にバイブレーションを感じた。古屋東陽のＦａｃｅｂｏｏｋに新しい投稿があったという通知だった。

「捨てアドで別垢作れば身バレしないよ」

「まあそうだが……」

個人情報を登録せずに取得できる使い捨てメールアドレスでＹｏｕＴｕｂｅのアカウントを新たに作成すれば、正体が発覚することはない。

「テレビでないとお金にならない？　そんなことないよ。銀行口座を登録して広告配信サービスと連動させれば、無料配信でもお金が入る。儲けたいのならガンガン再生してもらわないとだから、そのためには魅力的刺戟的な映像を撮らないとだけどね。ニコニコ生《ニコニコなま》放送やＴｗｉｔＣａｓｔｉｎｇ《ツイキャス》のようなライブ配信のほうがインパクトあるけど、なんで突然の出来事を生中継できるんだよって怪しまれるから、ライブはよしといたほうがいい」

「そうだな……」

長谷見は生返事をしながらスマホのロックを解除した。Ｆａｃｅｂｏｏｋのアプリを開くと、殻に入った生牡蠣《なまがき》の写真が飛び出してきた。

〈天然物でございます。いよいよ冬到来でございます〉

艶《つや》やかでぷっくらとした身といい、それを載せた魯山人《ろさんじん》ふうの長皿といい、その下に敷かれた楓《かえで》の葉を漉《す》き込んだ和紙といい、スーパーで買ってきた牡蠣を自宅の食卓で味わっているのではなさそうだった。

古屋東陽は長谷見の大学の同期だ。同じ学科だった。仲は良くなかった。悪くもなかった。互いにどうでもいい存在だった。だから長谷見は、古屋がテレビ局に入ったことを、卒業後しばらく知らなかった。

知って、長谷見は愕然とした。古屋の行状からして、大学の成績が良かったとはとても思えなかった。いかにもナンパ目的のサークルに属し、卒論が必修でないのをいいことに、四年生になってもシーズンスポーツやパーティーに明け暮れていたのだ。それがテレビ局の正社員？　長谷見も成績は凡庸だったが、少林寺拳法部で心身を鍛え、三年からのゼミではゼミ長を務めた。少なくとも古屋よりは立派な学生だった。なのにテレビ局は全滅で、かろうじて下請けの制作会社に拾われた。

そして八年経った今も、かたや料亭で接待飯を食らい、こなたは下請けからもお払い箱にされかけ、場末の居酒屋でくだを巻いているという現実がここにある。

「ハセジュン！」

新夏が甲高い声をあげた。

「人が話してる時にスマホとか、マナーがなってないぞ」

「聞いてる聞いてる。たしかにネットなら身分を隠してやれる。若い世代ではテレビよりも人気があるから、トレンド入りするほど再生されれば、成功報酬型広告《アフィリエイト》による収入もそれなりにあがるかもしれない」

長谷見はスマホをポケットにしまい、テーブルに重ねて置いてあったタバコのパッケージとライターを手にした。

「だったら問題ないじゃん。何でノリが悪いんだよー」

「それは俺がテレビの世界の人間だからだよ」

「二流の業界人のくせにプライドだけは一流なんだから」

「ぁん？」

「テレビ局の社員になれなかったんだから二流じゃん」

「番組の制作には局の人間と同等にかかわっている。実質全部まかされる場合もある」

長谷見はむきになって応じる。

「事実は認めないと。二流なのに一流ぶって闘ったら、一流には絶対勝てないよ。背中からでも斬りつける、闇討ちもする。今ハセジュンに一番必要なのは、変なプライドを捨てること」

心中を見すかされていた。長谷見がためらっているのは、匿名性や報酬の心配ではなく、ネットの陣営に寝返りたくないというプライドからだった。

「ジュンさん、やるとか言い出さないよな？」

虎太郎が眉をひそめた。

「へー、なめられたまま終わるんだ。べつにいいけどね、なめられたのはあたしじゃないから」

挑発するように、新夏が横髪を掻きあげながら首を突き出す。大小の星をあしらったピアスが揺れる。

「悪い、ちょっと買ってくる」

長谷見はタバコのパッケージを握り潰して掘り炬燵を出た。衝動がそこまで湧きあがってきていた。頭を冷やさないと押し切られてしまう。

レジ横の自販機でタバコを買ったあと長谷見がスマホを見ると、またFacebookの通知が届いていた。

〈サルー！〉

アプリを開くと、ワイングラスを挙げた古屋の写真が飛び出してきた。そのグラスの口には、別のワイングラスが、キスをするようにふれている。そのグラスを持った女性も、カメラのフレームにおさまるためなのだろうが、古屋の肩口に身を寄せている。エキゾチックな顔立ちの美女だ。古屋の脂下《やにさ》がった顔といったら！

長谷見は古屋とは友達ではない。学生時代もだし、現在もだ。なのにFacebook上で友達になったのは、古屋の日常を知りたかったからだ。自分より劣っていたにもかかわらずテレビ局員になりやがったやつが、どれほどの仕事をし、どれだけ飲み食いし、どんな休日を過ごしているかを目のあたりにし、それに憤慨、嫉妬することで、いつかは俺もおまえのところまで成りあがってやると、下請けの苦しみに耐えるエネルギーに転換しているのだ。異様にねじくれた動機である。

古屋は最初、バラエティ番組を担当していたのだが、三年目に音楽番組に移り、ドキュメンタリー部門のアシスタント・プロデューサーになったあと、今春、制作の現場から事業部へ異動になった。彼が自分でFacebookに書くことはないが、伝手《つて》を使って調べてみたところ、制作ではまったく使いものにならなかったという。

妬みの対象が最前線を追いやられ、長谷見は大いに溜飲をさげた。しかしそれは一時のことだった。

日の当たらない部署であろうが、依然として古屋はテレビ局の正社員なのである。そして長谷見が古屋に代わってテレビ局のアシスタント・プロデューサーになったわけでもない。相変わらずテレビ局を下から支えている。二人の立場が逆転することは決してないのだ。

見ろ、制作会社の人間が最前線で奮闘した結果がこのざまで、暇な局員は今日も会社の金でどこその美女と酒を酌みかわしている。

長谷見は二人が待つ個室に戻り、立ったまま宣言した。

「テレビをぶっ潰す」

一拍置いて、新夏が奇声をあげた。

「ヒャッホー！」

立ちあがり、長谷見と無理やりハイタッチする。

「いやいやいや。放置自転車をパンクさせるとか洗濯機で入浴とかはやんちゃですむけど、放火はシャレんなんねえし」

虎太郎が両手をばたつかせる。長谷見は個室の戸が閉まっていることを確認しながら腰をおろして、

「プサリスは駅前にあるから、常時複数の防犯カメラに映されている可能性大。フードをかぶるにしても、どの角度から撮られても顔が映らないようにしないと。撮影者が防犯カメラに映ってもまずい」

「そっちの心配かよ」

「俺は周辺の防犯カメラをチェックする。虎太郎はジャケットを調達しろ」

「はい？」

「A社のフィールドコートだよ。川島のと同じのを着ないと、なりすませない。二年前のモデルらしいが、ネットで探せば見つかるだろう。靴とデイパックもな。パンツはたしか特定されてなかったよな？　映像を確認して、それっぽい形のを用意しろ」

「オレが？」

虎太郎は自分の顔を指さす。

「必要経費は出す。いま渡しとくか。店で買ったら、かならず領収書をもらってこいよ」

長谷見はズボンの尻ポケットに手を持っていく。

「金のことじゃなくて、オレがリンネになりすますの？」

「俺は似ても似つかない」

長谷見は迫り出した腹を叩く。

「無理」

虎太郎が顔の前で両腕を交差させる。

「報酬は出す」

「よく言うよ、給料がなくなったのに」

「ボーナスは出る」

「よかったな、食いつなげて」

「たぶん出る、はず」

「何だよ」

「街金《まちきん》に借りてでも金は作る」

「つか、金の問題じゃないって。放火って結構罪が重いんだよな、たしか」

「最高刑は死刑」

「ちょっ」

「死人が出なければ極刑はないさ。鉄筋のビルに火をつけてもたいして燃えないし、警報装置もついてるから、すぐに消防車が来る」

「けど捕まったらどうすんだよ。忘れてない？　オレ、リンネの被害者なんだぜ。怪我させられたのにムショ行き？　そんなひでー話があるかよ」

「捕まらなければ何の問題も発生しない。そのために下調べすると言ってる。俺だって刑務所には行きたくない。そう、おまえを一人で行かせるんじゃない。俺も危ない橋を渡るんだよ」

リスク上等！　停職？　事実上馘じゃないか。飼い殺しにして、自分から辞めるよう仕向けられている。すでに死に体なのだから、新しい災厄が降りかかったところで、それがどうした。もし捕まったら、ブログで過去のやらせを告白し、業界の暗部を暴露し、獄中からのメッセージということで話題を取るだけでなく、インターネット広告と連動させて出所後の生活資金を作ってやる。そのくらいの覚悟で特攻しないと、三十年後も古屋のＦａｃｅｂｏｏｋをチェックしてはこめかみに青筋を立てていることになる。

「嫌だ。オレは渡らない」

長谷見は多分にアルコールで気が大きくなっていたが、虎太郎は違った。

「ある意味、オレは警察の監視下にあるの。川島に余罪が山ほど出てきたからだと思うけど、違う署の刑事が入れ替わり立ち替わり現われて、刺された時のことを何度も話させられてる。この先しばらく続くんじゃねえの。そのときヤバいことに手を染めてたら、おしまいだ。オレをこれ以上巻き込まないでくれ」

心底嫌そうな顔で訴える。それでも長谷見は言う。

「恩を返せよ」

「そりゃ、ジュンさんのおかげで、児相とか家裁とかに送られずにすんだけど――」

「児相!?」

新夏がすっとんきょうな声をあげた。

「でもあのあと、オレなりに――」

「児童相談所？　家庭裁判所？　コタロー、何やらかしたの？」

「うるさい。黙れ」

虎太郎は新夏を片手でブロックして、

「ジュンさんにはいろいろ返してきたつもりだ。『明日なき暴走』への協力もな。けど、放火は無理。犯罪の程度が違いすぎる」

「そんな昔の話は持ち出してない。川島美緒殺しの疑いがかかるからと、山吹荘に行ったことを隠してやったのは誰だ？」

長谷見はふんぞり返り、盛大にタバコの煙を吐く。

「え？　ああ、そっち。けど、それもむちゃくちゃな話じゃねえかよ。隠してやったとか、何だよ、それ。ふざけんな。アパートには誰かに無理やり連れていかれたんだぞ」

虎太郎はムッとして、加熱式タバコのパッケージを開ける。

「ねえ」

新夏が虎太郎の腕を引いた。

「うるせー。さっきのことは今度話してやる」

「じゃなくって、ハセジュンと一緒にやらないの？」

「やるか。帰るぞ」

虎太郎はホルダーにセットしかけたヒートスティックをパッケージに戻し、腰を浮かせた。

「主役なのに？」

「主役って、アホか。ドラマの放火犯役じゃないんだぞ」

「じゃああたしがやる」

新夏が手を挙げる。虎太郎が口を大きくあける。

「お金くれるんだよね？」

新夏は長谷見に手を差し出す。長谷見はうなずく。

「何言ってんだよ」

挙がっていた手を虎太郎が摑んでおろさせる。

「コタローがやらないからあたしがやるって言ってんだよ。お金もだけど、あたしもテレビのずるいとこが嫌いだから、そっちをやっつけることなら手伝ってもいい」

「まーたわけわかんねえことを」

「きのうもだよ。テレビでケーキ屋のインタビューやってたけど、あそこはそもそもネットで特定されたんだよ。あの店、シブすぎぃ。今、昭和何年よ？　開いてるのか潰れちゃったのかわからなくて、怖くて入れないよ。ケーキも、スーパーの店頭でおばちゃんが百均で売ってるのとどこが違うって？　やる気ゼロで草。あたしが作ったほうが絶対おしゃれだしおいしいわ。あれ？　何話してたんだっけ？　そうそう、ネットで一般人が特定したのに、さもテレビのスタッフが必死に捜してたどり着いたみたいな感じでやってて頭にきた。テレビって、いっつもそう。一緒にやっつけようね」

　同意を求められ、長谷見は苦笑する。

　新夏が言っているケーキ屋とは、川島がたまに買いにいっていたという浅草橋のルーブルのことだ。ツイートのどこにも店名も駅名も書かれていないのによく特定できたものだと長谷見も舌を巻いた。これもおそらく警察に先んじている。そういう大きな成果をかすめ取っての番組制作を新夏は憤慨しているわけなのだが、同様の手口を重ねてきた身としては一言もない。

　ルーブルの女性店員へのインタビューを行なったのはＭＥＴではない局である。川島はいつもにこりともせずに「これをください」としか言わず、非常に不気味だったという。

「つか、女のおまえにできるわけないだろ」

彼氏はなお止めようとする。

「できるよ。窓ガラスを割ったり火をつけたりするだけじゃん。人を殺すんじゃないし」

「男のふりは無理だって言ってんだよ」

「リンネはコタロークらいのチビなんだよね？」

「チビ言うな」

「あたしはコタローとあんまし変わんないから、リンネとも同じくらいの背の高さということになる。三段論法？」

「身長じゃない。体つきが全然違うだろ」

「夏だったら、このナイスバディは隠しようがないけど、冬のジャケットを着たら、ぱっと見、男女の違いはわからないよ。肩幅がないところはパッドを入れてごまかせばいい」

新夏はさっと立ちあがると、虎太郎のジャンパーをハンガーからはずして腕を通した。たしかに肩先が少し落ちており、袖口も掌にかぶっているが、十分許容範囲である。

「契約成立」

長谷見は新夏に向かってジョッキを突き出した。

3

明かりの消えたビルがある。隣のビルの明かりも消えている。二つのビルの間は一・五メートルほどで、そこに一つの人影がある。

カメラが人影にズームインする。男にしては小柄なその人物はデイパックを背負っている。両手には手袋をはめている。午前三時の光量の少ない映像だが、かなり鮮明だ。しかし人物の表情は窺えない。ジャケットのフードを深くかぶっており、口元がマスクで覆われているからだ。

カメラが少しズームアウトする。怪人の横にはビルの裏口らしきドアがある。そのドアの奥に、隣のビルとの隙間を塞ぐように、大型洗濯機と背の低い物干しが二つ置かれている。

怪人は片腕をデイパックのストラップから抜き、ファスナーを開けた。中からタオルのような布きれを取り出しては洗濯槽の中に放り込む。その作業がすむと、物干しの一つを取りあげて、洗濯槽の上に渡して置いた。そして布きれの一枚を物干しのパイプに引っかけ、端を洗濯槽の中に垂らした。

怪人は四角い缶のようなものを手にした。洗濯槽の上で上下逆さまにし、両手でボディを押さえると、下になった先端から勢いよく液体が飛び出した。ライターのオイルのようだ。

物干しから垂らした布にもたっぷりかけ、オイルをすっかり出し切ると、怪人は洗濯機から一歩退き、短い棒のようなものを手にした。カチリと音がし、棒の先端に楕円形の炎が灯る。点火棒だ。

怪人は腕をぐっと伸ばす。点火棒が洗濯機に近づく。光の小さな揺らめきが、物干しから垂れた布に近づく。

ぼうとオレンジの炎が燃えあがった。

　怪人は両腕を斜めに挙げ、炎に向かって両手をかざした。十本の指をくねらせながら上下に振り動かすさまは、さながら炎を煽り立てているようで、モントレー・ポップ・フェスティバルでギターを燃したジミ・ヘンドリックスを思わせた。

　炎はメラメラ踊り狂い、時折宙に舞い、洗濯槽の中の布に落ちてゆく。

　儀式がすむと怪人は、デイパックを背負い、フードの先端を口元までぐっと下げ、炎に背を向けて通りに出てきた。駅と反対方向にゆっくりと歩み出し、しだいに早足となり、小走りになる。みるみる背中が小さくなり、やがて路地を左に曲がって姿を消した。


　長谷見潤也はこの動画を、フリーメールのアドレスを使って新規作成したアカウントから〈夜の彷徨人〉の名前でYouTubeにアップした。タイトルは〈十二月一日未明川崎市高津区で放火事件発生〉とし、コメント欄には〈Z社一眼レフカメラでの夜間動画撮影テスト中に遭遇。圧倒的な高感度だけでなく、安定した画面にも注目。寒さと恐怖によるふるえを打ち消してくれたボディ内手ぶれ補正機構のすごさよ！〉と記した。

　放火犯が川島輪生であることをにおわせたり、被害に遭った店舗が彼の勤務先であったことを明記したりはしなかった。検索で引っかかりやすくするためのハッシュタグを仕込むこともしなかった。

　動画をただネットにアップしても、なかなか人の目には留まらない。LINEやメールでの宣伝は知り合いの範囲にかぎられ、不特定多数の視聴者を獲得することはできない。

そこで動画ファイルに、検索に引っかかりやすくするようキーワードを仕込む。プサリスの火災動画に〈溝の口〉と仕込んでおけば、溝の口駅前での路上ライブの動画を求めて〈溝の口〉で検索したユーザーに、溝の口駅前での火災動画を結果表示できる。〈川島〉と仕込めば、川島輪生関連のニュース動画を探すユーザーだけでなく、川島某というアイドルの動画を見ようとしたユーザーにもアピールできる。このキーワードがハッシュタグである。〈かわいいネコ〉とか〈鉄板コーデ〉とか、動画の内容とはまったく関係なく、多くのユーザーが検索しそうなワードを仕込み、目に留まる機会を増やそうという、あざとい手法もある。

しかしハッシュタグを仕込みすぎると、アクセス数を稼ぎたいクズと軽蔑され、かえって見てもらえなくなる。ネットにおいては、送り手が露骨に誘導したものより、受け手側の感性で見つけ出したようなコンテンツのほうが共感を呼び、話題になる。長谷見はこちらの道に賭けた。

死傷者が出ず、外壁を焦がしただけのぼやだったことから、投稿した当日はわずか五十三回の再生にとどまった。当初長谷見は、プサリスの窓ガラスを割り、火炎瓶を投げ込むという見栄《みえ》えのする画をコンテしていたのだが、ロケハンで強化ガラスであるとわかったため、断念した。

しかしそんな地味な映像でも、川島輪生が報復に現われたのではないかという声が自然発生すると一気に評判となり、翌日の再生回数は十万を記録した。

意外だったのは、放火を肯定する声が少なからずあったことだ。Ｔｗｉｔｔｅｒや、事件発覚後の各メディアの取材により、川島が職場で仲間はずれにされていたことが明らかになっていたからだろう、プサリスは放火されて当然とか、ぼやで終わって残念とかいう声もあった。

放火犯の姿は近くの防犯カメラにも映っていたが、長谷見が撮影したもののほうが圧倒的に鮮明で、かつ犯行の一部始終をとらえているものはこれだけだった。野次馬によるスマホ動画もネットにいくつかアップされたが、いずれも消火活動を映したものでしかなかった。

当然の成り行きとして、長谷見の捨てアカウントにメディアからのメッセージが殺到した。テレビ各局の取材クルーが現場に到着したのは鎮火後であったため、画になる自前の映像がなく、第三者を頼るしかなかったのだ。そして〈夜の彷徨人〉の動画が他を圧して魅力的だった。

〈METテレビ報道部門のスタッフです。突然の連絡失礼いたします。あなたさまが投稿されている火災の動画を番組内で使用させていただきたく、連絡いたしました。ご迷惑でなければ当報道部のTwitterをフォローしていただき、その後DMで直接やりとりさせていただければ幸甚に存じます。ご多忙のところ恐縮ですが、よろしくお願い申しあげます〉

長谷見はオファーを無視した。当初は自分を切り捨ててくれたMETだけ拒否するつもりでいたのだが、同じ穴の狢《むじな》じゃないかと、他局にも力を貸さないことにした。

しかし〈夜の彷徨人〉の動画は三つの局で使われた。METも無許可で使った局の一つである。抗議はしなかった。業界のこういうやり口はわかっている。時間がなく、著作権者の許諾が得られないままオンエアし、そのままうやむやにということは、長谷見も何度かやった。それでたいてい何事もないし、無断使用で抗議されたら、局長クラスの名義で空疎な言葉を並べた謝罪文を送って幕引きである。

テンプレートの依頼メールであれ、犬が地べたから見あげるように乞うてきたのを門前払いするのはなかなかよい気分である。復讐は成ったのだと長谷見は溜飲をさげ、停職処分がくだされて以来はじめて、自宅でのんびりとした時間を過ごした。

長谷見は今も宿河原の実家に住んでいる。就職した当初は、テレビの仕事は不規則だから通勤が大変だろうと実家を出て五反田に部屋を借りていたのだが、不規則どころか徹夜の連続で週に一度も帰宅できず、早々に引き払った。ディレクターになってからは奴隷のような激務ではなくなったが、仕事が深夜におよぶことは変わらず、そういう場合は局の仮眠室を使うので、あえて部屋を借りる必要もないかと、実家住まいを続けている。昇格したことで、時々はタクシー帰宅も認められるようになった。

息子が無期停職になったことを、親はひどく嘆き、心配した。ニュースでも扱われたので、わが子が殺人犯にでもなってしまったような心境なのだろう。当人も先が見えず不安なのに、顔を合わせるたびに眉を曇らせられたのでは、よけいに気持ちが追い込まれてしまう。しかしこの日は親が二人とも泊まりがけで法事に行っていたので、それも長谷見の心を軽くさせていた。

彼の自室のレコーダーには、三TBの内蔵ハードディスクの残量が五パーセントを切るほど未視聴の番組がたまっていた。テレビ番組が好きでこの業界に入ったというのに、家で過ごす時間がないため、番組をほとんど見ることができないのだ。宅配ピザが届くと、長谷見は床に寝そべり、リモコンを手にした。

好きなテレビ、昼からビール、仕事を達成した心地よい疲労、一人きりの空間——至福の時間になるはずだった。

ところが、十分見ては五分飛ばし、三分見ては別の番組に変更で、ついに見るのをやめた。番組がおもしろくないのではない。それ以前に、内容が全然頭に入ってこない。

風邪でもひいたのかとイライラしていたら、ケータイが鳴った。

虎太郎からのＬＩＮＥだった。ＵＲＬが貼ってあった。コメントはない。リンク先はＹｏｕＴｕｂｅの動画だった。タップし、画面が切り替わり、長谷見は思わず声をあげた。腰も浮いた。

動画のタイトルが〈放火したのは私だ！〉だったのだ。そして投稿者名は〈リンネではない〉――。

長谷見は混乱しながら再生ボタンを押した。

暗い映像だ。全体が真っ黒に近く、ところどころに光の粗い粒子があり、それが不規則に動いている。感度が低すぎて、何が映っているのか、さっぱりわからない。

変化は突然訪れた。カチリと音がし、ぼうと小さな炎が浮かびあがった。炎の根本に棒状の物体が見える。点火棒だと長谷見が理解した次の瞬間、炎の大きさと明るさが百倍になった。帯状の布に火が移り、メラメラと燃えあがる。その光に照らされて、炎の下に大きな穴がぽっかり口を開けているのが見えた。蓋の開いた洗濯機だ。

プサリスの放火映像だった。しかも長谷見が撮影したものよりずっと寄っている。

画面の左右手前から、何かがにゅっと奥に向かって伸び出した。人の腕だ。炎で暖を取るように両手が開かれている。十本の指がゆらめきながら、手首が上下に動く。

〈夜の彷徨人〉の動画を参考に、画角を変えた再現映像を作ったのか？　そうでなければ――。

洗濯槽の中を覗き込むようなカットになり、中に積み重なった布からも炎があがっているところで動画が終わると、長谷見は電話アプリに切り替えて虎太郎にかけた。

「ニーナか？　ニーナが火をつけながら隠し撮りしてたのか!?」

つながるや、長谷見は猛烈な剣幕で嚙みついた。

「どうもそうみたい」

虎太郎の声は消え入るようだ。

「ニーナに替われ」

「ここにはいない」

「逃げたのか？」

「まだ学校。グループで課題をやってるみたいで。その動画はオレもLINEで受け取った」

小菅新夏は製菓の専門学校に通っている。

「学校が終わったら、おまえの部屋に来るよう言え。俺も今からおまえのところに行く」

「今から実家に行くところなんだけど」

「メシなら十五分で食って戻ってこい。その前にニーナに連絡して動画を削除させろ」

「いまは無理じゃないかなあ」

「LINEだけでもしておけ。大至急だぞ」

「あと、インスタにも〈リンネではない〉で写真をアップしてんだけど」

「そういうのは先に言え！」

通話終了後、InstagramのURLが送られてきた。

腰下までの短い丈のコートを着た人物の全身写真だった。Ａ社のフィールドコートだ。フードを目深にかぶり、口元はマスクでおおわれており、顔はわからない。パンツは薄汚れたブルージーンズで、Ｋ社のミッドカット・シューズを履いている。コートのポケットに両手を突っ込み、左右の脚を微妙にずらし、小首をかしげ、ファッションモデル気取りだ。

別の写真では体をねじってポーズを取っており、背負っているのがＭ社のデイパックであるとわかる。左手にライターのオイル缶、右手に点火棒を握り、團十郎のように見得を切っている写真もあった。

4

「インスタの写真は自撮りではない。誰がシャッターを押した？　おまえなんだな？　どうしてこんな写真を撮った？」

「前の日に、顔がしっかり隠れているか、服がフィットしているか確認したいと言われて。インスタにアップするなんて言ってなかったし、思いもしなかった……」

「顔は見えなくても、場所を特定されたらどうするんだ」

「インスタにアップする際は、Ｅｘｉｆの位置情報の項目は自動的に削除されることになっている」

「インスタにはたしか、独自の位置情報表示機能があったはずだぞ」

「フォトマップは使ってないって言ってた」

「写り込んでいるものから撮影場所が推定されることが往々にしてある」

「とくに何も写ってなくない？　土足だから玄関で撮った。自分の靴は撮影前に片した。ドアや壁にシールやポスターは貼ってない。見る人が見れば、ドアや壁紙のメーカーや型番がわかるかもしれないけど、量産品だよね。このマンションが特定されるとはとても思えない」

「だからといって、こんな写真を公開するとか、自爆したいのか？」

「だからぁ、ニーナが勝手にやったことだって。捨てアドで捨て垢作って」

「動画も彼女の独断か？」

「そうだよ。隠し撮りしてたなんて知らなかった。さっきツベにアップしたと知らされて、もしやと思って部屋を調べたら、アクションカムがなくなってた。あいつが勝手に持ち出して使ったんだ」

「『明日なき暴走』の撮影用に渡したカメラか？」

「そう。最近使ってなかったから、気づかなかった。胸ポケットに孔を開け、仕込んだのだと思う。インスタにアップされた写真では孔が開いてないから、あのあと自宅で開けたんだな」

「あの女、何を考えてるんだ」

「動画のほうにも、個人の特定につながるものは映ってないよね？」

「たぶん。いや、『たぶん』じゃだめなんだ。絶対に特定されてはならない。でないと、俺たちもアウトだ」

「オレはかかわってないから」

「計画を知っていたのだから共犯だ」

「止めたし」

「ニーナの送り迎えをしたじゃないか」

「うわっ、鬼発言。何が何でも巻き込むつもりなのかよ」

長谷見と虎太郎が二ヶ領用水脇のマンションでやりあっていると、話題の中心人物がようやく到着した。

「お出迎え、ご苦労。それともこれがお目当てかな？」

二人が玄関に出ていくと、新夏は小さな手提げ袋を差し出してきた。

「動画と写真は削除したか？」

長谷見はつとめて声を殺して尋ねた。

「したよ。人相悪いぞー。糖分が不足してるんじゃない？　そんな時には、これだ。マドレーヌとフィナンシェ。違い、わかるかなー？」

新夏は袋を押しつけてくる。長谷見はそれを引ったくり、すぐに足下に投げ置く。

「アカウントは？」

「ひどーっ！　あたしの手作りなんだぞ。ほとんどフナコとモネちゃんにまかせてたけど」

「アカウントも削除したか？」

「したよ。コピーが出回るだろうから、オリジナルを消したり逃亡をはかったりしても意味ないけどね」

新夏はあっけらかんと答え、壁に寄りかかってブーツを脱ぐ。

「どうして隠し撮りなんかした」

「バックアップ」

「は？」

「ハセジュンが撮影に失敗した時のため。しっかし、ハセジュンのカメラ、鬼すごいね。画質が圧倒的だわ。あたしのほうが近くからで迫力あったけど、ブレブレだったしなあ。負けた」

新夏はガクリと首を折る。

「何がバックアップだ。俺はミスらなかったのに、どうして公開した。しかも、〈#川島〉とか〈#リンネ〉とか〈#溝の口〉とか〈#プサリス〉とか〈#放火〉とかハッシュタグを山ほどつけて」

「検索に引っかかりやすくして、たくさんの人に見てもらいたいからに決まってんじゃん」

「おまえが撮ったのは、人に見せたらだめな類いのものだろうが」

「どうして？」

「犯罪者が犯罪の舞台裏をさらしてどうする。そんなこともわからないのか、バカ。だいたい投稿者名は何だ。〈リンネではない〉？　川島による復讐と思わせるための放火だったのに、それを真っ向から否定して、どういうつもりだ。苦労が水の泡じゃないか」

長谷見はもう声を抑えられなくなった。

「だってさぁ、リンネばっか騒がれて、悔しいじゃん」

「ぁん?」

「ハセジュンの動画、メチャ受けよ。リンネだ！　リンネは生きていた！　リンネが職場をテロった！　リンネもっとやれ！　リンネさっさと捕まれ！　リンネ死ね！　リンネリンネリンネ！　ムカつくわー。再生回数が増えれば増えるほどムカつく。いったい誰のおかげで、そうやって主役になれてると思うのよ」

新夏はブーツを引っこ抜き、足下に叩きつける。長谷見と虎太郎は顔を見合わせる。

「腹が立ったから、計画を壊してやろうと?」

長谷見は尋ねた。

「ハセジュンにムカついてるんじゃないの。リンネよ、リンネ。何もしてないのに、どうしてあいつが脚光を浴びてるの?　そいでいて、体を張ってがんばったあたしには一つの拍手も贈られない。つまんなーい」

「そんなこと、最初からわかってただろ」

虎太郎があきれ顔で吐き捨てた。長谷見が補足する。

「ニーナは川島になりすましたんだぞ。小菅新夏としては拍手は受けられない。それが影武者の宿命。リンネリンネと世間が騒いでいることが、実はニーナへの賞賛なんだよ。誰もなりすましに気づいていない、すなわち影武者は立派に務めをはたした」

「わかってるよ。でも、どんだけ成功しても、それが誰にも知られなかったら、何の達成感もないんだよ。クープ・デュ・モンド・ドゥ・ラ・パティスリーで優勝しても、結果が非公開だったら意味ないじゃん」

「クープ何？」

「フランスで行なわれるパティシエの世界大会。女はパティシエールだけどね。とにかく、だからこの間のことも、リンネの仕業だと騒がれれば騒がれるほど、胸の中のモヤモヤが大きくなっていったんだけど、でも、火をつけたのはリンネじゃないよあたしだよと名乗り出るわけにはいかないから、せめて『中の人』がいるってことだけでもアピールしたかったんだよ」

新夏はもう一方のブーツも引っこ抜いて投げ捨てる。

「満足したか？　よかったな」

虎太郎が鼻を鳴らす。

「満足したよ、一時間くらい」

「はあ？」

「『中の人』をアピールしても、結局名なしなんだって気づいた。あたしが有名になるわけじゃない。つまんないわー、あー、つまんない」

新夏は菓子の袋を振り回しながら奥に向かう。

「顔出しするつもりじゃないだろうな？」

長谷見はあわててあとを追う。

「それ、考えた」

「バカ言うな。素顔をさらすということは、自分が放火しましたと警察に出頭するのと同じことなんだぞ」

「悪い大人にそそのかされたんですぅって泣いて謝れば、未成年プラス女の二倍割引で無罪放免、未成年だから実名報道されず将来も心配なしだよね」

「おい」

「目指せブラックアイドル！　これがホントの地下アイドルって？」

新夏はくるりと振り向き、両手の中指を立ててポーズを取った。

5

長谷見は多摩川の土手を歩いた。こんな時間なのに、白い息を吐きながら走っているランナーとすれ違う。

空は暗い。雲は出ていないはずなのに埃のようなものしか浮かんでおらず、死んだように瞬きもしない。

対岸は満天の星だ。家々に灯がともり、それが屏風《びょうぶ》のように視界のはてまで続いている。都下の狛江《こまえ》なのでこの程度だが、世田谷、渋谷、品川、港と、深部に進むにしたがって、東京の光は強さを増していく。

十日前、長谷見は光の中心にあり、今は対岸の闇にあって、向こうの明かりに思いを馳せている。

新夏の話を聞き、自分のイライラの原因も彼女と同じなのだと長谷見は気づかされた。満たされていないのだ。

〈夜の彷徨人〉の動画は大評判になった。しかし〈夜の彷徨人〉を賞賛する声はほとんどない。川島輪生が現われたということで騒がれているのだ。同じ仕込みでも、「明日なき暴走」では「突撃ディレクター」にも脚光が当たったが、今回はそれがない。

満たされたいのなら、自分に光が当たるようにしなければならない。それが実現しないかぎり、自分を切り捨てた連中への復讐も成ったとは言えないのだ。

しかし、ではどうすれば自分に光を当てられるのだ。相当危ない橋を渡ったのに、失敗に終わった。あれ以上のリスクを冒せるのか？

長谷見は数歩歩いては足を止め、対岸の明かりに目をやって溜め息をついた。ただでさえ重い体が二倍三倍にも感じられる。

風情のない音がした。ズボンのポケットの中で鳴っている。新夏がまためんどうを起こしたのかと、長谷見は画面を確認せずに電話に出た。

「あ。間違った。悪い」

よく知っている声だったが、虎太郎ではなかった。

「どういう電話のかけ方だよ」

長谷見はムッとして応じた。起田柳児からだった。

「おたくの中島君《なかじま》がつかまらないから、居場所を知らないかと思ってかけたんだけど、長谷見が知ってるわけないんだった。停職中でした」

「わかってて、わざとかけてきただろう」

「落ち込んでる？」

「この状況でハッピーだったらバカだ」

「毎日何してんの？　反省文？　写経？」

「はいはい、おもしろいおもしろい」

「職探しか」

「おまえは中島を捜せよ。じゃあな」

そう切ろうとしたら、ブラインドからパンチが飛んできた。

「長谷見が拾ってきた事件、斜め上の展開になってるな」

「あ？」

「シリアルキラーが馘になった恨みで職場に火をつけたと思ったら、別の人間が、放火したのは自分だと名乗りをあげた。悔しいだろう？　最前線で取材したいと、うずうずしてる姿が目に浮かぶ」

「うずうずしてねえよ。川島のことは悪夢だ。やつを追いかけたばかりに、蟄居《ちっきょ》させられることになって」

「馘になったからといって、長谷見はエンザイムに火をつけるなよ」

「停職と解雇の違いくらい勉強しとけ」

長谷見は電話を切った。

途中まではただ不愉快を感じていた。ライバル視している男の不幸を嘲笑ってストレス解消しようとしているいけ好かない女だと。

しかし、プサリスの放火に話が飛び、異なった思いが芽生えた。この女、長谷見潤也が仕込んだと疑っており、探りを入れてきたのではないか。

起田は「明日なき暴走」の内容に疑いを抱いている。それだけ決定的瞬間に遭遇できるのなら宝くじも当たりまくってるんだろうねとか、脂肪がクッションになって怪我が軽くてすんでいるのかとか、最初は嫌味にしか聞こえなかったのだが、このごろでは、ネタ探しの街歩きに同行させろ、編集前の生々しい映像が見たい、などと踏み込んだことを言ってくるようになった。足をすくわれないよう長谷見は十分警戒していたが、ひとたびかけられた疑いを完全に晴らすことは難しい。起田の目を背中に感じるようになったことも、「明日なき暴走」はそろそろ潮時ではないかと長谷見が思うようになった一因だった。

起田は、長谷見のぺてんをあばいてやると、観察的分析的に「明日なき暴走」を見ているに違いなく、そうやって鍛えられた嗅覚が、プサリスの放火に「明日なき暴走」と同じ臭いを嗅ぎ取ったのではないだろうか。制作した本人も気づかない癖のようなものを見出した。

後ろ暗いところがある身の疑心暗鬼かもしれないが、長谷見は少なからず動揺した。

長谷見は自宅に帰り着くと、調息法による瞑想を行なった。雑念を取り払い、気力を充実させるという、少林寺拳法の呼吸法である。大学の部活でかじっただけなのに、プラシーボ効果でしかないのかもしれないが、しばらくすると心が凪《な》いできたので、長谷見は客観的な目で「世論調査」を行なった。

　新夏の言に嘘はなく、YouTube、Instagram、ともに〈リンネではない〉のアカウントはなくなっていた。しかし、やはり彼女が言ったように、〈放火したのは私だ！〉の動画も虎太郎の部屋でポーズを決めた写真も、コピーされたものがネット上に複数出回っており、すでにトレンド入りするほど話題になっていた。

　ネットの反応は大きく三つに分かれていた。一つ目が川島輪生本人による偽装工作説。プサリスへの放火を〈夜の彷徨人〉に撮られてしまった川島が、犯行を否定するために、自分になりすました第三者を自分で演じることにした。〈放火したのは私だ！〉の動画は、川島本人が実際に放火した際、記念にと撮影していたものである。それを〈リンネではない〉名義で投稿した。

　二つ目が便乗愉快犯説。プサリスに火を放ったのは川島輪生で、〈夜の彷徨人〉によるその動画を見た第三の人物が、川島の扮装をし、別の場所で放火を再現する動画を撮影し、〈リンネではない〉として投稿した。目的は、世間が混乱する様子を楽しむため。

　三つ目が〈夜の彷徨人〉イコール〈リンネではない〉説。摑みとして、川島輪生らしき人物による放火映像を〈夜の彷徨人〉として公開し、十分注目が集まったところで、今度は〈リンネではない〉を名乗り、実はなりすましでしたと明かしてさらに話題をさらう。一人二役による劇場型犯罪だ。

核心を衝いた推理は見あたらなかったが、三番目の説は事実にやや近く、長谷見はもう一度呼吸をコントロールして気持ちを落ち着ける必要に迫られた。

火をつけたのは川島輪生とは違うのではないかとの疑惑が持ちあがっても、誰がなりすましたのか特定されるわけではない。〈夜の彷徨人〉は放火犯とグルだという声があがっても、それを裏づける証拠はない。

長谷見は自分の行動を思い返した。

二日をかけて防犯カメラの位置を確認し、カメラの機種を特定してスペックから映る範囲を推測、新夏の顔も撮影者の姿も画角に入らないよう立ち位置を決めた。撮影した動画に、新夏の顔が映っていないことはもちろん、個人を特定するようなもの、たとえばピアスやタトゥが映っていないことも、アップする前に繰り返し再生して確認した。新夏は放火に際して手袋をはめていたので、洗濯機や物干しに指紋を残した心配もない。YouTubeには捨てアドレスで新規にアカウントを作った。

続いて、新夏の暴走を検証した。

〈リンネではない〉は捨てアドレスによる新規アカウントである。〈放火したのは私だ!〉の動画に個人を特定するものは映っていない。Instagramの写真でも、個人や撮影場所は特定できない。

ボロは出ていない、長谷見潤也が放火にかかわっている証拠は何もないと、長谷見は緊張を緩める。

不安材料があるとしたら、新夏だ。彼女が二度と不規則行動に出ないよう、口を酸っぱくして言い聞かせ、虎太郎に監視させるしかない。

人間は勝手なもので、安心すると、慾が出る。長谷見はふたたび攻めのほうに目を向けた。長谷見潤也の名を上げ、自分を切り捨ててくれた連中に一泡吹かせてやるには、どうすればいい。

やはり、最初に目指していた道が一番効果的なのではないか。川島輪生を捕まえる。

捕まえるというのは、文字どおり捕まえて警察に引き渡すばかりではない。潜伏中の川島の姿を顔がはっきりわかる形で撮影して公開する。五人もの命を奪うにいたったいきさつをインタビューする。いずれかが達成できれば長谷見潤也は時の人となり、エンザイムから捨てられても、フリーのジャーナリストとして引く手あまたになるだろう。

しかしどうやって川島を捕まえる？　警察の初動捜査より速いスタートダッシュを決めても彼の背中に届かなかったのだ。警察の王道捜査でも杳《よう》として行方が知れない。

長谷見は発想を転換させた。狩るのではなく、釣る。

起田からの電話が、はからずもヒントとなった。あの電話には、不意討ちから動揺を誘い、ボロを出させようという意図が感じられた。

同じように、川島を刺戟し、水面下から頭を出したくなるように仕向ける。こちらから捜しにいくのではなく、餌を撒いて、向こうから寄ってくるのを待つ。

長谷見は捨てアドレスでＴｗｉｔｔｅｒのアカウントを新たに作り、川島のアカウントにＤＭを送った。

〈YouTubeにプサリスの放火事件をアップした《夜の彷徨人》です。私は川島さんにとってよい知らせを持っています。と言っただけではとても信じてもらえないでしょうから、まずは《夜の彷徨人》本人である証拠をお目にかけます。次のURLの動画ファイルを最後までごらんください。YouTubeにアップした動画の長尺版です〉

〈YouTubeの動画は、放火犯の姿が見えなくなったところで終わっていますが、長尺版ではそのあと被写体が炎上する洗濯機に戻っています。映像の非公開部分を持っているわけですから、撮影者本人と認定してもらえますよね？　あらためて言います。事件を間近で見た私は川島さんにとってよい知らせを持っています〉

〈《リンネではない》は川島輪生である、自らの犯行の偽装工作として架空の別人を仕立ててあげたのだ、と見る向きが多くありますが、それは違います。私は放火犯の顔を見ています。テレビのニュースで使われている川島輪生さんの写真とは似ても似つかぬ顔でした〉

〈先に見てもらった長尺版も、実はカットしたもので、続きがまだあります。あのあと私は放火犯を追いかけました。火災の様子をただ映し続けるより、そちらのほうが価値があると判断したからです。そして放火犯が車に乗り込むところにギリギリ間に合いました。車には運転手が待機していて、放火犯は助手席に乗り込むと、フードをはずしました。私はその様子をカメラに収めています。YouTubeの動画からわかるように、私のカメラは超高感度で、車内の放火犯、運転手ともに、一瞬ではありますが、顔が確認できます。川島さんではありませんでした。プサリスに放火したのは川島さんではない何者かであり、そいつが自らの犯行の様子を、おそらくアクションカム

で撮影し、《リンネではない》としてＹｏｕＴｕｂｅにアップしたのです。絶対です。私だけが知っている真実です〉

〈真犯人が素顔を見せたところまで撮影したというのに、ＹｏｕＴｕｂｅにアップする際、そこをカットしたのは、たとえ犯罪者とはいえ、逮捕もされていないのにそこまでさらしていいのだろうかと躊躇したからです〉

〈嘘です（笑）。ビジネス上の判断です。私が放火の動画をＹｏｕＴｕｂｅにアップしたのは、広告収入目当てです。結構稼がせてもらいました。もし、犯人が車に乗り込むところまでカットせずにアップしていたら、再生回数は一・五倍にはなり、広告収入も増えていたことでしょう。そう予測できたのにしなかったのは、微々たる銭の積み重ねである広告収入より儲かる道があったからです。俺はおまえがやったと知っているぞと脅せば、一気に十万百万単位の金が手に入ります〉

〈しかし、そういう目論見があって動画の後半は公開しなかったのですが、放火犯、運転手ともに、見たことのない顔でした。どこの誰だかわからないのに、脅しようがありません。車のナンバーを控えていれば、そこから二人にたどり着けますが、間抜けなことに、ナンバーを読み取れるカットがないのです〉

〈放火犯は自らの犯行を誇示する動画と写真を、《リンネではない》を名乗ってネットにアップしました。しかしそのアカウントはすぐに削除されてしまったため、《リンネではない》宛てにメッセージを送ってコンタクトを取ることもできません〉

〈そこで、川島さんに相談してはどうかという考えが閃きました。川島さんに放火犯の顔を見ても

ったらい、正体を教えてもらうのです〉

〈どうして俺が知っているんだよと思いましたね？　いいえ、かなりの確率で川島さんが知った顔だと私は考えます。川島さんは時の人です。おもしろがって恰好をまねる者が出てきてもおかしくはありません。けれど放火までするでしょうか？　コスプレだけなら悪趣味ないたずらですみますが、火をつけたら犯罪です。重罪です。そこまでやった裏には、川島さんを陥れようという意図があり、すなわちあなたに恨みを抱いた者による犯行なのではないのでしょうか〉

〈その後、《リンネではない》と名乗って、川島さんによる犯行を否定する方向の投稿をしたのは、人間の心理を巧みに衝いた情報戦略です。人は、否定されると、そこに嘘を感じてしまうのです。だから、川島さんによる犯行を否定することにより、逆に、川島さん本人による偽装工作を臭わせることができるのです。実際、ネット上では、《リンネではない》は川島輪生であるという意見が一大勢力となっています〉

〈このように手の込んだことをわざわざしていることからも、川島さんに対する強い恨みを感じさせます。そういう人物であるなら、川島さんはじかに接したことがある可能性が高く、すなわちあなたが知っている人物ということになります〉

〈川島さん、私はあなたの目を借りたいのです。放火犯と共犯の運転手の顔を見てもらいたい。正体がわかったら、その人物との交渉は私が行ないます。報酬は半分でどうでしょう？　ウインウインです。先立つものがないことには、地下での生活も立ちゆかなくなるでしょう？　ＤＭでの返事をお待ちしています〉

スマホが短く鳴ったような気がしたが、大の字のうつぶせで死体のように眠っていた長谷見は体が動かなかった。長い文章をひねり出し、送り終えて床に入ったのは、すっかり明るくなってからだった。

6

夢も見ずに深く眠り続け、長谷見はまたスマホの音に意識の扉を叩かれた。今度も体が動かなかったが、今度は長く鳴り続け、一度やんでもすぐまた鳴り出したため、長谷見は棺桶《かんおけ》を破って復活したドラキュラのように腕をさまよわせて端末を引き寄せた。

半分しか開かない瞼の隙間から目を凝らすと、画面には〈小菅新夏〉とあった。彼氏のほうとはしょっちゅうやりとりするが、彼女からの電話は珍しい。そう言って出ようとしたところ、最初の一言を発する前に金属的な声が鼓膜に突き刺さった。

「あたしを売るつもり!?」

長谷見はのけぞるようにスマホを耳から離した。

「返事がないってことは、正解なんだね！」

スピーカーも壊れそうな剣幕だ。

「何だよ、朝っぱらから」

「夕方だし」

「だから何だよ、いったい」

「だからぁ、仲間を売るとか、どーゆーこと？　この卑怯者」

「わかるように説明しろよ」

「寝ぼけてんの？　卑怯者」

「寝てた」

「じゃあ見てないんだ、卑怯者」

「何を？　だいたい、卑怯者卑怯者って何だよ」

「Ｔｗｉｔｔｅｒ」

「Ｔｗｉｔｔｅｒ？　何の？　もしもし？」

つむじ風のような通話だった。

長谷見はベッドに横になったままＴｗｉｔｔｅｒのアプリを開いた。ホーム画面のタイムラインを遡っていくと、わりと新しいほうに〈ナナシカオナシシモンナシ〉のツイートが連続してあった。新夏からの電話の前にスマホが鳴ったのはこの通知だったらしい。

Ｔｗｉｔｔｅｒには、フォローしているアカウントに新しいツイートがあると、それを知らせてくれる機能がある。ただ、長谷見は五百近いアカウントをフォローしており、すべて通知が届いたら、スマホが一日中鳴りっぱなしで仕事にも私生活にも支障をきたす。そのため、一分一秒を争うような情報を発信しているアカウント以外は通知を切っている。そして現在通知機能をオンにしてあるのは〈ナナシカオナシシモンナシ〉だけだった。

ぼんやり納得していた長谷見は、ハッと上半身を起こした。川島がツイートした!?

川島のTwitterが更新されたら通知が来るよう設定してあるが、この二週間ほど、通知は一度も届いていない。十一月二十二日の自殺をほのめかすツイートを最後に沈黙してしまったからだ。しかし、今日、通知があったらしい。現にTwitterの画面に〈ナナシカオナシシモンナシ〉の新しいツイートが表示されている。三時間前の投稿となっている。

そのツイートの、ぱっと見で飛び込んできた断片的な言葉に、長谷見は完全に眠気が吹き飛んだ。画面をスクロールさせ、一連のツイートの最初のものにたどり着くと、ああと思わず声が漏れた。

〈YouTubeにプサリスの放火事件をアップした《夜の彷徨人》です。私は川島さんにとってよい知らせを持っています〉

その次のツイートは、

〈と言っただけではとても信じてもらえないでしょうから、まずは《夜の彷徨人》本人である証拠をお目にかけます。次のURLの動画ファイルを最後までごらんください。YouTubeにアップした動画の長尺版です〉

長谷見が川島に送ったDMの文章だった。一つのツイートは百四十文字までという制限があるため、元のDMとは違ったところで分けられているが、内容は改変されることなく、まるまる貼りつけられていた。真犯人から脅し取った金を山分けしようと提案するところまで。

DMは一対一のやりとりである。当事者同士だけが、その内容を知ることができる。つまり長谷見は、鍵がかかった部屋で川島に話を持ちかけたのだ。なのにその内容をツイートで公開された。極秘扱いの書類を広場の立て看板に貼り出されてしまったのだ。

自分は放火していないと世間に訴えるため、その証しとして誰もが見られる形で転載したのかと長谷見は最初思ったのだが、最後のツイートを見て、そうではないと思い直した。DMの全文コピペのあと、一言だけ自分の言葉でつぶやかれていた。

〈卑怯者👊〉

金儲けのためなら手段を選ばない〈夜の彷徨人〉に向かっ腹が立ち、世の中にはこういう非道な人間もいるのだぞと、世間にさらしてやりたかったのだろう。一方、長谷見に対してDMによる返答はよこしてきておらず、ここにも無言の意思が感じられる。

突然の事態を受け容れられず、長谷見がコピペされた文章を睨みつけていると、電話の着信画面に遷移した。新夏だ。

「卑怯者、言い訳は、まだー？」

相変わらずのテンションなので、スピーカーホンに切り替える。

「ニーナから金を脅し取ろうなんて考えてないぞ。川島の興味を惹くために持ちかけただけだ」

目の前の人物をなだめるように、長谷見は両手を動かしながら語りかける。

「そんなのはわかってる。あたしが怒ってんのは、放火犯と運転手の顔をリンネに見せるってこと。あたしとコタローをリンネに売るってことじゃん！　自分になりすましたやつだよ、顔を見て、ふーんですますわけないでしょ。リンネは殺人鬼なんだよ！」

「それもはったりだ。だいたい、俺はニーナを車まで追いかけてないから、顔がわかる映像は存在しない。なりすまし犯は知り合いと思わせることで映像をどうしても見たくなるように仕向け、流出を避けるため直接見せたいとか言って会える方向に誘導し、会うことは拒否されても、公園のゴミ箱や電車の網棚を介してフラッシュメモリーを受け渡すことにして、川島を表の世界に引っ張り出そうとした。そこを捕まえられなくても、ゴミ箱をあさっている姿くらい撮影できたら、プサリスの放火動画より話題になる」

「そういうことは最初に言いなさいよ。一言の相談もなしに実行して、まったく勝手なんだから」

おまえに「勝手」呼ばわりされたくないと、長谷見は喉まで出かかった言葉を呑み込む。

「リンネは何て答えたの？」

「へ？」

長谷見が間の抜けた声を発したのは、電話口の声が何の予告もなく虎太郎に変わったからだ。

「ニーナは？」

「アイス食べてる」

「はあ？」

「まあ、あれはそういう女だから。それで、ＤＭへのリンネの返事は？」

「ない」

「ＤＭをさらしたことが返事代わりってことか。ひそかに取引を持ちかけたことをぶっちゃけたのだから、取引するつもりはないと」

「ああ。ただ、川島の意思表示でない可能性はある」

「どういうこと？」

「どこかの誰かが川島のＴｗｉｔｔｅｒに侵入し、届いていたＤＭをツイートとして公開したのかもしれない」

「ハッキング？」

「そう」

「うーん、それはどうだろう。誕生日とか自分の名前とかを使ったパスワードなら手当たり次第試して破れそうだけど、そんなパスワードならとっくに破られてて、ふざけたツイートをいっぱい書き込まれてるんじゃないの？〈今度は芸能人の誰それを殺す〉とか、〈川島輪生だけど質問ある？〉とか。本物のハッカーなら複雑なパスワードでも破るだろうけど、それだけの技術を持っている者が、この程度のいたずらをするか？」

「たしかに……」

「そんなことよりジュンさん、ニーナも言ってたけど、無断でやらかすのはマジ勘弁」

「それは謝る」

「焦りすぎ」

「え？」

「会社の上司とか局のやつらに一泡吹かせてやろうという気持ちはわかるけど、なんか、ヤケクソに突っ走ってるみたいで。少し頭を冷やせよ。ヤバいことになるぞ。つか、オレをこれ以上巻き込まないでくれよ」

7

川島輪生の降臨でネットは燃えあがった。長谷見が気づいた時にはすでにＧｏｏｇｌｅやＴｗｉｔｔｅｒでトレンド入りしていた。

負けじとテレビも、夕方、夜の情報番組では各局トップ扱いで、公共放送もニュースを五分延長し、三分の一の時間をこの話題に割いた。

〈夜の彷徨人〉や〈リンネではない〉以上の祭りになったのは、実に久々、十二日ぶりのツイートであり、それにより自殺説が否定されたこともあるが、川島輪生が指名手配されてからははじめてのツイートだったことも大きい。指名手配犯がツイート！――それは過去に例のないことだった。

ＤＭを暴露され、虎太郎や新夏の前で恥ずかしいほどうろたえてしまった長谷見だったが、その後いつもの呼吸法で気持ちを鎮めて考えた結果、ＤＭが暴露されてもＤＭの差出人が不明であれば問題なし、との結論に達した。そして、捨てアドレスで作ったアカウントからの発信なので差出人が特定されることはないのだと自分に強く言い聞かせた。

さいわい世間の興味も、沈黙を破った川島輪生に集中し、ＤＭの差出人にはあまり向いていないように感じられた。〈夜の彷徨人〉とは別人による便乗のいたずらという見方が大勢を占めていたことも長谷見を安堵《あんど》させた。

安心すると、例によって嫉妬と慾が出てくる。

〈夜の彷徨人〉による放火映像とDMがあったから、逃亡犯が煽られて姿を現わした。逆に言えば、〈夜の彷徨人〉がいなければ、川島輪生はいまだに息をひそめて存在を消していた。なのに今や、放火スクープ映像の存在は霞んでしまい、川島輪生一色である。踏み台にされてしまったようで、長谷見は釈然としなかった。といって、潜伏中の川島を引っ張り出したのはこの私ですよと名乗り出るわけにはもちろんいかず、それが彼をいっそういらだたせた。

丸一日が過ぎても川島からのDMは届かなかった。

長尺版の映像とやらは、〈夜の彷徨人〉本人でなくても編集ソフトで作れると疑われたのだろうか。饒舌《じょうぜつ》に書きすぎて言い訳がましく聞こえたのだろうか。それとも警察の囮《おとり》捜査と警戒されたのだろうか。

長谷見は作戦を打ち切った。ただし、この作戦の継続をあきらめただけであり、すぐに別の策を考えはじめるのだった。

＊

十二月六日午前、プサリスの美容師、羽沢健が死体で発見された。

その日羽沢は開店時間が過ぎても美容室に現われず、電話やメールにも応答がないため、川崎市高津区明津《あくつ》の自宅マンションを同僚が訪ねたところ、玄関の鍵は開いており、バスルームに羽沢が倒れていた。羽沢は手足を結束バンドで縛られ、ＦＲＰ素材の床にはおびただしい血が流れていた。

すぐに救急車が呼ばれたが、心肺停止状態で、搬送先の病院で死亡が確認された。胸部と腹部を刺されたことによる失血死だった。兇器は刃渡り十八センチのセラミックス製庖丁で、バスルームに放置されていた。死亡したのは午前一時前後とみられている。

マンション入口の防犯カメラには、零時四十二分に建物に入っていき、一時二十九分に出ていく、川島輪生と思《おぼ》しき人物の姿が記録されていた。

野望にかられた男は叫ぶ、「死ね死ねもっと死ね！」

1

「誤解だ。俺は違う。君になりすまして放火なんかしていない。本当だ」

羽沢健が首を横に振る。目は真っ赤で、瞼や頬が涙で濡れている。

「ただ、君には謝らなければならない。俺たちが君を追い詰めた。ごめん」

羽沢は頭をさげる。

「みんなの中に、川島君になりすまして店に火をつけた者がいたら、すぐに名乗り出てくれ。それが川島君にできるせめてもの償いだと思う」

羽沢はふるえる声で訴える。二十七秒の動画はそこで終わる。

「この動画は羽沢さんが勤務する美容室関係者のＬＩＮＥグループに投稿されたもので、『ひるどきズバーン！』取材班が独自に入手しました」

レポーターの嶺村大作《みねむらだいさく》が特大ボードの横に立って説明している。画面右肩には〈スクープ！〉という赤い文字が誇らしげに躍っている。

「投稿したのは羽沢健さんで、六日の午前一時二十分ごろのことでした。異様な内容だったので、グループの何人かはすぐに、どういうことだと問い質すメッセージを羽沢さんに送りましたが、返事はありませんでした。朝になってもメッセージは既読になっておらず、開店時間が過ぎても羽沢さんは美容室に現われませんでした。電話にも出ない。そこで男性スタッフが羽沢さんの自宅に様子を見にいき、遺体発見となったのです」

「午前一時二十分というと、羽沢さんが殺されたと見られているころですね？」

メインキャスターを務める西条水都《さいじょうみと》が言う。

「そうなんです。遺体のそばには羽沢さんのスマートフォンがあり、この中のLINEアプリで動画が撮影され、そのままグループに送られていたことが警察により確認されています」

「正確には、撮影したのも送ったのも羽沢氏ではなく、川島なんでしょう？　羽沢氏は両手の自由を奪われていたのだから」

レギュラーコメンテーターの小岩井叡二《こいわいえいじ》が言った。

「はい、そう見られています。羽沢さんのスマホからは川島容疑者の指紋も出ています。川島容疑者の指紋はほかに、兇器として使われた庖丁、現金が抜かれていた羽沢さんの財布、玄関ドアのノブからも採取されています。これも『ズバーン！』の独占情報です」

「すごいね！　ほかにもスクープはないの？」

「庖丁には羽沢さんの指紋もありました。羽沢さん宅のキッチンにあったものが兇器として使われたようです」

「地味な情報だね」

「羽沢さんは顔に鎮痛消炎剤をかけられていました」

「鎮痛消炎剤？」

「肩凝りや関節痛の際にシュッとスプレーする薬です」

サブキャスターの磯貝賢人《いそがいけんと》アナウンサーがフォローした。

「はい。おそらく川島容疑者は最初にこのスプレーを羽沢さんの顔にかけ、抵抗力を奪ったものと考えられます。メントールの刺戟により、目に入ったら瞼を開けられなくなります。痛みで力も入りません」

「被害者の目が充血していたのはそのせいか」

ゲストコメンテーターの坪井《つぼい》要之介《ようのすけ》が溜め息を漏らすように言った。

「専用の催涙スプレーとは違い、ドラッグストアで容易に手に入ります。川島容疑者はそうして羽沢さんをひるませたあと、手足を縛って完全に自由を奪ったものと思われます」

「殺す気満々じゃないですか」

もう一人のゲストコメンテーター、アリシア門戸《もんど》が両手で口元をおおった。

「そうか、これはあれだ。わかったぞ。なるほど」

小岩井叡二が手を打ち、しきりにうなずいた。全然わからないと笑いが起きる。

「川島の〈卑怯者〉というつぶやきですよ。あれは、恐喝の謀議を持ちかけた〈夜の彷徨人〉のことを、殺人犯の自分より汚らしいやつだと罵っているものと解釈していた。〈夜の彷徨人〉のメールを公開したのも、〈卑怯者〉である〈夜の彷徨人〉を晒《さら》し者にするためだと思っていた」

「違うんですか？」

坪井要之介が一言挟み、

「メールではなく、ダイレクト・メッセージですね」

嶺村大作が細かな訂正を入れた。

「〈卑怯者〉は、勤務していた美容室のスタッフを指していたんです。〈夜の彷徨人〉のメール、いやダイレクト・メッセージに、放火犯の正体は川島の知っている人間の可能性があるとあったでしょう。川島はそれでハッと思った。自分になりすましたのは元同僚ではないのかと。

当初から、どうも川島は職場で仲間はずれにされていたらしいということで、勤務先の美容室がネットで結構叩かれていたでしょう。職場でのハラスメントが川島の心に傷を作り、殺人に走らせた、つまり殺人鬼を生んだのはハラスメントの加害者である同僚たちではないかと、殺人犯より悪者になってしまったわけです。それで、評判を落とした美容室側が、いやいや自分たちこそ被害者ですよ、こうして危険にさらされているじゃないですかとアピールするために、川島になりすまして店に火を放った。店としてやったのかもしれないし、スタッフの一人が個人の判断で勝手にやったのかもしれない」

「お店が被害に遭ったら、同情してもらえますね」

アリシア門戸が言った。

「ぼやですんだのは、さいわいではなく、必然だったんだ。店が使いものにならなくなったら困るから、手加減した。関係者が火をつけた証拠だ。なるほどー」

坪井要之介が右の拳で左の掌を打つ。

「考えてみれば、川島容疑者は店舗の鍵を持っているのだから、彼が火をつけるとしたら、店に侵入してからですよね。外に火をつけるより、壊滅的な打撃を与えられます」

西条水都が言う。

「誤解しないでくださいよ。美容室関係者の自作自演であると、私が主張しているのではありません」

小岩井叡二が両手を広げて一同を制する。

「美容室関係者の自作自演であると川島容疑者が解釈した、ということですよね？」

磯貝アナがフォローする。

「そうです。川島が自分勝手に思い込んだのです。そして犯人捜しをはじめた。手はじめに、同僚の一人、羽沢氏のところに押し入り、自由を奪って、おまえが火をつけたのかと詰問した。否定されたら、誰がやったか知っているかと尋ねた。しかし望んだ答えを得られなかったので、関係者全員にＬＩＮＥを通じてメッセージを伝えさせた。そのうえ殺害したのは、恨みを晴らすためでしょう。たしか羽沢氏は〈ナナシカオナシシモンナシ〉にしばしば登場していましたよね。Ｈ沢として、憎しみの言葉を浴びていた。鋏の貸し借り等で積もった恨みを、川島は晴らしたのではないでしょうか。手足を拘束しているのだから、命を奪うにはこれほどの機会はありません。とすると、一番に羽沢氏のもとを訪ねたのは、たまたまではなく、確乎《かっこ》たる意志によるものかもしれませんね」

「卑怯者を処刑したんだ」

アリシア門戸がかわいらしい顔で恐ろしい言葉を吐いた。

2

大きなガラス窓の向こうの明かりが半分落ちた。

「そろそろだぞ」

長谷見潤也は双眼鏡を覗いたまま、笑い声の絶えない後部坐席に声をかけた。しかし連中は返事一つしないので、長谷見はあらためて、今度はボリュームを上げて、

「すぐに出られるよう用意しておけよ」

と言った。

「準備オッケー。シューレースも締め直したし、即ダッシュするぜい」

折田雄翔がガムを噛みながら腿を叩く。

「走るな。目立つ」

「ほーい」

「最終確認。タクった場合はタクシー代出してもらえるん?」

石浜須弥也が言った。

「領収書をもらってこいよ」

「合点承知っす」

「あたしは十一時であがるよ。いちおう主婦ってことで」

花咲子子が言った。

「諒解です」

目上に対して長谷見が敬語で応えた時、双眼鏡の中で動きがあった。ビルとビルの間から、一人、また一人と通りに出てくる。

「じゃあ、みんな、よろしく」

長谷見の号令で、後ろのスライドドアが開き、須弥也、雄翔、子子と降りていく。

「ドラマじゃあるまいし、車をタクシーで追うのは無理だろ」

楠木虎太郎がつぶやいた。

「失敗は織り込みずみ。成功したところから手をつける。ほら、おまえも出動するんだよ」

長谷見は振り返り、まだ車内にいた舎弟の肩を押した。虎太郎は仏頂面で車を降り、早足で歩き出す。

「寒いだろう、閉めていけ」

背中に声をかけるが、虎太郎は戻ってこない。長谷見は体をねじり、ヘッドレストの隙間から腕を伸ばす。後ろのドアには全然届かない。長谷見は舌打ちをくれ、外に出てからドアを閉めた。

「ここは駐停車禁止だぞ」

運転席に戻ろうとしたところ、背後から声がかかった。びくりと背筋を伸ばし、おそるおそる振り返ると、ニット帽をかぶった、一目見て警察官ではないとわかる人間が立っていた。しかし長谷見は驚きで立ちつくした。

「何してるんだよ」

と尋ねてきた声は、マスク越しでくぐもっていたが、聞き憶えがあった。汚れたレンズの奥の一重の目にも見憶えがあった。甘いような苦いような、何とも形容しがたい一種の刺戟臭を全身から発している。

「二週間も会わないと忘れる？」

ＭＥＴのウインドブレーカーを着た女はマスクを顎までおろした。起田柳児だった。

「何でこんなところにいるんだよ」

長谷見は言葉を取り戻した。

「こっちの質問に答えるのが先だろう。おまえさん、何してんの？」

起田は相変わらずの態度だ。

「何って、ここは俺の地元だ。遊ぶのは登戸か溝の口と決まってる」

「路駐して？」

「コインパに置きにいこうとしてたところだったんだよ」

とコインパーキングの方を指さすふりをして、長谷見はプサリスのウインドウを確認する。明かりはまだついている。

「さっき降りていった連中と飲むんだ」

「いつから見てたんだよ」

長谷見はぶっきらぼうに応じながら息を詰めた。

「通りかかったら、記憶にあるナンバーの車が駐まってたんだよ。車で飲みにいくって、どういう神経？　謹慎中に飲酒運転で、今度こそ馘だ」

「飲み会じゃねえよ。今度は俺の番だ。おまえは何でこんなところにいるんだよ。家は月島じゃねえか」

「仕事」

起田は斜めがけしていた小ぶりのカメラバッグを叩いた。

「取材？　こんな時間に？」

夜の店の取材も、客のいない開店前に行なうことが多い。

「寒いから入れてもらっていいか？」

起田は車のボディを叩く。

「取材なんだろ」

「一服したい」

「コインパに入れるぞ」

「いいよ。すぐそこなんだろう？」

仕方なしに長谷見は彼女を車に乗せた。不快な臭いが車内に充ちた。徹夜の仕事が何日も続き、シャワーを浴びられず着替えもできないので、オーデコロンだかデオドラントだかを大量に振りかけ、それが体臭と混じって大変なことになっているのだ。

「何の遊びだよ」

起田はシートの上の双眼鏡を取りあげてから助手席に坐った。長谷見は迂闊《うかつ》だったと焦ったが、

「ライブ」

と、なんとか機転をきかせた。

「はい？」

「俺じゃなくて、さっきの連れが行ってきたんだよ。二階席だから双眼鏡を使った」

「ずいぶん早く終わるライブだね。まだ九時前だけど」

「知らねえよ、俺が行ったんじゃないし」

「こんなにごつくて高倍率のものはコンサート向きじゃないと思うけど」

「ギターやってるやつだから、指の動きまで見たかったんじゃねえの？　汚すなよ、俺のじゃないんだから。シートベルト」

長谷見は双眼鏡を奪ってドアポケットに突っ込み、車を出す。起田はよれよれのパッケージからタバコを取り出して火をつける。これ以上詮索されないようにと、長谷見は話を変える。

「で、何の取材なんだよ」

「取材というか、プサリスのスタッフの張り込み」

不意を衝かれ、長谷見はつんのめりそうになった。無反応だと怪しまれると、反射的に口を動かす。

「張り込みって、何じゃや、そりゃ」

「羽沢さんが遺したメッセージに応えて、放火したのは自分だと名乗り出る関係者はいない。それを川島は、ああそうですか、自作自演というのは勘違いでしたかと、素直に納得するだろうか。誰も名乗り出なかったら、また誰かのところに押しかけて、おまえがやったんだろうと迫るんじゃないだろうか。詰問するだけで終わるだろうか」

「川島が別の同僚を襲うって？」

「それを期待しての張り込み。永野《ながの》や村井《むらい》の時のように襲撃の瞬間をいただけたら最高だけど、さて神は降りてくるでしょうか」

起田はカメラバッグの蓋を開け閉めする。民生用のビデオカメラが入っていた。

「なんだよおまえ、人にさんざん、畑違いのことをしてと文句言っておいて」

「上からの指示ですが」

「えっ？　番組で動いてんの？　休みを利用しての単独行動じゃないの？」

「休みができたら寝るよ。誰かさんみたいに野望にかられてないし」

「元ジャーナリスト志望の趣味としてやってたんだ」

「はいはい」

「何の番組？　『アサダージョ』？」

「『おつかれワイド』も。というか、METをあげて決定的瞬間を狙ってる」

「局をあげて？」

「長谷見の問題があったから、METは川島の事件を控えめに扱ってただろう？　すると視聴者が他局に流れ、苦虫を嚙み潰していたところへ、LINE動画のスクープだ。あれでTVJがぶっちぎりのトップとなり、もうおとなしくしていられないと、号令がかかったってわけ。プサリスのスタッフは店長をふくめて十人、それにオーナーを加えて十一人を襲撃対象とし、自宅を張り込んで川島がやってくるのを待ちかまえる。同時に十一人だよ。張り込みは夜間だけだけど、対象一人につき何人かが交代でやらないと体がもたない。寒いし、通常の仕事もあるんだし。だから報道でない私も駆り出されてるってわけ。バイトも使って、のべ四、五十人くらいで回してる。ぶっちゃけ意味ないけど、ADごときが意見できないしね」

「意味ない？」

「他局も張り込んでるんだよ。だからMETのスクープにはならない。考えることはみんな一緒。横並びでも、襲撃の瞬間を撮れるのなら、五十人態勢で張り込みを行なう価値はあるけど、でもひとところに何人も待機しているんだよ。人数分の物陰もない。たとえ川島がやってきたとしても、不審なものを感じて引き返すに決まってる。けど、無駄だからと張り込みをやめたあと、川島がやってきたらえらいことだ。全局撮れなかったのならまだしも、自分のところだけ画《え》がないとなると、プロデューサーの首は飛び、局長も処分をまぬがれないだろう。だから各局、引くに引けないと。ま、二週間くらい経っても何も起きなかったら、もういいんじゃないのって空気になって、いっせいに撤収するよ。一つの山は今週末だね。十七時間特番があるじゃん。METだけが深夜の生中継にも対応できる。このタイミングで襲撃が発生すればMETはトップに返り咲けるってんで、土曜日の夜中に川島が殺してくれますようにと品川神社にお参りしたマジキチ役員がいるとか。だいたい誰かは想像がつくけどね」

METは毎年十二月第二週の土曜から日曜にかけて、「今年も一年おつかれさんさんワイドすぎて気づいたらアサダージョ」、略称「一年おつかれダージョ」という、朝夕のワイドショーを股にかけた特番を放送している。通常枠の「今日も一日おつかれさんさんワイド」の放送開始時刻である午後四時五十七分から「アサダージョ」終了の午前九時五十七分までの十七時間にわたり、一年間を総ざらいする生番組である。その年話題となった人や物、場所を訪ね、関係者にインタビューし、アイドルグループが街角にサプライズで登場して歌い踊り、スタジオではクイズ形式で今年の各種ベストテンを発表、合間にタレントや芸人が隠し芸を披露し、全国各都道府県警協力のもと、歳末の街で事件が発生したら現場から緊急生中継を行なうという、まったくもってとらえどころのない内容は、皮肉にも迷走するテレビ業界の現状を表わしている。

「こんなところで油を売っている間に川島が来たら、おまえの首が飛ぶぞ」

起田が饒舌に喋っている間に車は駐車場に入っていた。

「まだ九時前だからだいじょうぶだよ。来るとしたら深夜だろう」

「今晩は何て美容師を張り込むんだ?」

「赤森とかいう女のマンション。どうしてそんなことを訊くわけ?」

「べつに。車で送れと言われても無理だからな。こっちにはこっちの用事がある」

長谷見はごまかして答えながらシートベルトをはずす。

「すぐそこだから歩いていけるよ」

「帰りも拾ってやらないからな」

「あらやだ、気があるの?」

「死ね」

「タクシー券もらってる。局をあげてのプロジェクトだからな」

「じゃあ行ってこい」

長谷見は助手席のロックを解除する。

「この歳で介護用のおむつを買うとは思わなかった」

起田は下腹を叩きながら車を降り、通りに出ていった。

長谷見は大きく息をつき、ヘッドレストに頭をもたせかけた。

魂が回復してスマホを見ると、子子からLINEのメッセージが二つ届いていた。

〈チャリ通だった。尾行は無理。帰る〉

〈ちな、その子は木村《きむら》という女で、一緒に駐輪場に行ったのが真崎《まさき》、こっちも女。どっちも自宅っぽい。親の悪口を言ってたから。とりまお手柄? だったらボーナスよろ〉

お疲れさまとメッセージを返したのち、長谷見は男三人にもLINEを送った。

長谷見もテレビ屋どもと同じことをもくろんでいたのだ。
〈作戦中止〉

川島輪生《もとき》は〈卑怯者〉の正体を知るべく、羽沢を介してプサリスの関係者にメッセージを送った。しかし誰も名乗り出ないと長谷見にはわかっていた。なりすまし放火犯はプサリスの関係者ではないのだから。すると川島は業を煮やし、ふたたび直接行動に訴えるだろう。それを待ちかまえるのだ。羽沢の時のように室内でことにおよばれたら、それをカメラに収めるのは難しいが、部屋に入っていく姿を押さえるだけでも世間を瞠目《どうもく》させられる。今回は仕込みではないので、匿名で行なって消化不良になることはない。長谷見潤也として栄誉に浴することができるのだ。

それには乗り越えなければならない壁がいくつかあった。まず、関係者の自宅がわからない。過日店長に教えられたのは川島の自宅住所だけだった。スタッフの名前も、数人をうろ憶えしているだけだ。ネットで調べても、オーナーの名前と自宅住所だけしか出てこなかった。

だから住まいを突き止めるためにスタッフを尾行するところからはじめなければならなかった。虎太郎とその仲間を集め、路駐した車の中から美容室を見張り、仕事が終わって出てきた任意のスタッフを追わせた。長谷見も車を駐車場に入れたら急いでプサリスに駆けつけ、まだ誰か残っていたら尾行するつもりでいた。スタッフは全部で十人おり、シフトも把握していないので、全員の住まいを突き止めるためには数日要するが、人手にはかぎりがあるので仕方なかった。

そう、手が足りないのだ。だから対象を絞り込むことにした。

川島の立場になって考えてみると、家族と暮らす者は、襲撃に際してじゃまが入りやすい。そこで、尾行して突き止めた住居の形状から独り暮らしと思われる者だけを抽出し、張り込みを行なう。仮に半分が独り暮らしだったら、招集したメンバーでぎりぎりまかなえる。とはいえ、交代なしに終夜の張り込みを連日続けるのは無理があるため、独り暮らしの者をAB二つのグループに分け、月水金日はAグループの者を、火木土はBグループの者を張り込むことにした。こうすれば一人の対象者を交代で張り込める。Aグループを張り込んでいた晩にBグループで襲撃が発生する可能性もあるが、それは仕方ない。リソースが足りないのだから、ギャンブルに出るしかない。

それでも相当なハードワークだ。虎太郎と雄翔は大学生だが、子子は主婦で、須弥也はシフトが不規則なアルバイトをしている。長谷見は、為替差損で塩漬けになっていた外貨定期を解約し、一人一晩二万円の報酬を約束したが、十日が限度だろうと踏んでいた。

計画倒れとは、まさにこのことだ。一晩寝ずに智慧《ちえ》を絞ったことがまったくの無駄になった。テレビも同じことを考えていたとは。しかも各局が。

向こうは数々の実績があり市民に認知された軍隊、一方こちらは不満分子が組織したゲリラ部隊、戦力の差は圧倒的であり、作戦行動を実行するだけ無駄である。

テレビという後ろ盾があれば、報道のためと一言言うだけで、店から従業員名簿を提供してもらえる。従業員一人一人の住まいを突き止めるための尾行からはじめなければならないゲリラ部隊は、この時点ですでに大きく水をあけられているのである。ゲリラ部隊がターゲットを単身者に絞り、Aグループ Bグループに分けて一日おきに張り込みを行ない、運よく賭けが当たって張り込みをしていた時に川島が現われたとしても、テレビ各局もそれを撮影することになるのだから、意味がない。テレビ局を出し抜かないことには復讐にはならないのだ。

車内でチームが待機し、このために買い求めた十倍の双眼鏡を覗いていた時の高揚感は、いったい何だったのだろうか。

どうか川島輪生が誰のところにも現われませんように、テレビ各局が空振りに終わりますようにと、ネガティブに祈ることしか長谷見にはできない。

3

一つの作戦が失敗したら次の手を考え、それがだめでもすぐまた次と、能天気なほど前向きに活動してきた長谷見だったが、今回のダメージは大きく、すぐには立ちあがれなかった。この二週間突っ走ってきた疲労もあった。マスコミの関心がプサリスのスタッフに集中している今こそ、急いで別視点での作戦に移行すべきなのだが、頭が全然回らなかった。

長谷見はいたずらに時を過ごした。しかし、果報は寝て待てとはよく言ったもので、自宅でごろごろしていると、虎太郎がLINEで大きな知らせをもたらしてきた。

〈すぐに来てくれ〉

〈どこに?〉

〈うち〉

〈だったらどっかで昼を食おう〉

〈外じゃ話せない〉

〈何？〉

〈長すぎて説明できない。すぐに来て〉

長谷見は部屋着にダウンジャケットを羽織って家を出た。歩いて十分の距離だが、急げと言うので車を使った。

「大変なことになった。どうしよう。どうすればいい」

虎太郎はうろたえた様子で出迎えた。

「何があった？　落ち着け」

長谷見は玄関に立ったまま尋ねた。

「落ち着いていられるか。大変だ。どうしたらいい。胃がねじ切れて死にそう」

虎太郎は口と胸を押さえる。

「何が大変か言ってくれないことには、どうするのがいいとアドバイスもできない」

「ニーナが……」

「放火のことで？」

長谷見は目を剝いた。

「違う。いや、関係なくもないか」

「火をつけたことがバレたのか？」

長谷見は虎太郎の手首を摑んだ。

「バレてはいない。いや、バレたと言えば、バレたのか」

「何言ってるんだよ。わかるように話せ。放火の件でニーナがどうなったんだ？　警察の事情聴取を受けたのか？」

長谷見は虎太郎の腕を前後に揺する。

「それはだいじょうぶ。警察は関係ない。報せてない」

「報せてない？」

「オレもわけがわかんないんだよ。どうすりゃいい」

虎太郎は長谷見の手を払いのけ、その手をすぐに胃のあたりに戻して回転するようにさする。

「落ち着け。順を追って話せ。はじまりは何なんだ？」

「はじまりは……、ニーナ、ジュンさんのことを怒ってただろう？」

虎太郎は顔をあげる。捨て犬のようななさけない表情をしている。

「放火犯の素顔を餌に川島を釣ろうとしたことで？」

「そう。それであいつ、ジュンさんには二度と協力しないと臍を曲げた」

「それは知ってる」

プサリスのスタッフの尾行と張り込みに協力してくれと長谷見は新夏にも頼んだのだが、断わられた。正確には、ＬＩＮＥが既読スルーだった。

「それだけでは気がすまず、ジュンさんを負かしてやると言い出しちゃって」

「負かす？」

「ジュンさんより先にリンネを見つけて撮影してやる、そしてアイドルジャーナリストにあたしはなるっ！」

「あ？　テレビに寝返ったのか？」

「は？」

「テレビ局に雇われてプサリスのスタッフ宅を張り込んでいる」

アルバイトも動員していると起田が言っていた。

「違う。美容室スタッフの張り込みはジュンさんが先に思いついて、メンバーも集めた。同じことを一人でしても勝てるわけがないと、ニーナはそっちには興味がなかった」

長谷見がテレビの連中に白旗を掲げたのと同じ論理だ。

「じゃあニーナは何を？」

「穴狙い。一人で勝つにはそれしかないと。あ、ごめん。あがって」

虎太郎は荒い息を吐きながら部屋の方に歩いていく。

「穴？」

と問い返しながら長谷見は靴を脱ぐ。

「リンネが羽沢のところに現われたのは〈卑怯者〉の正体を訊き出すためだけど、それだけだったら拷問まででよかったんだよね。その先まで行ってしまったのは、職場でのいじめの恨みがあったからだろう？　だったら、ほかにも恨みを晴らしたいやつがいたら、殺すためにそいつのところに現われるかもしれなくない？」

「プサリスのほかのスタッフ」

「うん。けどそっちはジュンさんが張り込むから、パス。じゃあほかにリンネは誰を恨んでいる？母親とその愛人はもう殺した。ほかに？　ルーブルのねーちゃんもありじゃね？」

「ルーブル？」

「リンネがときどき買いにいっていたという浅草橋のケーキ屋」

「ああ」

「リンネはそこの女店員に気があった。しかしねーちゃんのほうは歯牙《しが》にもかけていなかった」

「どこからの情報だ？」

長谷見は首をかしげる。テレビでもネットでも見た記憶がない。

「『北千束から浅草橋までケーキを買いにいく、フツー？　五百メートルの列ができる店ならあたしも新幹線に乗って買いにいくかもだけど、ルーブルってどれほどの店よ。ネットのレビューはゼロだし、テレビに映ったショーケースには笑っちゃった。あたしが作ったほうがましなレベル。そんなしょぼい店に四十五分もかけて行く理由は一つっきゃない。女。リンネは店員目当てで通っていたんだよ。けど彼女はリンネのことなんて眼中になかった。それどころかキモいと引いていた。あのインタビューをリンネが見たら冷静でいられると思う？　死にたくなるんじゃないの。そうでなかったら、相手を殺したくなる。その中間は、どうせいつかは警察に捕まるんだし、そうなったら死刑だし、だったらその前に思いを遂げてやれとレイプ』――と、ニーナは言うんだ」

一理あると長谷見は思った。

「するとニーナは、ルーブルの店員の前に川島が現われると踏み、彼女を張り込もうと?」

「すでに実行に移っている。ねーちゃんの自宅は店からあとをつけて突き止める。連日一人で張り込むのは無理だから、協力者も集めた。ニャンコに、学校の友達」

「なんだ、一人で勝つとか大口を叩いておいて、結局人の力を借りるのか」

とロでは悪態をついた長谷見だが、新夏を丸め込んで一枚嚙ませてもらい、そのあと主導権を握れないかという考えがよぎっていた。

「ところがゆうべ遅くにニャンコから変なLINEが来てさ、ああ、これ」

虎太郎はスマホの画面を長谷見に向けた。

〈ニーナ、いる?〉

「張り込みについての具体的な連絡がニーナから全然ないもんだから、どうしたのかとLINEしても未読のまま、電話にも出ない、だからオレに尋ねてきた。けどオレはニーナの作戦にはノータッチだから答えようがない。すると今朝方、今度はニーナの親から電話がかかってきた。うちの子と一緒じゃないかって。ゆうべ帰ってきていないという。LINEや電話での連絡も取れないというから、張り込みに熱中しているのが理由ではないようだった。オレがLINEや電話をしてみても、ニーナとつながらなかった。そうなるとさすがに、彼女の身に何か起きたのではと心配になって、浅草橋まで行って探してみることにしたんだけど、身支度を調えて、もう出ようかというところにニーナからLINEが返ってきた」

虎太郎はスマホの画面を操作して、あらためて長谷見に向ける。

〈助けて〉

「びっくりして固まってたら、新しいのが届いた。動画だった」

虎太郎が画面をタップすると動画の再生がはじまった。

若い女性のバストアップだった。彼女は伏し目がちに、切れ切れにつぶやいた。「助けて……。コタロー、助けて……」という声を聞いて、この女性が新夏だと、長谷見はやっと理解した。髪が乱れ、瞼と頬が腫《は》れ、長谷見の見慣れたニーナとはまるで別人のようだったのだ。

「バカ野郎。最初にこの動画を見せろよ。ニーナに何があった？　これ、殴られてるだろう？　頬が赤いぞ」

長谷見は虎太郎の肩を摑んで揺すった。

「だって、一から順に話せって言うから……。ヤバい、吐きそう」

虎太郎は口元に手を当てる。おかまいなしに長谷見は尋ねる。

「彼女に何があったんだ？」

「リンネに拉致《らち》られてる」

長谷見は目を剝いた。

「動画のあとに届いたのがこのメッセージ」

〈楠木虎太郎、おまえは恋人を見殺しにするのか？〉

「ニーナからのＬＩＮＥなんだけど、あいつが自分で打ったようには読めない。だから――」

〈おまえ、誰？　他人のスマホを勝手に使ってるだろ？〉

虎太郎はニーナのLINEにメッセージを返した。それに対する返信が、

〈川島輪生〉

だったのだ。そのあと立て続けに、

〈小菅新夏は俺の手の中にある〉

〈彼女は少々お疲れ気味だ。放置して衰弱させるか、引き取って暖めてやるかは、おまえしだい〉

〈引き取りたかったら、俺にしたがってもらおう。まず、警察には報せるな〉

と届いた。

「川島輪生!? リンネ! 驚いたよ。驚いたけど、ちょっと待てよとも思った。リンネがニーナを殴ったりさらったりする理由がわからない。ひょっとしたら、ニーナがふざけているんじゃないかという考えが浮かんだ」

「自作自演?」

「そう。張り込みに飽きて、ドッキリをやってるんじゃないのか。メイクで顔が腫れているように見せかけた。あいつなら、そんな不謹慎な遊びもやりかねない。だからオレは、真偽を確かめようと、ニーナのケータイに電話した」

「つながったのか?」

「スリー・コールくらいで出た」

「ニーナが?」

「リンネが」

長谷見は息を呑んだ。

「川島が電話を取ったのか？」

身を乗り出し、虎太郎の肩を摑んで揺する。

「さっきからいてーよ！　まだ治りきってないんだぜ」

虎太郎は長谷見を突き放し、その手を肩の後ろに持っていく。

「悪い。しかしどうして川島がニーナを拉致するんだ？　ニーナは川島の関係者じゃないじゃないか。恨む理由がない。あ？　自分になりすまして放火したのが彼女だとわかったのか。だから小菅新夏を捜し、見つけ、捕らえた。しかしどうして彼女だとわかったんだ？」

長谷見は〈夜の彷徨人〉と〈リンネではない〉の映像と画像を百回以上確認したが、個人の特定につながるものは目に留まらなかった。

「オレも、てっきり、ニーナは放火の件で報復されたのだと思ったんだけど、そうではなかった。リンネによると、きのうの宵の口にルーブルの様子を窺いに行き、そこで偶然ニーナを見つけたそうだ」

「次のターゲットはケーキ屋の彼女だというニーナの山は当たったのか」

「若い女が路地の角に立っていた。通り過ぎようとして、ハッとした。この女、見たことがある。そうだ、川崎のファミレスでヤクザまがいのことを行なっていたグループの一人だ。あいつらは店員に難癖をつける前から騒いでいて、一時間も迷惑していたから、全員の顔をよく憶えている。あの時の女がどうして浅草橋に？　仲間もいるのか？　と思って、離れたところからしばらく様子を窺った。女はどういうわけかルーブルを気にしている。といって店舗に足を向けようとはしない。連れがいるようではない。この女に用はない。用があるのは男だ。駐車場で俺の刃から逃れた男。あの男を仕留めそこない、反撃を食らい、追いかけられたもので、俺はむかっ腹が立ち、その怒りを母親と愛人にぶつけてしまったのだ。そして追われる身となった。それ以前も何人か殺してはいたが、追われてはいなかった。駐車場の立ちション男のせいで歯車が狂ってしまったのだ。野郎！ケーキ屋の娘なんて二の次だ。あの野郎に落とし前をつけてやる」

「ちょっといいか？」

興奮気味に語っていた虎太郎を長谷見はさえぎった。

「ああ、ジュンさん、リンネが今のようにすらすら独白したんじゃないぜ。オレが次から次へとしっちゃかめっちゃか質問したのにリンネが答えたのを、整理してつなげた。テレビの編集みたいなもん」

長谷見が訊きたかったのは、そこではなかった。

「通話の録音はないのか？」

「ない」

「そうか、ないのか」

長谷見は溜め息をつく。

「急なことで、録音とか思いつきもしなかった。あ？　また、よこしまなことを考えたな？」

「穿《うが》ちすぎだ。電話の内容を続けてくれ」

録音データがあったらプライバシーや安全に配慮して編集したのち公開できるぞとの考えが、たしかに長谷見の脳裏をよぎっていた。

「リンネはオレが来るかと待機していたのだけど、現われない。そこでニーナから訊き出すことにした。拉致して、ハッピーキッチンで一緒だった男の名前と居所を教えろと脅した。それがわかればいちおう目的達成だけど、復讐を効果的なものにするために、ニーナのスマホで彼女の傷ついた姿を撮影し、オレに送りつけた」

虎太郎はＬＩＮＥの画面を指先で激しくつつく。

「ニーナは、虎太郎に接触するための道具ということなのか？」

「そう。ルーブルを張っていたのがスミやんだったら、彼を拉致ったんだろうな」

「具体的な要求もあったのか？『顔を貸せ』みたいな」

「百万円用意しろと言われた。ニーナはそれと引き替えだと」

「とりあえず現金でそれだけあれば、半年近く逃げられるな。半年あれば、次の対策を立てるのに十分だ」

「けど、百万は行きがけの駄賃で、持っていったオレの体が本当の目的だろうと思う」

「うーん、どうなんだろう」

長谷見は腕組みをしてうなる。

「変な想像するなよ。オレの身柄を拘束し、痛めつけ、最終的に殺す、ということだ」

「殺す……。その想像のほうが、どうかと思うが」

「殺す気満々に決まってる。プサリスの羽沢を見てみろ」

虎太郎は女子のように自分の肩を抱く。

「不安になって当然だが、恐怖に支配されると視野が狭くなるぞ」

長谷見は両手を顔の横に遮眼革《しゃがんかく》のように立てる。

「はあ？」

「当事者でないほうが、数歩引いた位置からよく見えるということもある」

「何言ってんだよ」

「一つ引っかかることがある。川島はニーナをどうやって拉致したんだ？」

「どうやってって、そりゃ……。どうやって？」

虎太郎は首をかしげた。

「やつが車を持っていたという情報があったか？　たとえ持っていても、使ったら、ナンバーですぐに御用となってしまう。指名手配されているのだから、レンタカーも借りられない。タクシーに無理やり乗せたら、運転手から通報があるだろう」

「そうだな」

「なあ、電話もふくめて狂言ということはないのか？　おまえはハッピーキッチンの駐車場で切りつけられた時、川島と話をしたのか？」

長谷見がゆっくり言い聞かせるように尋ねると、虎太郎は記憶を探るように薄く目を閉じ、いいやと首を振った。

「だったら、電話の男が川島でなくても、わからないよな？」

「襲われた時にいちおう声は聞いてるけど、野郎、ただわめいていただけだからなあ。普通に喋るのとは感じが違うだろうし、だいたいそのわめき声の記憶ももう残っていない」

虎太郎は前髪の上から額に手を当てる。

「ニーナが学校の男友達に頼んで川島を演じてもらったのかもしれないわけだ。虎太郎をドッキリさせ、ひいては憎《にっく》きハセジュンに一泡吹かせてやろうと計画した」

長谷見は駄目を押すように言う。

「そうか。それは考えてなかった」

虎太郎は納得した表情でうなずく。

「川島に、ニーナをどうやって拉致したか尋ねたか？」

「いいや」

「それをはっきり答えられなかったら狂言臭いぞ。訊いてみろ」

長谷見は虎太郎の手の中のスマホを指さす。

「電話していいの？」

虎太郎もスマホを指さす。

「さっきかけたじゃないか」

「何度もかけていいのかってこと。友達でもないのに。スマホの持ち主とは友達だけど」

「かけるなと、川島に釘を刺されたのか？」

「いや」

「だったら問題ないだろう。こういう事案に際しては、相手に多くを話させて、その中から手がかりを得るというのが、常套《じょうとう》的な手段だ」

「わかった」

虎太郎はスマホの電話アプリを開く。

「スピーカーホンで」

長谷見は自分のスマホを出し、録音の準備がととのってから、あらためて虎太郎にかけるよううながした。

コール七回でつながった。

「楠木だ」

「わかってるよ、画面に名前が表示されている」

低い声で、間延びした話しっぷりだった。

「おまえ、ルーブルの前から、ニーナをどうやって連れ去ったんだ?」

「連れ去っていない」

「ぁん?」

「彼女が勝手についてきた」

「おまえ――」

「俺の魅力にメロメロだったのさ」

「ふざけんな！　おまえ、本当に川島輪生なのか？」

答えはなかった。

「おい？　川島？　もしもし⁉」

虎太郎が繰り返し呼びかけるが、応答はない。回線が切れていた。

「偽者ではないかと図星を指され、あわてて切った――という解釈でいいのか？」

長谷見は自分のスマホの録音を停止させた。

「だったら、いちおう安心つーか。狂言にはムカつくけど、生命の危険はないから。帰ってきたら二、三発殴ってチャラにしてやる」

虎太郎は大きく息をつき、ソファーから床に滑り落ち、そのまま体をぐにゃりと折った。

「狂言と決まったわけじゃないぞ」

長谷見はタバコをくわえる。

「そんなこと言うなよ。灰皿ないから、空缶を持ってきて。ついでに水も。冷蔵庫のポケットに飲みかけのペットボトルがある」

「灰皿ないって、おまえ、いつ禁煙したんだよ」

「加熱式タバコは灰皿いらないんだよ。喫い終わったら、スティックはゴミ箱に捨てられる。前に使ってた灰皿があるはずだけど、どこにしまったかわからないから、空缶を使って。缶だけ分別した、でかいレジ袋がある」

虎太郎が断末魔に耐えるようにキッチンを指さし、長谷見が腰をあげた時、テーブルの上のスマホが鳴動した。

「自称川島か？」

長谷見はスマホの画面を覗き込む。メールの着信通知のようだった。虎太郎が上体を起こし、テーブルに手を伸ばしてスマホを取りあげる。

「それともニーナが詫びを入れてきた？」

長谷見はせっつく。

「誰だろう。名前が表示されていないから、アドレス帳に登録してない人間であることだけはたしか」

「開けてみろ」

「さっきの男がキレて、ウイルスを送りつけてきたということはない？」

「テキストを読むだけなら感染しない」

「じゃあ開ける。空《から》？　ん？　あ？　えっ⁉」

虎太郎は感動詞を連発したあと、黙り込んでしまった。

「何だ？　どうした？」

長谷見は虎太郎からスマホを奪う。

画面には写真が表示されていた。レストラン店内のようだった。低いパーティションで区切られたテーブル席がいくつもあり、大勢で賑わっている。

「添付されていたのか？　本文は？」

と言いながら長谷見が画面をスクロールさせると、メールのヘッダが現われた。本文は空だった。タイトル欄も空白である。

虎太郎がぼそりと言った。長谷見は小首をかしげる。

「ハッピーキッチン」

「その写真、ハッピーキッチン宿河原店、十一月二十日夜のトラブルを撮影したものだ。遠くにオレらがいる」

長谷見は画面に目を凝らした。虎太郎が窓際の席でふんぞり返っていた。豆粒のような顔だったが、身近な人間なので本人だと判断できる。新夏や雄翔も確認できた。

「その写真は、あの場に居合わせた客や店員なら誰でも撮ることができたわけだけど、誰がメールでオレに送れる？　ニーナからオレのメアドを訊き出したリンネが送ってきたんだろう？　ほかに考えられるか？　ニーナが自分で撮っていたものをリンネのふりをして送ってきたということはないぞ。ニーナ本人が、自撮りできないほど遠くに写っているから」

長谷見は自分のスマホを取り出した。以前接触をはかるために川島に送ったメールの一つを開き、それと、いま虎太郎に届いたメールを見較べる。前者の送信先アドレスと後者の送信元アドレスは同じだった。

「川島輪生本人であるという証明として送ってきたのか……」

「狂言なんかじゃなかった。ニーナは本当にリンネに捕まっている」

虎太郎は両手で胃のあたりを押さえる。

「川島はふざけて言ったわけじゃないんだ」

長谷見ははたと膝を打った。新夏は「勝手についてきた」のだ。

川島が彼女に近づいていく、新夏が彼だと気づく、さてそのとき彼女は？　走って逃げ出す？　叫び声をあげる？　新夏なら、リアルリンネだと小躍りするのではないか。「ファンだよー」と自分から声をかけ、見つかったらヤバいから人が来ないところに行こうと腕を組むかもしれない。

目を閉じるとその情景が難なく想像され、十分ありうる話だと長谷見は思った。相手がむくつけき男なら、罠《わな》に違いないと、逆に川島が逃げるところだが、相手は若い女だ。

とはいえ、警戒は緩めても、それなりに構えてはいたはずだ。たとえば、どうしてこんなところに突っ立っているのか、というような質問はするだろう。それに新夏は何と答える？　彼女ならしれっと「聖地巡礼」と答えそうだし、それがまた実に本当らしく聞こえそうではないか。

現実に、観光気分で有名な事件にまつわる場所を訪ねて歩く不逞の輩《やから》は少なくない。受刑者にファンレターのようなものを出す者もいる。新夏は確実にそっち側の人間に見えるから、川島は警戒を解いたのだろう。相手が無抵抗なら、車はなくても連れ去ることができる。カップルを装って電車やバスに乗ることもできるのだ。

新夏は新夏で、どんな怪しい場所へも、おとなしくついていくだろう。川島輪生と差しで話せれば、とてつもないスクープだ。いまいましい長谷見潤也に勝利することができるどころか、全マスコミを平伏させられる。冗談でなく、アイドルジャーナリストの誕生である。

「もう一度かけてみろ」

長谷見は虎太郎に彼のスマホを差し出す。

「何を話すんだ？」

「疑ってすまなかったと、とりあえず下手に出ろ。川島に機嫌をそこねられたら、話は終わってしまう。まずは土俵に戻ってきてもらわないと」

「ああ」

「それから、百万円の持って行き先はまだ指示がなかったんだよな？　それを訊け。百万はすぐに用意できるのか？」

「ギリ足りるかどうか。適当な理由を考えて、親に少し借りる」

「あと、ニーナの無事も確認しないと」

「そうだよ。電話を代わって直接話させてくれなかったら取引には応じないと、ここは強気に出てもいいよな？」

虎太郎は長谷見からスマホを取りあげる。

「彼女は機転が利くから、監禁場所のヒントを伝えてくれるかもしれない」

虎太郎はスピーカーホンで新夏の番号にかける。先ほど同様、長谷見のスマホのマイクで録音している。

「コタロー……」

弱々しい声が出た。川島でなかったことに面食らったのか、虎太郎はすぐに返事をしなかったが、もう一度か細い声で名前を呼ばれると、

「ニーナ!? だいじょうぶか!?」

スマホを摑み取り、それが彼女自身であるかのように揺すって声をかけた。テーブルに戻せと、長谷見は虎太郎のシャツの裾を引く。

「だめかも……」

「がんばれ。助けてやる。どこにいる？」

答えはない。

「ニーナ？ どうした？ ニーナ!?」

「切れてる」

長谷見は虎太郎のスマホを指さした。通話終了の画面になっている。

「居場所を訊いたから、リンネが切った？」

「どうだろう」

と小首をかしげた長谷見だったが、うろたえている虎太郎に配慮してのポーズであり、突然の切断の理由はほかに考えられなかった。

「かけ直す。今度はリンネが出るだろう」

虎太郎は新夏の番号にリダイヤルした。コールが三十秒ほど続いたあと、留守番電話サービスに切り替わった。

「オレのせい？」

虎太郎は蒼ざめる。

「出るまでかけ続けろ」

実のない助言をしていた長谷見は、ふとあることを思い出した。

「今日は何日だ？」

虎太郎が答える前に、自分のスマホのロック画面で確認した。十二月十日土曜日――。

長谷見の中で一つのイメージが一瞬で形作られた。栄光のイメージだ。

「警察へは報せてないよな？」

虎太郎に確認する。

「報せてない。最初、ドッキリかと疑ってたし、そうでなくてもここ一年は警察とはかかわりたくないことばかりしてきたし。誰かさんの手先になって」

虎太郎はスマホに向かったまま答える。リダイヤルして呼び出しが続いている間には、LINEでもメッセージを送っている。

「ニーナの親には伝えたのか？」

「いいや。そこまで頭が回らなかった。言ったほうがいい？」

「今はまだ言わないほうがいいだろう。親が警察を頼る可能性は非常に大きいし、通報されなくてもこちらの活動に制限がかかる」

「活動？」

「子子には？」

「いや。この話をしたのはジュンさんだけだ」

長谷見の中で栄光のイメージがみるみる膨らみ、具体的な形をなしていく。

リダイヤルを繰り返しても、川島も新夏も出なかった。しかしそれは取引の中止を意味したものではなかった。虎太郎のスマホにＬＩＮＥのメッセージが届いたのだ。

〈本日深夜二時〉

〈35.5****, 139.7*****, 106〉

〈楠木虎太郎一人で来い〉

〈百万円を忘れるな〉

〈警察には報せるな〉

4

京急線高架脇のコインパーキングに車を駐め、降りる前に二十何回目かのリダイヤルをしたところ、ついに留守電に切り替わらずに本人が出た。

「ストーカーか」

起田柳児の仏頂面が目に浮かぶ。

「頼みがある」

長谷見は開けかけたドアを閉めた。

「仕事中」

「電話に出られたんだから、休憩中だろう」

「今日がどういう日かわかってる？　わかってないか、部外者には」

「今日だからかけたんだ。夕方、桑島さんを地下駐車場に連れてきてくれ」

「はあ？」

「いま何時だ？　二時過ぎか。じゃあ六時にしよう」

「桑島さんに用？」

「そう。こっちは余裕を持って待ってるから、多少前後してもかまわない」

「本人に電話しろ、ボケ」

「切るな！　電話ですむような用件じゃないから、会って直接話したい」

「だったらその旨電話で言ってから会え」

「アポを取ろうとしたら、どんな用件か訊かれるから、それでは意味がない」

「だったらノーアポでつかまえればいい。朝までずっと局内にいる」

「そうしたいのはやまやまだけど、入館証がない。駐車許可証は返却を求められなかったから、駐車場までは行ける。だからそこまで連れてきてほしい」

「来客として受付を通して入れ」

「知った顔に、あれこれ尋ねられたくない」

「だいたい、桑島さんに何の用があるんだよ」

「教えられない」

「何様？」

「話せば長くなるので、説明は後日。今は何も訊かず、桑島さんを駐車場まで連れてきてくれ。礼はする」

「ずいぶん羽振りのいい無職だな」

「職務停止中なだけだって言ってるだろう」

「頭をさげて、『礼をしました』って落ち？　一休さんか、おまえは」

「〈銀座で時価の寿司を満腹になるまでごちそうします〉と一筆書いたものをカメラで撮ってメールすればいいか？　白金の焼肉も追加すればいいか？　今後の生活、いや人生がかかってるんだ。マジで頼む。お願いします」

長谷見はハンドルに額を打ちつけながら頭をさげた。その思いが通じたのか、起田は憎まれ口をおさめて、

「六時だな？」

と言った。

「恩に着る。長谷見が呼んでいると言っても相手にされないだろうから、別の適当な理由で頼む」

「マジ、何様？　だいたい、今日の夕方、桑島さんはそんな求めに応じてられないだろ。私だって声をかける余裕があるかわからない。おまえさん、やっぱり今日が何だかわかってないじゃん」

「わかってる。だから時間に幅を持たせてある。一時間でも二時間でも待つ」

ようやく話がつき、長谷見がほっとタバコをくわえたところ、視界の片隅に人の姿が映った。虎

太郎が所在なさそうにダウンジャケットのポケットに両手を突っ込んで立っている。

「すまん。待たせた」

長谷見はタバコを箱に戻して車を出た。

「ジュンさん、何考えてんだよ」

虎太郎がうろたえた様子で寄ってきた。

「ロケハンの必需品」

長谷見は家庭用のビデオカメラを手にしている。

「リンネに見られたらどうすんだよ。だいたい、二人で来ただけでもまずいのに」

虎太郎は長谷見の腕を取り、カメラをおろさせた。

「〈楠木虎太郎一人で来い〉というのは、深夜の取引には一人で来いということだ。今は取引に来たんじゃないから関係ない」

「そういう理屈が通じるかよ」

「すでに川島が来ていれば厄介なことになるが、十二時間も前から悠然と待機しているとは考えにくい。楠木虎太郎が命令を無視して警察を呼ぶことも想定しているだろうから」

ＬＩＮＥで届いた〈35.5****, 139.7*****〉は地図上の座標、北緯と東経と解釈した。当該地点の住所は大田区南六郷で、Ｇｏｏｇｌｅマップのストリートビューを見たところ、築五十年は経っていそうなアパートが建っていた。そして長谷見と虎太郎は取るものも取りあえず下見にやってきたというわけだ。このあと別行動が予想されたので、それぞれ車を運転してきたのだった。

「それそれ、余裕を持って知らせてきたことが気になる。取引場所を半日以上前から教えるなんて、罠臭くないか？　わざと時間を与えて、警察に報せるか試そうとしてるんじゃないのか？　警察に頼ったら、取引の前に警官が現場を見にやってくるよな。それを近くで見張っている」

「俺が警官に見えるって？」

長谷見は盛りあがった腹を叩く。

「警官たって私服もいるんだし、デブもチビもメガネも女もいるってことをリンネが考えないとでも？」

「川島は指名手配されているんだぞ。日が高い時には活動しない」

「ゆうべのうちにカメラを設置して、出入りを遠隔監視しているのかも」

「それを用意する金を川島が持っているとはとても思えない。結論、これから二人で行っても川島には知れないから心配無用。論理的に間違ってないだろう？」

長谷見は車から離れて通りに向かう。

「論理的に正しくても心理的に不安だから、せめてカメラはなしにして。リンネが見てたら刺戟してしまう」

虎太郎がしつこく言うので、長谷見はカメラをジャケットの中に隠した。

駐車場を出ても、虎太郎はまだ不安そうにつぶやいている。

「けどわからない。リンネはどうして、取引場所をはやばやと伝えてきたんだ？　警察を呼ばないにせよ、時間があれば、いろんなケースを想定して対策を立てられる。実際、こうして下見に来られたのも、時間が十分あったからだ。相手に考える間を与えず、急《せ》かして正しい判断をさせないというのが、人質を取っての取引の鉄則じゃないのか？」

「ＬＩＮＥで指示してきた場所が取引場所とはかぎらない」

「は？」

「午前二時に指定された場所に行くと、別の場所に行くよう連絡が入る。そこに移動すると、また連絡があり、別の場所に行かされる」

「ゲームでもしてるつもりなのか。住所でなく、緯度経度で指示してきたのも、謎を解いてみろ的なところがあるし」

「警察をまくためにあちこち移動させるというのは、誘拐をはじめとした闇取引の常套手段だぞ。指定の場所が最終目的地でないのなら、早くに教えても何ら問題ない」

　南六郷は大田区の最南部に位置している。南端を流れる多摩川の対岸は川崎なので、東京二十三区の最南部でもある。多摩川に面しては大規模な分譲マンションが悠然と建ち並んでいるが、地区の中核をなすのは町工場と戸建ての民家で、それらが狭く入り組んだ道の間に密集している。

〈35.5****, 139.7*****〉もそんな一角にあった。車一台がやっとの路地から横に延びる、軽自動車も無理という袋小路の終端に建つ木造モルタルのアパートである。ストリートビューでの印象どおり、昭和の遺産、いや遺跡だった。建物の一階、二階とも、窓にはすべてトタン張りの雨戸が立てられていた。

「場所、違う？」

虎太郎が門扉に手をかけて首をかしげた。塗装が剝げ、茶色い錆《さび》が浮き、閂《かんぬき》と門柱の金具が針金で二重三重に封鎖されていた。

「いや、合ってる。ああ、だからか」

長谷見はスマホに目を落とした。Ｇｏｏｇｌｅマップによると、〈35.5****, 139.7*****〉はたしかにここである。

「何が？」

「住所でなく、座標を送ってきた理由。ゲーム感覚じゃないんだよ。廃墟だから住所がわからない、住居表示のプレートもない。何らかの方法で調べることはできるだろうけど、そんな手間をかけるより、一秒で手に入れられる緯度と経度を使ったほうがいい」

Ｇｏｏｇｌｅマップ上で当該地点をタップすると、緯度と経度が表示されるようになっている。

「ここで合ってるって言うけど、入れなかったら――、あ、入れる」

虎太郎が門扉を両手で摑んでぐっと押すと、封鎖部分とは逆側が数センチ動いた。蝶番《ちょうつがい》が朽ちて用をなしていなかったのだ。門扉を持ちあげて隙間を広げ、長谷見と虎太郎は敷地の中に体をこじ入れた。

建物にしつらえられた鉄の外階段も錆がひどく、ステップに足をかけたら踏み抜いてしまいそうだったが、さいわい二階にあがる必要はなかった。〈35.5****, 139.7*****〉が集合住宅を示しているのなら、続く〈106〉は一〇六号室と解釈できる。

建物の横手にドアのない開口部があり、そこを入ると三和土《たたき》の廊下になっていて、左の手前に共同トイレが二つあり、その奥に二世帯、廊下の右側には三世帯という構成になっていた。五世帯しかないが、忌み数が避けられているため、一〇六号室まであった。左側の奥だった。

各世帯とトイレのドアは養生テープで目張りされていた。ホームレスなどに勝手に使われることを防ぐためだろう。ところが一〇六号室だけは封鎖されていなかった。テープの跡は認められるので、あとから誰かが剝がしたものと思われた。鍵もかかっていなかった。

一〇六号室の中は闇に近かった。雨戸が立てられているからだ。壁のスイッチを入れても、もちろん点灯しない。

長谷見は懐からカメラを取り出してライトを点灯させた。虎太郎はスマホのLEDライトをつけた。彼は万が一の場合に備え、ワークパンツのポケットにタイヤレンチを二本突っ込んでいる。

玄関ドアの向こうには靴を脱ぐためのスペースが半畳あり、次の半畳が形ばかりの台所で、襖もドアもなく六畳ほどの居室につながっていた。部屋はそれきりだ。

二人は土足で室内に足を踏み入れた。埃と黴《かび》が混じった臭いが充ちている。川島と新夏の姿はない。

「ここでいいの?」

虎太郎がささやくような声で言った。

「緯度、経度、部屋番号が一致しているし、アパートのこの部屋だけ封鎖が解かれている。間違いないだろう。こういう、次の土地利用が決まらず、取り壊されずに放置された物件は東京のいたるところにあるから、川島はそういう廃屋を泊まり歩いているのかもしれないな。一日でヤサを捨てれば近所の噂にもならない」

長谷見は室内を観察する。調度品は何一つ残されていない。

空間を掃くように光束を動かしていると、床の上で鋭く光るものがあった。銀色の小さなボタンのようなものだった。ゴミかと長谷見がその場に捨て、別の場所にライトを当てはじめたところ、虎太郎の声がした。

「ニーナのだ」

「何？」

「キャッチ」

虎太郎は長谷見が捨てたものを掌で転がす。

「キャッチ？」

「ピアスを留めるやつ。三日月と太陽が彫られてるだろう？　耳たぶの裏側に隠れるのに、凝ったことをするもんだと感心した。オレがプレゼントしたやつだから間違いない」

虎太郎はそう言いながらスマホのライトを床に向け、嘗めるように左右に動かす。すぐにしゃがみ込み、何かを拾いあげて長谷見に示した。大小の星をあしらったピアスのヘッドだった。長谷見にも見憶えがあった。

「ニーナ」

呼びかけながら、虎太郎は押し入れに目をやった。襖は取り払われており、誰もいないことは一目瞭然である。近づいてライトを当てて確認するが、ニーナや川島に結びつく物は見つからなかった。天袋の中も空っぽだった。

「ピアスが取れるって、どんだけ手荒なまねをされたんだ」

虎太郎は掌のピアスを見つめる。

「目印に置かれただけかもしれないぞ」

長谷見は言った。

「目印?」

「『東京タワーに来い』との指定なら、間違って横浜マリンタワーに行ってしまうことはない。けれど〈35.5****, 139.7****, 106〉はおまえにとって未知の場所だ。うっかり一〇五号室に入ってしまったり、隣の建物と取り違えたりするかもしれない。それでは取引が不成立になってしまうおそれがある。そこで、ここが指定の場所であることを示すため、目印として人質の持ち物を置いた。だとすると、ピアスは普通にはずされた」

「けど、動画では顔が腫れてたぞ」

「悪いほう悪いほうに解釈するな」

長谷見は気休めを言って、室内のチェックを再開した。長押や窓の裏側まで確認したが、カメラも盗聴器も見つからなかった。

室内を歩きながら調べるうちに長谷見は、一歩踏み出すたびに床がきしむことに気づいた。足下は板敷きだったが、よく見ると、いわゆるフローリングではなく、塗装がされておらず鉋《かんな》もかけられていない板切れが剝き出しになっていた。畳が取り払われていたのだ。

長谷見はかがみ込み、床板にライトを当てた。板と板の間には結構な隙間がある。

「何か落とした？」

虎太郎が覗き込んできた。

「この板の両脇に隙間があるだろう？　そこに爪をかけて持ちあげてくれ」

長谷見は床板の一枚を叩きながら指示を出し、自分も隙間に指先をこじ入れた。

「床下にニーナが閉じ込められてるって？　まさか」

床板はぐらついたが、はずすことはできなかった。

「バールが必要だな」

長谷見は爪に息を吹きかける。

「マジで下にいると考えてるのか？」

虎太郎が声をひそめる。

「ニーナじゃない。俺が入る」

「は？」

「ここから取引を見守る」

長谷見は床板を拳で叩く。

「オレが一人で来いと言われてるんだぞ」

虎太郎が血相を変える。

「だから床下に隠れるんだよ。押入れにでかい段ボール箱を持ち込んでその中にとも思ったが、蓋を開けられたらおしまいだ。しかし床板をはずして下を確認しようとは、さすがにしないだろう。これからすぐ道具を調達してきて、床板をはずして待機する。午前二時にはまだまだ時間があるから、作業中に川島がやってきてしまうこともないはずだ」

「そういうことか」

虎太郎がすっくと立ちあがり、長谷見を見おろす。

「ジュンさん、床下から撮影しようって魂胆だな？　そしてそれをネットにアップする。今度のハンドルネームは〈床下の散歩者〉か？」

「誤解だ」

長谷見は防禦するように両手を立てる。

「何が違う。リンネとオレのやりとりをアップしたら、そりゃもうとんでもない反響だろうな。今までの失策を挽回して、あんたは一躍時の人だ。だが今回は人の命がかかっているんだぞ。こうやって下見に連れてきただけでも、どこかにリンネの目があるんじゃないかとひやひやしてるのに、本番にも同席させろとか、冗談じゃない。ジュンさん、あんた、狂ってる」

虎太郎は言葉を切るたびに腕を振りおろす。長谷見は坐ったまま後ずさりし、防禦の姿勢のまま立ちあがる。その手の甲を、虎太郎がぴしゃりとはたく。

「つか、もう撮ってやがる。リハーサルかよ」

長谷見の手首にはリストストラップが通され、ビデオカメラが握られている。録画状態であることを示す赤いＬＥＤが点灯している。

「まあ聞けって。撮影は、ああ、するつもりだ」

「開き直りやがった」

「しかし撮影は副次的なものにすぎない。一番の目的は、人命を守ることだ。こうやって前もって撮影しているのも、室内の様子をしっかり把握するためだ。でないと、いざという時に的確に動けない」

「人命を守る？　ふざけろ」

虎太郎は拳を握りしめる。最後まで聞けと、長谷見はカメラを足下に置いて一歩さがる。

「川島は百万円を要求してきたが、それはついでであり、一番の目的は楠木虎太郎だ。追われる身となったきっかけを作ってくれた恨みを晴らそうとしている。川島はおまえを殺すつもりだ。それはおまえも予感し、十分警戒して臨むつもりでいるだろう。おまえと川島の力の差は歴然としている。駐車場でやりあった際の映像を見れば明らかだ。川島の攻撃にはスピードがなく、単調で、おまえは酔っていたにもかかわらず、すべて躱していた。不意討ちさえ食らわなければ、片手で闘ってもおまえが倒されることはないだろう。しかし大事なことを忘れていないか？　川島は人質を取っている。彼女を盾にされたら、川島に指一本ふれることができない」

「そんなことはわかってる」

虎太郎はいらついている。

「じゃあ訊くが、結束バンドを渡され、これで自分の手足を縛れと命令されたら、どうする？　拒否できないよな。両手両足が使えない状態で、さてどうやって川島に対抗する？」

答えはない。

「一方的にやられるしかないじゃないか。プサリスの羽沢がそうやってなぶり殺されたように。対抗策があるのなら教えてくれ」

返事はない。主導権を取り戻せたと、長谷見は畳みかける。

「しかし俺がそばに隠れていたら事情はまったく変わってくる。恨み骨髄の楠木虎太郎の自由を奪い、さてどう料理してやろうと鋏を取り出したところ、床板が勢いよく跳ねあがってみろ、何が起きたのかわけがわからず、しばらく固まってしまうぞ。そこを俺が制圧する。今でこそこんななりだが、少林寺拳法の茶帯だったんだ。先制できれば負けることはない。仮に、床下から出ていくタイミングを逸し、おまえが危害を加えられてしまったとしても、川島が去ったあとすぐに救急車を呼べば、最悪の事態は避けられる。

また、こちらの可能性のほうが高そうだが、川島がこの部屋に現われず、新たに別の場所を指定してきた場合は、床下から出て、移動するおまえのあとをつかず離れず追う。いずれにしても、おまえのことを陰から見守り、不測の事態に備える。川島は人質を取ってはいても、一人だ。共犯がいないのなら、二人いれば数的優位を保てる。あのな、このだらしない体は、実はかなりの武器なんだ。川島は小柄だ。俺とは三十キロ近く差があるんじゃないか？　のしかかられたら、素人は何もできず、みるみるエネルギーを奪われる」

長谷見は話すうちに自分の言葉に焚きつけられ、川島を相手にした時のシミュレーションのように、両腕を広げて虎太郎に迫った。虎太郎はひるむことなく、顎をあげて睨み返してくる。

「だったら撮影しなくていいじゃねえか。きれいごとを並べたところで、結局、自分のためなんだろうが。テレビ業界への復讐のために、人の不幸さえも利用しようとしている」

「それが一番の誤解だ。復讐を考えていた時期もあったが、今は違う。ネットにアップするつもりはない」

「じゃあなんで撮るんだよ。思い出か？」

返答しだいでは赦さないと言うように、虎太郎が拳をあげる。その巌《いわお》のような塊を、長谷見は両手で包み込む。

「私利私欲でやるんじゃない。テレビの復権のために体を張る。そう、業界の威信を賭けた闘いだ。今こそテレビの力を見せつけてやらなくてどうする」

目をそらさず、一言一言語りかける。

5

籠の到着を告げるベルの音が鳴り、鉄の扉が横に開いた。長谷見はこの三十分間に何度も肩すかしを食っていたが、ついに待ち人が現われた。トレードマークとなっている薄紫のストールで、遠目にも桑島圭一とわかった。

エレベーターを降りたチーフプロデューサーは早足で車と車の間を縫って進む。革靴の踵《かかと》の音がMET局舎の地下駐車場に響く。長谷見は自分の車を降り、桑島の行く手に回り込んだ。三メートルまで近づくと、桑島は長谷見に気づいて表情を変えた。

「ちょっとお話が」

長谷見は挨拶抜きに切り出した。桑島は、じゃまだと言うように手を払い、長谷見の横をすり抜ける。

「重要な話です」

長谷見はあとを追う。

「急いでるんだ」

桑島は足を止めない。

「起田に何か言われたんでしょう？」

「あん？」

「彼女が言ったことは嘘ですよ」

「何言ってるんだ」

桑島は耳を貸さず車六台を通り過ぎ、鮮やかなブルーのBMWの前で止まった。ボンネットを見おろしたあと中腰になり、運転席側のボディを嘗めるように見ながら後方に移動する。

「どういうことだ？」

助手席側に回ったあと、桑島は腰を伸ばして長谷見に詰め寄ってきた。

「起田に何と言われました？」

「駐車場にある俺の車に鉤爪《かぎづめ》で引っ掻いたような盛大な傷があると。軽く擦《こす》った跡すらないじゃないか」

「駐車場に降りてこさせるための嘘ですよ。桑島さんと話がしたいので、私が頼みました」

「てめえ、ふざけんじゃねえ」

桑島は殴りかかるように腕を伸ばし、長谷見のジャケットの襟先を摑んで引っ張った。

「私のほうから伺いたかったのですが、なにしろ今は自由に出入りできない身なもので」

「現場に復帰させろ？　処分は俺が決めたんじゃない。復帰させる権限もない。抗議の申し立ては自分の雇い先にすることだ。そういう道理もわからないやつは、現場復帰以前に、社会人としての常識を勉強し直せ。だいたい、嘘をついて呼びつけることからして非常識だろうが。しかも本番中に。今日は年に一度のスペシャルだぞ。休みが続いて忘れてしまったのか？　それとも、知っていて、わざと妨害しにきたのか？」

桑島は長谷見を前後に揺すりながらまくしたてたのち、突き飛ばすように手を放した。

「スペシャルの日だからこそ、どうしても今日話す必要があったのです。今晩、川島輪生が現れます」

「何ぃ？」

「その姿をスペシャルで流したくないですか？　当然、生でです」

「川島はどこに現われるんだ？」

桑島は長谷見に一歩近づき、声を落として尋ねる。ムスクのいやらしい香りがした。

「都内某所とだけ言っておきましょう」

臭いから逃れるように、長谷見は体を開く。

「プサリスの関係者を襲撃するのか？　スタッフの誰かに予告が届いたのか？　誰だ？」

桑島が回り込んでくる。

「プサリスとは関係ありません。だからプサリス関係者の張り込みは即刻やめるべきです。時間と経費の無駄です」

「情報源は？」

「確かな筋とだけ言っておきましょう」

「そんな抽象的な話をどうやって信じろと？　ああ、取り入るための与太話か。たちが悪いな。エンザイムに報告するぞ」

桑島は長谷見の胸を突いた。

「信じてもらえないのなら、ＴＶＪに話を持っていきます。お時間を取らせました」

長谷見は頭をさげ、車の間から出る。

「何でＴＶＪなんだよ」

桑島がついてくる。

「川島の事件で、今、一番勢いがありますからね。外部の声にも耳を傾ける余裕があるでしょう」

「ＴＶＪに持っていくくらいなら、うちによこせ」

どういうネタであれ、他局の後塵《こうじん》を拝することが何より屈辱なのだ。

「だから真っ先にＭＥＴに持ってきたじゃないですか。けど、信じてもらえないようなので、これ以上話すことはありません」

「肝腎の部分を話さないでおいて、どう信じろというんだ。だいたい、川島がどこに現われるのかわからなければ、クルーを送り込めない」

「情報だけ提供して、はいご苦労さんでは、たまったもんじゃありませんから」

「見返りを要求しているのか？」

今がそのタイミングと、長谷見はつと足を止め、そして振り返った。

「私に取材する許可を与えてください」

「おまえは停職中だろうが」

「だからお願いしているのです。社会人としての常識にのっとれば、まずは私の所属するエンザイムに復職を願い出、社内で話し合った結果承諾されたらMETに伺いを立て――という手順を踏まなければならないのでしょうが、そんな悠長なことをしていたら、特番は終わってしまいます。せっかくのネタを放送できなくていいのですか？　生で、独占なのに」

長谷見は大きな手振りをまじえ、体ごとぶつかるように訴えかけた。

「脅すのか」

「川島が現われる時間は決まっており、それはこちらの都合で動かせません。一刻を争う状況なのです。だからうちの会社はすっ飛ばし、局のチーフプロデューサーにお願いしているのです。桑島さんが背中を押してくれ、川島輪生の姿が電波に乗れば、あとは事後承諾でどうにでもなります。勝てば官軍ですよ。とにかく今晩のイベントをリアルタイムで伝えることが大切なのです。昨日や明日は無理でも、朝まで生放送を行なっている今日なら、それが可能なのです。この機会を逃してどうします。私一個人がどうこうではなく、桑島さんやMETにとっても大きな損失じゃないですか。これは五十年百年語り継がれるスクープですよ。それをみすみす逃すと？　いいでしょう、私が勝手にやります。TVJに売る？　いいえ、長谷見潤也一人放送局です。ネット配信ですよ。で、一夜明け、番組で動画を使わせてくれと、各局から私にコンタクトがあるわけです。METもどうせそうなるのだから、今のうちに契約をかわしておきません？　そしたら他局に先行して流すことができますよ。スクープは失敗だけど、テレビの世界では一歩抜け出せ、局員としては鼻高々でしょう？」

暖房の入っていない駐車場なのに、長谷見のこめかみを、首筋を、玉の汗が滴り落ちる。

「二流の詐欺師の口上だな」

禁煙のフロアで桑島はタバコを取り出す。

「オワコンオワコンとほざいているネット信奉者に、テレビの力を見せつけてやりましょうよ」

長谷見は中段に構えて両の拳に力を入れる。

「確かな情報がないのにギャンブルに乗る気はない」

桑島は埃でも払うように手を振る。しかし立ち去るわけでもない。

「損をしないギャンブルならいいでしょう？　悪くても引き分け」

「そんなギャンブルがあるか」

「川島が現われるとされる某所にスタンバったら、オンラインで映像を送り続けます。それを見ていて、本当に川島が現われたらブレイク・インしてください。それができるのが生放送の強みじゃないですか。何も起きなかったら使わなければいい。局も桑島さんも痛手は負いません」

桑島は尾を曳《ひ》くようにうなり、ストールに両手をかけてコンクリートの梁《はり》を睨みつけた。

「ちょっと待ってろ」

ブレザーのポケットからガラケーを取り出し、長谷見から離れてダイヤルする。

自分はやはりこちら側の人間だと、テレビの世界からしばらく離れたことで、長谷見は思いを新たにした。

雑多な人間が集まり、怒号や罵声が響き、紫煙と汗にまみれ、それぞれがばらばらに働いていたのに、やがて一つのものができてしまう不思議な世界。オンエアという絶対的なスケジュールに支配され、視聴率という化け物に睨みつけられ、追い立てられ追い詰められて作業をしていると、神経が研ぎ澄まされ、脳内麻薬があふれ出す。この熱さは現場でしか感じられない。ネットも人の集合だが、顔が見えない、体温が感じられない。アクセス数が増えても孤独だ。

現在のテレビはネットへの依存が目にあまるが、ネットもテレビによりかかっている。テレビのニュースもバラエティもドラマもスポーツ中継もない状態で、ネットはその代替たりうるだろうか。

テレビという巨人があるからこそ、カウンターカルチャーとしてのネットがある。ネットは誕生以降、驚くべき速さで怪物に成長したが、完全に自立するところまで成熟はしていない。

テレビはブラキオサウルスのような恐竜だ。その巨大な体ゆえ、機動性でネットの後塵を拝することとなっており、今後どれだけ脚を動かしても追いつくことはかなわず、むしろ背中は遠のくばかりだろう。

しかし巨大な体の中には蓄積された資産がある。資金や資材に富み、末端まで組織的に動かせる人員を抱え、スペシャリストも網羅し、各界への強いパイプがある。そして、そういう権力にも似た力があってこそ実現できるコンテンツが確かにある。だからテレビは、大衆が送り手の側に立つようになったこの時代においても圧倒的なメジャー感があるのだと、この二週間、局外者として引いた位置から眺めていて、長谷見は感じた。

トカゲの尻尾として切られた恨みはまだ消えていない。しかし外から会社や局を攻撃し、たとえ一太刀浴びせることができたとしても、胸がすくことはないだろう。中にいて、つまりテレビ業界で成功をおさめ、トカゲの尻尾を切る側に回ることが本当の復讐なのだと、長谷見は照準を定め直した。

電話を終え、桑島が戻ってきた。

「ガセだったら、おまえの居場所は永遠にないと思え」

※これは演出の範疇です

1

「今年も一年おつかれさんさんワイドすぎて気づいたらアサダージョ」の十七時間生放送も折り返し点を過ぎた十二月十一日午前二時五分、METの系列地方局がローカル枠で放送した地域の話題を紹介する「二〇一六あなたの知らないあの街この人大賞」というコーナーがオンエアされていた時だった。雛壇芸人のコメントの途中で、カメラが総合司会の膳所光一に切り替わった。

「たった今、大きなニュースが飛び込んできました。五件六人の殺人容疑で指名手配中の川島輪生《もとき》容疑者が見つかった模様です」

スタジオがどよめく。

「現場の中継、入りますか？　まだ？　川島容疑者は、先月二十一日の未明、自宅で母親と知人男性を殺害した容疑で指名手配され、その後、十月から十一月にかけて発生した三件の死亡事件への関与も疑われ、さらに今月六日に元同僚を殺害した容疑でも逮捕状が出ていました。中継がつながったようです。お願いします」

2

画面の右肩に〈LIVE〉と、左肩にはTwitterの鳥のロゴと〈＃一年おつかれダージョ〉の文字が白抜きで表示されている。

画面全体はざらついた深緑色をしている。光が乏しい中、感度を上げて撮影しているからだ。しかし最新鋭のイメージセンサーと画像処理エンジンの能力はすばらしく、一人の男の姿をはっきりとらえている。ズームするとさすがに画質が粗くなるが、瞬きや口の動きはわかる。

「スタンバってる？」

カメラがとらえている男は楠木虎太郎だった。片脚を軽くあげ、スニーカーの踵で床を叩く。床下からノックの応答がある。

「本当にもぐってるよ。ここの釘を抜いたのか。窮屈でクソ寒いのにご苦労さん。その努力が報われず、同情を禁じえないぜ」

虎太郎はその場にしゃがみ込む。

「何を言ってるんだ」

長谷見潤也がささやくように言った。

「リンネは来ないぜ」

　虎太郎は床板の上に胡坐をかき、長谷見を置いてきぼりに、全然違う話に移行する。

「なあジュンさん、ハッピーキッチンの駐車場でリンネに襲われたあと、オレ、あんたに電話したよな。テレビ用にあんたが仕込んだものと思ったからだ。けど、非難するために電話したんじゃないぜ。責任を取らせようとした。治療費の請求？　ちげーよ。死体の処分だ」

「死体？」

「リンネの死体に決まってんだろ」

「川島？　死体？」

　長谷見は締まりのない口調で尋ね返す。

「オレは襲撃者を追いかけた。そして追いついた。見失っちゃいなかったんだよ」

「え？」

「で、路地の暗がりでボコボコにしてやった。野郎、その時はまだ生きていた。駐車場に戻り、虫の知らせというのかな、気になって車で見にいったら、ぐったり横になっていた。軽く蹴っても動かない。とりあえず車に乗せて手首や首筋をさわってみたところ、脈が全然ない。心臓を強く叩いても息を吹き返さない」

「まさか……」

「そりゃもうパニックになったよ。それがおさまってくると、ジュンさん、あんたの顔が頭に浮かんだ。この襲撃は『明日なき暴走』の仕込みに違いない。仕込みの襲撃で死人が出たのなら、その責任の半分は、仕込みを企てた人間にあるだろう。殺人教唆《きょうさ》と同じことだ。だからあんたを呼び出して、半分の責任を負わせることにした。死体の処分を一緒にやってもらう」

カメラは胡坐をかいた虎太郎を下方からとらえている。途方もない告白をしているのだが、彼の表情にも言葉にも乱れはない。

「ところが電話してみると、話が嚙み合わない。仕込みを否定され、それが嘘にも聞こえない。この襲撃はテレビ用のパフォーマンスではなかったのか？　だとしたらジュンさんに責任はなく、死体の処分を手伝えと言ったところで無意味で、関係者でないのなら、こんな大変なことを打ち明けるわけにはいかない。ということで本当のことを言えなくなってしまい、ジュンさんの質問にもごまかすように答えることになった。たとえば名刺。襲撃者が逃げる際に落とし、それを拾っているうちに逃げられてしまったと言ったけど、本当は、いったいこいつは何者なのだと死体の身体検査をして、財布の中から見つけたんだよね。

さらに話すうちに、おかしな雲行きになってきた。ジュンさんが主導権を握り、今後のことを仕切りだした。独自の捜査で通り魔を見つけ出してやると鼻息を荒くする。おまけに、警察に届けて事件化しろと言う。おいおい待ってくれ、素人探偵はまだしも、警察が捜査したら、オレがやったことがあばかれてしまうぞ。

川島輪生を生かしておくことにしたのは苦肉の策だったんだよ。生きて逃亡していると思わせれれば、捜査の矛先はオレに向かないと考えた。一生なりすますのは無理だけど、しばらくの間、そうだな、春が来るまでなりすまし続けたあと、忽然《こつぜん》と姿を消すようにすれば、オレを襲ってから三、四か月経っているのだから、やつが消息を絶ったこととオレを結びつけて考えられることはないだろう。そしてそれだけ時間があれば、死体の完璧な処理法を考えることもできる。この季節なら、死体の一時保管も、なんとかなりそう。

じゃあどうやってなりすますか。真っ先に思いついたのはSNSだった。ジュンさんに電話する前に死体の身体検査をしたことはさっき言ったけど、その時スマホの中も見て、やつがTwitterをやっていると知った。生前最後のツイートは、ハッピーキッチンでオレらが暴れているのを見てのやつで――」

ここで虎太郎はスマホを取り出して操作する。

「ああこれだ、〈そのへんにしとけよ。フライトジャケットのおまえだよ。髑髏の帽子をかぶってる女も。天罰が下るぞ〉。これが更新され続ければ、川島輪生は生きていることになるんじゃね？」

「なりすましでツイートするには〈ナナシカオナシシモンナシ〉のパスワードが必要だが。ハッキングしたのか？　どこでそんな技術を？　いや、それ以前に、川島のスマホの中をどうやって見たんだ？　さいわいにもロックがかかっていなかったのか？」

長谷見は己が身より、社会正義より、スクープを優先させて尋ねる。

「襲撃者に追いつき、ボコったあと、ケータイ番号を訊いた。治療費と慰謝料を請求しないといけないからな。やつはスマホの設定画面を見ながら番号を告げた。頭を打ったショックでど忘れしたのか、はたまたオレと同じで自分のケータイ番号を憶えようとしていないのかはわからないが、番号を見るためにスマホを開いた。スマホにはパターンロックがかかってたよ。けど、ダメージのせいか指の動きが遅く、かつ〈M〉という単純なパターンだったため、オレの記憶に残ったってわけ。自分の名前のイニシャルだな。

ケータイ番号を聞いたあと、もう一発蹴っぱくってやったんだけど、どうもそれがよけいだったようだな。びっくりするくらい気持ちよく入ってね、スコーンという抜けのいい音が聞こえたんだよ、いやマジで。

というのはさておき、スマホのロックを解除できれば、あとは自由に使える。Twitterのアプリにはパスワードが記憶されているから、ツイートする時にいちいちパスワードを入力する必要はない。LINEもメールも」

虎太郎はスリープ状態になったスマホの画面の上で、指先を繰り返し〈M〉と動かしている。

「ハッピーキッチンでの一件の中で川島が死んだのなら、その何時間もあとに川島の母親を殺したのは……」

「オレ」

「川島輪生がまだ生きていると思わせるためにか」

「最初はそのつもりはなかった。リンネの自宅に行った理由は、一つは、なりすますためにはやつのことをよく知る必要があった。橋本眼科でジュンさんを待っている間にツイートを流し読みしたんだけど、不平不満に罵詈雑言ばかりで、本人の趣味嗜好やプロフィールはわからなかった。自宅をあされば人物像が摑めると思った。

もう一つは、やつがオレを刺すのに使った鋏を置きにいきたかった。そうすれば、オレを襲ったあと自宅に戻ったと、つまりまだ生きていると見せかけられるだろう？

ツイートから、母親と同居しているようだとは察しがついていた。けれどこっちは切羽詰まっているから、彼女が出かけるのを悠長に待っていられず、ジュンさんと別れたあとすぐに多摩川を渡った。自宅の住所は財布に入っていた健康保険証でわかった。

『明日なき暴走』の経験で、このご時世、そこらじゅうに防犯カメラがあると知っていたので、山吹荘に車で乗りつけるようなことはしていない。自分の車は石川台までで、そこから結構な距離を歩いた。歩いている姿がアパート近くの防犯カメラに映されてもいいように、リンネから脱がせたジャケットを着て、フードを深くかぶった。〈しくった……〉という最初の偽ツイートをしたのもこの往き道でだったな。

山吹荘に着いたのは三時少し前だったかな。そんな時間なので、二号室の明かりは消えていた。中へは、リンネのポケットにあった鍵を使い、玄関から堂々と入った。当然手袋をしてだ。恐ろしく散らかった台所を抜けた先には半分開いたガラス障子があり、覗いてみると、そっちもゴミ溜めのようで、女が鼾をかいて寝ていた。奥には襖があったので、その向こうにも部屋があり、リンネが寝起きしていたのはそっちだろうと考え、女を起こさないようまたぎ越し、襖を開けて驚いたね。おっさんが寝てたんだよ。そういやＴｗｉｔｔｅｒに、母親が自分がいない間に男を連れ込んでいる、くそったれ、みたいなことが書かれてたっけ。

リンネのお袋を殺そうと決めたのはこの時だ。男を連れ込む前から親子の折り合いが悪かったことはツイートから感じ取れていた。通り魔に失敗してむしゃくしゃして帰宅したら母親が男とよろしくやっていてブチ切れた——いかにもありそうじゃね？

決めたら即実行だ。躊躇していたら失敗する。おっさんの顔を掛け蒲団でおおい、そこに縦四方固めの要領でのしかかった。もがいたのは二十秒くらいで、蒲団のおかげで声も漏れなかった。動きが止まっても五分くらい押さえ込み続けた。それから蒲団を剝ぎ、リンネのデイパックの中にあった鋏で体を刺した。男を殺《や》っている間に女が目覚めないかというのが一番の心配だったけど、鼾が乱れることもなかった。酒に加えて眠剤も服《の》んでたんだってな。母親のほうも男と同じように片づけると、鋏はその場に放置し、二人の財布を奪って部屋をあとにした。川島輪生が逃亡するためには金がいるからな。〈死ね死ね死ね！〉は帰り道でツイートした。

うちに着いたのは明け方近かったな。傷を縫ったばかりでシャワーは浴びられないから体を拭こうと思いながら帰ってきたのに、いざ着いたらとてもそんな元気はなく、ひと休みのつもりでソファーに横になったら、そのまま眠りに落ちてしまった。けど一時間もしないうちにジュンさんに叩き起こされた。あまりに疲れすぎてて、警察を前にしても、あんまり緊張しなかったな。現場での事情聴取が終わってやっと眠れると思ったら、ジュンさんにつきあわされてまた山吹荘に行くことになり、身も心も頭脳も、もう一滴も残っていないってくらい絞りつくした。

けど、山吹荘にもう一度行ってよかったよ、結果的には。どうしてだかわかる？」

「いや」

とだけ長谷見は答える。

「普通は、人を殺したら死体を隠そうとするじゃん。死体が発見されなければ事件として捜査がはじまらないから。けどオレは、この殺しをリンネによるものと見せかけたかったから、むしろ早くに死体を発見してほしかった。だから山吹荘二号室の玄関ドアには鍵をかけずに立ち去った。

ところが朝のテレビでも、SNSでも、大田区北千束で変死体発見という情報は流れなかった。何時間も経っていないのだから、べつにあたりまえのことなんだけど、当事者としては、早く発見してくれと焦るわけよ。

そんな時、ジュンさんがリンネの自宅を突き止め、訪ねると言ってきた。しめたと思ったね。ジュンさんが発見してくれる。実際には、オレが発見させることになったんだけどね。

だめだよ、ジュンさん、チャイムを押しても呼びかけても応答がないからといって、はいそうですかと帰ろうとするとか。訪問販売員でも宗教の勧誘でも、いちおうドアノブを回してみるぞ。テレビの人間なんだから、もっと図々しくしないと。しょうがないからオレが開けてやった」

虎太郎は笑うが、長谷見はくすりともできない。

「しっかしリンネのやつ、オレを襲う以前にも何人も殺してたとはな。ツイートを流し読みしただけでは気づかなかったぜ。マジぶったまげ。オレ、駐車場で後ろから襲われて、よく殺されずにすんだな」

残忍な言葉を吐く時も、虎太郎は淡々としている。

「〈ナナシカオナシシモンナシ〉としてツイートを続けることで川島輪生が生きていると思わせようとしたとのことだが、実際にはわずか二日でツイートをやめている」

長谷見も淡々と応じる。頭の中は混沌《こんとん》としていたが、オンエアを意識して感情を抑えつけていた。

「警察の捜査がはじまってからは、リンネのスマホの扱いには慎重さが求められた。ＧＰＳや基地局の位置情報から端末がある場所を特定されたら一巻の終わりなので、機内モードにしたうえでＷｉ－Ｆｉだけはオンにするという裏技的な設定で使った。こうすると、位置情報を知らせるＧＰＳや携帯回線の電波が端末から発せられなくなるため、いわゆる逆探知される心配がなくなる。その一方でＷｉ－Ｆｉは有効なので、Ｗｉ－Ｆｉに接続できる環境であれば、インターネットのサービスを享受できる。今はそこらじゅうに、コンビニや路線バスの車内にも無料Ｗｉ－Ｆｉスポットが設置されている。逃亡中の人間でも通りすがりに使えるので、川島輪生もそう運用したという状況設定は不自然ではない」

虎太郎はスマホの設定画面を開いて説明する。

「逆探知される心配がないのに、どうしてツイートをやめた？　めんどうになったのか？」

「フォロワーが爆発的に増えてしまったからだよ。リンネはＴｗｉｔｔｅｒを、他者とつながるため、あるいは情報発信のためにやっていたのではない。憂さ晴らしの独白だ。フォロワーが実質ゼロだったことから、それは明らかだ。誰に読ませるつもりもなく、誰も読んでいないと安心していたから、〈死ね〉とか〈殺す〉とか、好きほうだいつぶやいていた。

ところがＴｗｉｔｔｅｒの存在があばかれると、一夜にしてフォロワーが五万だ。フォローせずにチェックしている者は、その百倍はいるだろう。一度見にくる程度の者も入れれば千倍？　ビビったね。自分のＴｗｉｔｔｅｒではないんだけど、こんなに大勢から、それこそ日本中から注目されているかと思うと、怖くなった。で、思った。本物の川島輪生も、こういう状況になったら、きっとビビるに違いない。フォロワーがいなかった時と同じ気持ちでいられるわけがない。激しく動揺し、ツイートをやめるぞ、フツー。それが人として自然な反応であり、言い換えるなら、ツイートをやめることで、むしろ生きている証しになるんじゃね？　オレはそう考え、すっぱりツイートをやめた」

虎太郎はワークパンツのポケットにスマホをしまい、別のポケットから加熱式タバコのホルダーを取り出す。

「ツイートができなくなったから、白岡敬和の財布を捨てた。川島が捨てた、すなわち彼は生きていると思わせるために」

長谷見はインタビューするように続ける。

「ツイートしなくなったら川島の生存を疑われるんじゃないかと不安になってね。どう行動しても何かの影に怯《おび》え続けるのが犯罪者の宿命なのだと、妙な悟りを開いたよ」

「財布には川島の指紋がついていた」

「死体の手に握らせた。ぞっとしなかったけど、川島の指紋がついていないとおかしいもんな。母親のほうの財布は、時間を置いて、別の場所に捨てるつもりだった。アピールの材料にはかぎりがあるから、小出しにしないともったいない」

「川島の死体はどこにあるんだ？　今もおまえの車の中なのか？」

「まさか。実家が管理しているコンテナ倉庫。ホムセでガーデニング用の大型ストッカーを買ってきて、その中に入れた。気休めに脱臭剤も」

「プサリスの羽沢を殺したのも、川島の生存を示すためなんだな?」

「羽沢は、ジュンさんが殺したも同然だぜ」

「何だと?」

「美容室に火をつけたうえ、あんなDMで釣ろうとするから」

「〈夜の彷徨人〉のDM?」

「そう。川島輪生になりすましてツイートするのは中止しても、やつのスマホを機内モードのWi-Fiで運用し、Twitterを随時チェックしていた。やつのアカウントからでないと、〈ナナシカオナシシモンナシ〉宛のDMを読めないから。あと、〈ナナシカオナシシモンナシ〉へのリプライも、外部から検索して拾うより、本人のアカウントのタイムラインに目を通すほうが楽だし。

ジュンさんもリプライの一部はチェックしてたと思うけど、そりゃもうすさまじい数のメッセージが寄せられるんだぜ。警察への出頭をうながすもの、おまえは人間のクズだと憤慨するもの、もっと殺せと煽ったり、ウイルスが仕込まれたサイトへのリンクが張ってあったり、嫌がらせのつもりなのか意味のない百四十文字を延々とリプし続けるやつ、記念にリプしてみただけというのも多いな。あと、マスコミや自称ジャーナリストからの取材依頼ね。最初はおもしろがって全部に目を通していたんだけど、一日でうんざりした。なのにチェックを続けていたのは、リンネの知り合いからコンタクトがあるかもと期待してたからだ。生存していることをアピールする道具として利用できる。ところが知り合いと思しき者からのコンタクトはなく、ある日、〈夜の彷徨人〉という、どこかで聞いたことのあるアカウントからDMが届いた。

ニーナに煽られてジュンさんが暴走をはじめ、二人は競うように暴走を加速させていった。放火、犯行を映した動画のアップ、なりすまし放火であることの暴露、そしてDMによる取引の持ちかけだ。おいおい、こいつら、どこまで行くつもりなんだ。けど、あきれただけじゃない。逆に利用してやれと思った。

この流れの中で、本物の川島輪生ならどう行動する？　自分になりすました人間に憤るだろう。〈夜の彷徨人〉との取引には応じないだろう。DMの内容から、なりすまし犯は自分の見知った人物であるのかもしれないぞと疑いを持つ。知り合いの中で誰がこのような嫌がらせをと想像すると、プサリスのスタッフが思い浮かぶ。元同僚にはハブられた恨みもあるので、詰め寄ったすえに殺しても不思議ではない。やつがハブられていたことは今や世間にも広く知れているので、プサリスのスタッフが殺されれば、世間は反射的に川島輪生による報復だと考え、すなわち川島輪生はまだ生きていると信じて疑わない。

リンネのスマホの連絡先アプリを見ると、〈プサリス〉とグループ分けされた中に、同僚たちのアドレスが並んでいた。携帯番号やメアドだけでなく、誕生日や血液型も入力してあるという律儀さだ。当然住所もあり、それを頼りにターゲットを選んだ。

最初に狙いをつけたのは水谷更紗だった。SM嬢というイニシャルでツイートされている同期入店の女と思われ、リンネは彼女をこころよく思っていないらしく、ツイートされている回数も多く、ターゲットとしては申し分ない。しかし水谷の住所を訪ねてみると、一戸建ての立派な家だった。同居人がいては襲撃は難しい。次に選んだ真崎という女も実家住まいだった。男より女のほうが襲いやすいと考えての選択だったが、女より男のほうが独り暮らし率が高いのかもしれないと路線を修正し、羽沢健に狙いを定めた。こいつは水谷以上にリンネとの相性が悪く、Twitterへの登場回数はナンバーワンだ。

はたして羽沢は単身者向けのマンション住まいだった。リンネのコスチュームで訪ね、川島輪生からメッセージを預かっているとドアを開けさせ、スプレーで目潰しし、結束バンドで手足を拘束、刃物で脅して彼のスマホのカメラに向かって用意した台詞《せりふ》を喋らせ、職場のLINEグループに送ったのち、川島輪生に殺されてもらった。刃物は、台所の水切りにあった庖丁を拝借した。リンネは金に困っているはずだから、財布から現金を抜いた」

虎太郎はタバコのホルダーからヒートスティックの吸殻を抜き、大きな動作で暗闇のどこかに投げ捨てた。

「兇器と羽沢のスマホ、財布、ドアノブから川島の指紋が出ているが」

長谷見は尋ねる。

「リンネの死体の指紋をつけた」

「それって、まさか……」

「リンネの死体を羽沢の部屋まで運んで、庖丁やスマホを握らせたんじゃないぜ」

虎太郎は思わせぶりな笑みを漏らす。

「じゃあ……」

「死体の手首を切断して、手だけを持ち運んだ」

虎太郎の笑みが大きくなる。

「ああ……」

「って想像したろ？　してねえよ、さすがにできねえ。型を取って複製した指先を使ったんだよ。まあそれも気持ちいい作業じゃなかったけど」

「複製した指先？」

「山吹荘で奪った白岡敬和の財布を捨てるにあたり、リンネの死体の手に握らせた。その時はまだだいじょうぶだったが、今後腐敗が進んだら指紋スタンプはできなくなると心配になった。指紋は個人を特定するうえでの最重要クラスの証拠だ。それが使えないと、川島本人であることの信憑性《しんぴょうせい》が下がり、なりすましがうまくいかなくなる。そこで、指紋が採れるうちに複製を作っておくことにした」

「どうやって？」

「特殊な道具も技術も必要じゃない。用意するのはプラスチック粘土と食用のゼラチンだ。どっちも百均で手に入る。プラスチック粘土は、熱すると軟らかくなり、冷えると硬化する。湯煎《ゆせん》して軟らかくしたとこに死体の指を押しつけて指紋を転写し、冷えて硬くなったら、そこに湯で溶いたゼラチンを流し込み、これも十分冷えたら、固形化したゼラチンを粘土の型から剝ぎ取って完成だ。粘土の型には指先の凹凸が反転した形で転写され、そこに流し込んだゼラチンには、反転の反転で、元の隆起線と同じものがコピーされているから、そこに脂っぽいものを薄く塗ってスマホやドアノブに押しつければ、川島輪生がさわったことになるってわけ。ゼラチンは固まったあと時間経過で縮むから、指紋スタンプを使用する直前に型に流し込むようにすることが注意点。

ジュンさん、やっぱネットだよ。テレビは自主規制や情報操作で、都合の悪いことには蓋をしたりフィルターをかけたりするけど、ネットは何でも教えてくれる。ジュンさんも、いいかげん、テレビにしがみつくのはやめろよ。ネットのパクりばっかしててもつまんねえだろ」

虎太郎は胡坐の脚を組み直し、床板を叩いた。

「ニーナは？　一連の事件がおまえによるなりすましだったら、彼女が拉致されているというのは、川島の生存を示すための狂言なのか？」

「半分は合ってる」

「半分？」

「彼女がジュンさんには協力せず、穴狙いでケーキ屋のねーちゃんを見張ろうとしたのは事実。一緒にやろうと誘われた。オレは逆に提案した。

ケーキ屋にリンネが現われる可能性がどれほどあるだろう、それよりジュンさんを確実にやり込める手がある、おまえがリンネに拉致られ、オレが脅迫されるというドッキリを仕掛けるんだ、ってね。

ニーナは二つ返事で食いついてきた。信憑性を増すために、親や子子との連絡を絶ち、暴行を受けたようなメイクを施して動画を撮影し、リンネに奪われたという設定で自分のスマホからLINEで脅迫メッセージを送る。これまた信憑性を増すために、ジュンさんのいる前で電話に出させる。監禁されて弱っている被害者としてだけでなく、声色をつかっての加害者としても。ハッピーキッチン店内の写真は、オレがリンネのスマホから送った。あいつ、ハッピーキッチンでの騒ぎを隠し撮りしてたんだな。スマホの中に写真があった。その写真を添付したメールをジュンさんが来る前に作成しておき、床でもだえるふりをしてポケットのスマホからポチッと送った。

とまあ、そういう企画だったんだけど、どうよ、ドッキリした？」

虎太郎は胡坐をかいた膝で頰杖をつき、ふてぶてしくもあくびを漏らす。

「あ？　ああ」

「ドッキリしてくれたならニーナも大喜びだろうよ。いい冥土《めいど》の土産だ」

「は？」

「もういいかげんうんざりなんだよ！」

虎太郎は両方の腿を力強く叩いた。そして跳ねあがるように立ちあがった。

「おいこらニーナ、好き勝手にふるまうのもいいかげんにしろっつーの。おまえがジュンさんを煽って放火したことがきっかけで、その後どんどんめんどくさい方向に転がっていったんだぞ。責任取れよ。だいたい、おまえには前からムカついてたんだよ。気分で行動を変え、自分の要求を百パー通そうとする。そうだよ、あの晩予定どおりオレと一緒に帰ってれば、オレはリンネに襲われなかった。リンネに襲われなければ、その後何も起きなかったんだよ、ああ、ちくしょう！」

虎太郎は頭を搔きむしる。

「ニーナは、今、どこに？」

長谷見は声を落として尋ねる。

「助けようって？　じゃないか、あんたの場合。そのカメラに収めたいだけだよな」

　虎太郎は片脚をあげ、床板を勢いよく踏みつける。

「まさか……」

「安心しろ。ニーナは生きてるよ、現時点では。それが安心と言えるかは別問題として」

「冗談だよな？　彼女はおまえの恋人だもんな」

「だからぁ、あいつにはうんざりしてたって言っただろう。たしかにつきあってたけど、じゃあ今後一生つきあい続けることが義務なわけ？

　ただ、ああいう女王様タイプに、おまえとは相性が合わないから関係を解消しようと切り出しても、それなら仕方がないわ別れましょうとはならない。相当な修羅場が予想され、それがめんどうで、なんとなくつきあい続けていたら、今回の一連の出来事だ。こっちは人を殺しちまって、その隠蔽に連日頭と体を絞りつくしているというのに、勝手なことばっかりして、その尻ぬぐいに手をかけさせやがって。このまま放置しておいたら、どんな不測の事態が発生するかわかったもんじゃない。切り捨てる決断がついた。

　そうとも知らずあの女は、この近くで待機している。オレから連絡があったら、ドッキリでしたーと、ピンピンした姿でジュンさんの前に現われるという段取りを伝えてある。けれどドッキリするのはあいつのほうなんだな。死体とご対面なんだから」

「死体？　川島の？」

「おめでてーな」

※これは演出の範疇です

　虎太郎は床板を爪先で蹴りつける。

「ジュンさん、あんたにもうんざりなんだよ。あんたの我慾に振り回され、どんだけ冷や汗をかいたことか。ニーナと同じで、あんたも生かしておいたら、どんな災いがもたらされるかわかったもんじゃない」

「な……」

「ニーナの拉致監禁に接し、彼女の命を最優先するような行動をあんたが取ったら、たとえば警察に相談しようとしたら、見逃してやってもいいかなと思っていた。ドッキリだと打ち明け、ニーナともども殺さないでおこうかなと。取引まで半日もあったのは、あんたに考える時間を与えたんだよ。ところがどうだ、あんたは最初からネタにすることしか頭になかった。あんたは鼻先にぶらさがっていたチャンスをみすみす逃したんだよ。ま、わかってたことだけどな。

　あんたの傲慢さ、上から目線、押しつけ、何かにそっくりじゃないか。テレビだよ、テレビ。ジュンさん、あんた、自分の力で世の中をコントロールできると思ってるだろ？　そういう時代は終わったんだよ。風を読めないやつは退場、退場。ニーナともども川島輪生に殺されてくれ。自己中同士、あの世で仲よくな」

　虎太郎は腰を落とし、床板の隙間に両手の指をかける。

「待て」

　長谷見は暗闇で体を強張《こわば》らせる。

「二つの死体のそばには遺書らしき文章が記された川島のスマホが遺されており、彼はこれを最後に消息を完全に絶つ。一年後、某山中で川島輪生の死体が発見される。しかしすでに白骨化しており、死んだのが十一月二十日なのか十二月十一日なのか、現代の科学をもってしても判定することはできない」

虎太郎は床板を持ちあげる。

「よせ」

「やりすぎるといつか手痛いしっぺ返しを食うと、オレは何度も警告したはずだぞ。なーにが、テレビで生中継？　調子に乗りすぎなんだよ。テレビで流れるのは、長谷見潤也の惨殺体発見のニュースだっつーの。これって殉職？」

「やめろ。落ち着け」

長谷見の荒い息づかいをマイクが拾う。

「今日のこの事態は一年前から決まってたんだよ。オレらは何でハッピーキッチンで騒いでた？　あんたに発注された『明日なき暴走』という名のやらせ企画の打ちあげだ。でもって、この騒ぎでもう一本作れるぞと、見栄えがするように暴れた。

やらせ企画がなければ静かにメシを食ってたさ。そしたらあの場にリンネが居合わせたとしても、オレに刃を向けようとはしなかった。刺されなければ、反撃することもなかった、駐車場の外まで追いかけなかった、頭に蹴りを見舞うこともなかった。何も起きなかったんだよ！　今ごろ、あんたもオレも、いい気分でベッドの中だったはずなんだよ！

一年前に、あんな企画を起ちあげたことが間違いだったんだよ。恨むなら自分を恨め」

　虎太郎は床板を一枚取り除いた。横に放り捨て、床にぽっかり空いた細長い穴に覆い被さるように四つん這いになる。左手を穴の横につき、右手を頭の横まで振りあげる。先の尖った物体のシルエットがテレビの画面でも確認できる。

　逆手に握ったそれを、虎太郎は穴の奥に振りおろした。獣のような荒い息を吐きながら、二度、三度と振りおろす。

　雄叫びにも似た絶叫が暗闇に響きわたった。

　断末魔の叫びはやがてうめき声となり、徐々に力をなくしてついに消えてしまうと、真っ暗になったテレビ画面の右肩に、白抜きのテロップだけが残った。

〈ＬＩＶＥ〉

＃一年おつかれダージョ

〈えええぇぇ？〉

〈ｍｊｄ《マジで》？〉

〈刺した？　刺したよね？　悲鳴があがったよね？〉

〈おいおいおい、嘘だろ。生中継だぞ、これ〉

〈嘘です。テレビですもの〉

〈救急車！　救急車！〉

〈俺氏が歴史の証人になった日〉

〈やらせ案件w〉

〈スタジオのお笑い芸人が凍りついている件〉

〈犯人は確保したのか？〉

〈当然、刺された人以外にもスタッフが何人も行ってるよな？　刺されるのを黙って見ていたのか？〉

〈黙って見てたよね、豊田商事の会長が刺された時〉

〈×見てた　◯撮影してた〉

〈決定的瞬間のことを「見世物」と呼ぶ業界ですが、何か？〉

〈東京消防庁の中の人です。管轄外なので伝聞ですが、大田区南六郷でMETの番組制作スタッフが刺され、区内の救急病院に搬送されました。現場に到着した時にはすでに心肺停止状態でした〉

〈ガセネタ乙〉

〈具体的な地名が入ってる〉

〈ちょっと現場に凸してくる〉

〈消防署のコンプライアンスはどうなってるんだ〉

〈近所に警察の車がたくさん来てる@南六郷〉

〈刺されたテレビの人、死にました。搬送先のO病院のナースからの情報です。親友なのでガセネタではありません〉

3

黒塗りのワゴン車が長い警笛を鳴らしてゆっくり走り出す。タイヤが水しぶきをあげ、紗織《しゃお》りのような雨にテールランプをにじませて姿を薄くしていく。そのあとをマイクロバスとタクシーが続き、しずしずと町屋に向かう。

長谷見潤也は建物の陰に立ち、火葬場を目指す車の列が雨に呑み込まれて消えてしまうまで見送った。ときどき肩を抱くように身を縮めるのは、傘も差さずに冷たい雨に打たれているからではない。あの車の棺の中に納められていたのは自分だったかもしれないと思うと、体の芯からふるえが湧き起こる。

起田柳児の葬儀には出なかった。どの面さげて遺族の前に立つ。彼女は長谷見の身代わりとなって死んだ。彼は彼女の手当てそっちのけで、楠木虎太郎のコメントを取るためにカメラを回した。

あの晩、ＭＥＴの駐車場で桑島圭一との交渉を終えた長谷見は、すぐに南六郷の廃アパートに戻り、バールを使って一〇六号室の床板を剝がしていた。そこに起田が現われた。

桑島の命により長谷見の車をタクシーで尾行してきたという。桑島が駐車場で電話していた相手は起田だったのだ。

長谷見を監視し、川島輪生が、いつ、どこに現われるのかを探り出して報告しろ、というのが桑島の指令だった。時間と場所がわかったら、クルーを送り込み、停職中の下請けから手柄を横取りしようという魂胆だった。

しかし起田は上司に従わなかった。長谷見に同情したのではない。大きなことをやろうとしているのなら、自分も一枚加わりたいと寝返ったのだ。彼女にも、いつまでも使いっ走りでいたくないという思いが強くあった。

長谷見にとっても、実は願ってもない申し出だった。カメラ一台では映像として弱いと思っていた。床下からだと実質固定になるし、ましてこの暗さである。見栄えがしない。

もう一台カメラを使えるのなら、理想は横からである。横位置で身を置ける場所としては押入と天袋があった。しかしいずれの襖も取り払われており、犯人から丸見えとなる。そこで二台目は天井裏からとした。天袋の天井板がはずれ、上にあがれるようになっていた。体重を考え、長谷見は起田に天井裏を担当させようとしたのだが、高いところは怖いからと言われ、彼女は床下にもぐらせた。

上と下に分かれ、それぞれ体のポジションやカメラの角度を調整していると、虎太郎がもうやってきた。事前の申し合わせでは、川島に指定されたのが午前二時なので、その一時間半前に来てカメリハを行なうということになっていたのだが、虎太郎がやってきたのは約束より一時間半も前の午後十一時だった。

「スタンバってる?」

虎太郎は靴の踵で床を叩いた。起田が床下からノックで応じた。

「本当にもぐってるよ。ここの釘を抜いたのか。窮屈でクソ寒いのにご苦労さん。その努力が報われず、同情を禁じえないぜ。おめでてーな。リンネは来ないぜ」

虎太郎は床板を爪先で蹴りつけたのち、その場にしゃがみ込んだ。

「やりすぎるといつか手痛いしっぺ返しを食うと、オレは何度も警告したはずだぞ。なーにが、テレビで生中継？　調子に乗りすぎなんだよ。テレビで流れるのは、長谷見潤也の惨殺体発見のニュースだっつーの。これって殉職？」

殺人の前に虎太郎が喋ったのは、ここまでである。テレビドラマの犯人のように冥土への土産話を長々としていたら、逃げたり助けを呼んだりするチャンスを与えてしまうと彼はわかっていた。だから、川島輪生を殺して彼になりすまし、ほかに二件三人の殺人を重ねたことなどいっさい語らず、刃を握った。

「何を言ってるんだ」

三十秒足らずの前口上の意味が理解できず、長谷見は独り言をつぶやき、虎太郎が床板を剝がす様子を天井裏からきょとんと眺めていた。ただし、虎太郎が入ってくる少し前からカメラのテストを行なっていたので、映像や音声はそのまま記録されていた。

虎太郎は床板を持ちあげると、横に投げ捨て、ぽっかり空いた細長い穴に向かって鋏を振りおろした。川島のシザーケースにあった鋏の一つである。

起田柳児も、末端ではあるが、プロである。ただならぬ空気を感じていたに違いないが、黙ってカメラを回し続けていた。長谷見も天井裏から、その一部始終を息を詰めて撮影していた。

起田と長谷見の体格は違う。しかし起田は寒さ対策でスタッフジャンパーの下に何枚も重ね着し、長谷見のように膨れていた。同じく寒さ対策で目出し帽をかぶり、顔が完全に隠れていた。そして何より室内は闇だった。虎太郎は、床下で仰向けになってカメラを構えている人物を長谷見潤也と信じて疑わず、その胸を、腹を、首筋を、鋏でめった刺しにした。のちに虎太郎が語ったところによると、ためらいを生じないよう、相手のことはあえて見ないようにしたという。

兇行を終えた虎太郎は、鋏を捨て、穴の横に坐り込んで、荒い呼吸の合間に独り言ちていた。

「今日のこの事態は一年前から決まってたんだよ。オレらは何でハッピーキッチンで騒いでた？あんたに発注された『明日なき暴走』という名のやらせ企画の打ちあげだ。でもって、この騒ぎでもう一本作れるぞと、見栄えがするように暴れた。

やらせ企画がなければ静かにメシを食ってたさ。そしたらあの場にリンネが居合わせたとしても、オレに刃を向けようとはしなかった。刺されなければ、反撃することもなかった、駐車場の外まで追いかけなかった、頭に蹴りを見舞うこともなかった。何も起きなかったんだよ！　今ごろ、あんたもオレも、いい気分でベッドの中だったはずなんだよ！

一年前に、あんな企画を起ちあげたことが間違いだったんだよ。恨むなら自分を恨め」

長谷見はカメラをジャケットの下に抱くと、一か八か、片膝を突いた状態で、もう一方の足を可能なかぎり持ちあげ、渾身《こんしん》の力で天井板に踏みおろした。はたして経年劣化していた天井板は二つに裂け、八十キロを支えきれず、長谷見は虎太郎の上に落ちた。

長谷見は虎太郎にのしかかったまま、起田に繰り返し呼びかけた。返事はなかった。うめき声も聞こえなかった。うめいているのは虎太郎だった。長谷見は押さえ込みは解かず、スマホで救急車を要請した。

人を呼んだからもうだいじょうぶだろうと、長谷見は虎太郎の上から離れ、説明を求めた。当然、カメラを回した。ライトを点けて正面で構えたら、ふざけるなと抵抗されたので、撮らないからとライトを消し、録画状態のまま離れたところに置いた。そして、医術の心得のない人間にこれ以上できることはないと、起田のことは放置して、虎太郎に説明を求めた。

救急車は十五分で到着した。警察には報せた、ここで到着を待つので病院には行けないと救急隊員に嘘をつき、起田が運ばれていったあと、長谷見はインタビューを続けた。観念したのか、虎太郎はおとなしく応じた。

虎太郎の長い話が終わり、長谷見はようやく一一〇番通報した。そして警察が到着するまでの間に、撮影データを起田のカメラのぶんとあわせて制作局のクラウド・ストレージにアップし、素材を見て好きにしてくれと桑島に電話した。虎太郎は、やっぱり撮っていたかと苦笑しただけで、妨害はしなかった。八十キログラムの物体が二・五メートル自由落下したエネルギーをまともに食らい、首と肩と肋骨を痛めていたらしい。

長谷見の働きはここまでである。その後は局に戻らず、特番の放送終了まで警察の聴取を受けていた。

素材を放送で使う判断を下したのは、特番の全権をになっているチーフプロデューサーの桑島圭一だ。視聴者受けする演出を施すことに決めたのも。

撮影データをそのまま放送したのでは長すぎるし話にまとまりがないので、時系列を無視して二つのカメラのデータを切り貼りし、見栄えをよくした。これはプロデューサーの意向を受けた編集オペレーターの仕事だ。

実際には、一〇六号室にやってきた虎太郎は、三十秒足らずの前口上のあと、川島輪生になりすまして犯行を重ねたことについては一言も語らず、いきなり床板を剝いで兇行におよんだ。連続殺人の告白をしたのは、起田を刺したあと、天井裏からダイブしてきた長谷見を前にしてである。

しかしこれを時系列どおりに放送したのでは、殺人というクライマックスが冒頭にきてしまい、その後いかなる告白がされようと、結局は喋るばかりなので尻すぼみになってしまう。

そこで、まずは告白でじわじわ雰囲気を作っていき、最後に殺人の場面を持ってきて爆発的に盛りあげ、視聴者の興奮を持続させ不安をかきたてるという効果を出すため、絶叫とともに何の説明もなく終わらせてしまう、というプランに沿って編集を行なった。

前後の単純な入れ替えだけでは会話がちぐはぐになってしまうため、細かな切り貼りで不自然さを取り除いた。兇行後の虎太郎の独り言を長谷見とのやりとりの中に挿入したり、長谷見のリアクションを適宜移動させてバランスを取ったり。虎太郎の告白も、実際には、興奮のせいか、同じことを繰り返したり話があちこち飛んだりしていたが、視聴者が理解しやすいよう、カットしたり順番を入れ替えたり音量を調節したりして整理をはかった。

たとえば、オンエアの終盤、虎太郎が新夏への不満を並べ立て、彼女の殺害をほのめかすところ——。

オンエアでは、虎太郎が「——けれどドッキリするのはあいつのほうなんだな。死体とご対面な

※これは演出の範疇です

んだから」と思わせぶりに言ったあと、長谷見が「死体？　川島の？」と確認し、それに対し虎太郎は「おめでてーな」と床板を爪先で蹴りつけ、「ジュンさん、あんたにもうんざりなんだよ。あんたの我慾に振り回され、どんだけ冷や汗をかいたことか。ニーナと同じで、あんたも生かしておいたら、どんな災いがもたらされるかわかったもんじゃない」と殺害を宣告する。

実際には、虎太郎が「――けれどドッキリするのはあいつのほうなんだな。死体とご対面なんだから」と言ったのは、兇行のあとである。長谷見のダイビング・プレスを受けて観念し、一連の犯行を告白している中で語ったものであり、長谷見を殺す気はもうなくなっていた。したがって、長谷見の「死体？　川島の？」という確認に対し、「おめでてーな」と床板を爪先で蹴りつけるような荒っぽい行動は取っていない。穏やかに「ジュンさん、あんたにもうんざりなんだよ。あんたの我慾に振り回され、どんだけ冷や汗をかいたことか。ニーナと同じで、あんたも生かしておいたら、どんな災いがもたらされるかわかったもんじゃない。だからジュンさんにも死んでもらうことにした」と答えている。

それが編集により、「だからジュンさんにも死んでもらうことにした」の部分はカットされ、反対に追加されたのが、「おめでてーな」と床板を爪先で蹴りつけるシーンで、これはどこから持ってきたのかというと、虎太郎が一〇六号室に入ってきてすぐ、兇行前の短い前口上の中の「本当にもぐってるよ。ここの釘を抜いたのか。窮屈でクソ寒いのにご苦労さん。その努力が報われず、同情を禁じえないぜ。おめでてーな。リンネは来ないぜ」という件《くだり》から、「おめでてーな」だけを抜き取り、床板を蹴りつける映像とともに貼りつけたのである。

その次のやりとりにも手が加えられている。

オンエアでは、虎太郎が「――ニーナともども川島輪生に殺されてくれ。自己中同士、あの世で仲よくな」と捨て台詞を吐いたあと、床板を剝がしにかかり、長谷見はそれを「待て」と止めるが、虎太郎は「二つの死体のそばには遺書らしき文章が記された川島のスマホが遺されており、彼はこれを最後に消息を完全に絶つ――」と冥土の土産を聞かせながら床板を持ちあげる。

実際には、虎太郎が「――ニーナともども川島輪生に殺されてくれ。自己中同士、あの世で仲よくな」と言ったのも兇行のあと、起田が救急搬送され、年貢の納め時と腹をくくって告白をしている中で語ったものであり、「自己中同士、あの世で仲よくな」のあと、「そういう気持ちで鍬を振りおろしたんだよ。なのに床下にいたのが別人だったとは、まいったぜ」と続いていた。しかしその部分は編集でカットされた。

告白のその次の部分は使われた。「二つの死体のそばには遺書らしき文章が記された川島のスマホが遺されており、彼はこれを最後に消息を完全に絶つ――」というところだ。しかし、「自己中同士、あの世で仲よくな」と「二つの死体のそばには遺書らしき文章が記された川島のスマホが遺されており――」の間に挟まれた、虎太郎が床板に両手の指をかける映像は、別の時間軸から持ってこられた。虎太郎が一〇六号室に入ってきてすぐ、勘違いで起田を刺した時のものだ。床板を剝がしにかかる虎太郎に呼応しての長谷見の「待て」も、実際には、虎太郎の告白があっちに飛びこっちに飛びするもので、長谷見が「待て。もっと落ち着いて」と言ったものの一部を切り取って貼りつけ、緊迫感が出るように、ボリュームをやや上げた。

※これは演出の範疇です

マスメディアが自社の方針に合わせてインタビューや会見などを恣意的に構成することは「神編集」と揶揄されるが、まさにそれである。

このように神編集で作りあげたVTRを、実際に起田が刺されたのは十二月十日の午後十一時過ぎなのに、三時間後の番組中で、さもリアルタイムでの映像であるかのように流した。これこそ神演出であり、桑島の発案によるものだろう。

朝になり、情報が集まってくると、犯行時刻とオンエアに相当な時間差があったと視聴者に知れ、METは批判を受けることになった。それに対し局は、番組自体は生放送なので〈LIVE〉というテロップに偽りはない、取材映像を編集して構成したのは演出の範疇である、まぎらわしかった点は反省して今後の番組制作に反映させると、高飛車にあしらうのである。人が刺されるところを電波に乗せるのは倫理上問題があるとの指摘には、当該映像の主眼は連続殺人犯の実像を広く伝えることにあり、その残虐で身勝手なところが端的に表出した兇行の瞬間は必要不可欠である、画面は極端に暗いため、兇器や流血、被害者の表情は視認できず、残酷という批判はあたらない、と言い抜けるのである。

他方、長谷見の言い逃れはかなわない。

プサリスへの放火に関与したことが明るみに出てしまった。近いうちに警察の取り調べを受け、その後どのような判決が出ようと、無期限の停職が明けることなく解雇されることは想像に難くない。

「明日なき暴走」が仕込みだったことも発覚してしまった。テレビ局や会社の信用をいちじるしく失墜させたとして、ＭＥＴ、エンザイム双方から訴訟を起こされることも覚悟しておかなければならない。

廃墟の暗がりで虎太郎の告白を聞きながら、長谷見の中に、これを放送したら自分の首を絞めることになると、大いなるためらいが生じた。虎太郎が逮捕され、供述の内容が報道されれば、長谷見の悪辣ぶりは世間の知るところとなる。時間の問題だ。しかし自分からテレビに売り込み、進んで晒し者になることもなかろう。

背中を押したのは起田柳児だった。この映像を使わなかったら、彼女は犬死にではないか。人が死んでいくところを見て動揺してしまったのか、柄にもなく、情にほだされてしまった。

しかしあれから時間が経った今、長谷見は彼女の死を突き放してとらえている。

起田は死んだ。自分の企画を通すことも、ディレクターになることも、さらにその上を目指すことも、何一つかなわない。一日の終わりにはシャワーを浴びて、たまには服を買いにいきたいというささやかな願いさえも。

しかし自分は生きている。会社を馘になっても、刑に服すことになっても、生きてさえいれば、願いを持つことはゆるされる。起田はもう宝くじを買えないので億万長者になることは絶対にないが、自分はまだ買えるので、買い続けられるので、可能性はゼロではないということだ。

こんな人間を誰が望む。いやいや、汚れているからこそ使い道があると、拾ってくれる神がいないともかぎらない。無遠慮で図々しい人間こそ、この業界にふさわしい。

とりあえずは今回の体験を売り物にした企画だなと、横浜地方裁判所川崎支部の被告人席で開廷を待ちながら、現場に復帰するその日に思いを馳せるのが、長谷見潤也という男なのである。

〈参考文献〉

葉山宏孝『ＡＤ残酷物語――テレビ業界で見た悪夢――』彩図社
中川勇樹『テレビ局の裏側』新潮新書

この作品は「小説幻冬」二〇一七年六月号から二〇一七年八月号に連載され、
単行本化にあたり加筆・修正したものです。

ディレクターズ・カット

二〇一七年九月五日　第一刷発行

著者　歌野晶午
発行者　見城徹
発行所　株式会社　幻冬舎
〒一五一‐〇〇五一　東京都渋谷区千駄ヶ谷四‐九‐七
電話〇三‐五四一一‐六二一一（編集）
〇三‐五四一一‐六二二二（営業）
振替〇〇一二〇‐八‐七六七六四三
印刷・製本所　中央精版印刷株式会社

検印廃止
万一、落丁乱丁のある場合は送料小社負担でお取替致します。小社宛にお送り下さい。

ISBN978-4-344-03167-8 C0093
幻冬舎ホームページアドレス http://www.gentosha.co.jp/
この本に関するご意見・ご感想をメールでお寄せいただく場合は、comment@gentosha.co.jpまで。